पीली छतरी वाली लड़की

पीली छतरी वाली लड़की

उदय प्रकाश

का

कालजयी

आख्यान

वाणी प्रकाशन

वाणी प्रकाशन
4695, 21-ए, दरियागंज, नयी दिल्ली 110 002
फ़ोन : +91 11 23273167 फ़ैक्स : +91 11 23275710
शाखाएँ
अशोक राजपथ, पटना 800 004, बिहार
कॉफ़ी हाउस कैम्पस, महात्मा गांधी मार्ग, इलाहाबाद 211 001, उत्तर प्रदेश
महात्मा गांधी अन्तरराष्ट्रीय हिन्दी विश्वविद्यालय, वर्धा 442 001, महाराष्ट्र
सुल्तानिया रोड, मोतिया पार्क, भोपाल 462 001, मध्य प्रदेश
www.vaniprakashan.com
marketing@vaniprakashan.in
sales@vaniprakashan.in

PEELEE CHHATARI WALI LADKI
by Uday Prakash

ISBN : 978-81-7055-754-8
Story

संस्करण 2005, 2009, 2017
चौथा संस्करण 2020
मूल्य : ₹ 495

सिटी प्रेस, दिल्ली-110 095 में मुद्रित

वाणी प्रकाशन का लोगो मक़बूल फ़िदा हुसेन की कूची से

निर्मल वर्मा की
एकान्त, नैतिक और अपूर्व-
सृजनात्मक उपस्थिति को

और
अपने मित्र तथा प्रकाशक अरुण माहेश्वरी को जिनके कारण
इस कथा को पूरा करने का साधन और अवकाश मिला।

यह माधुरी दीक्षित की वही नंगी पीठ थी, जिस पर सलमान ख़ान ने गुलेल से निशाना ताककर बंटी मारी थी। लचकती हुई कमर और पीठ उस चोट से अचानक रुक गयी थी और माधुरी दीक्षित ने गर्दन मोड़कर पीछे देखा था। उसकी नज़र में कोई पीड़ा नहीं थी। एक नशीली, अपनी पीठ की ओर आमन्त्रित करती, उत्सुकता थी। वह आँख माधुरी दीक्षित की नहीं, किसी चौंकी हुई हिरणी की आँख थी। एक ऐसी मूर्ख, मस्त और सनकी हिरणी जो अपने शिकारी के सामने प्यार से खुद अपने आपको परोसा करती है।

राहुल ने 'स्टारडस्ट' के सेंटर स्प्रेड में छपे उस चित्र को फेविकोल से अपने कमरे की खिड़की की काँच पर चिपका दिया था। दरअसल उधर से धूप आती थी और दोपहर, दूसरी मंज़िल के उस कमरा नम्बर 252 में गर्मी के मारे रहना मुश्किल हो जाता था। अब माधुरी दीक्षित ने दोपहर की उस तेज़ जलती हुई धूप को हॉस्टल के उस कमरे में आने से रोक दिया था और अपनी खुली, गुलेल की बंटी से चोट खाई पीठ उधर कर दी थी। वह लगातार अपनी मूर्ख, मस्त, सनकी आँखों से राहुल की ओर गर्दन मोड़कर देख रही थी, जैसे गुलेल से उसकी ख़ूबसूरत लचकती हुई खुली कटावदार पीठ को निशाना राहुल ने बनाया हो।

यह राहुल के अलावा और कोई नहीं जानता था कि उसने एक दिन कमरा नम्बर 252 के भीतर किसी एक गोपनीय, बेहद नजी क्षण में, किस तरह सलमान ख़ान को चुपचाप बाहर निकाल फेंका था और उसकी जगह खुद आ गया था। यह सोचते ही उसका शरीर एक अजीब–सी उत्तेजना और सिहरन से भर उठता

कि माधुरी दीक्षित की उस ख़ूबसूरत मांसल पीठ को चोट पहुँचाने वाला वह ख़ुद है। उसी की गुलेल ने सटाक से बंटी मारी और तड़ से बंटी लगते ही माधुरी दीक्षित ने एक 'उई...ऽऽ' की आवाज़ निकाली और 'स्टारडस्ट' के उस चित्र में 'फ्रीज़' हो गयी।

लड़की चोट खाना बहुत पसन्द करती है। वह बिल्ली या गिलहरी नहीं है, जिसकी पीठ पर प्यार से, धीरे–धीरे अपनी उँगलियाँ या हथेलियाँ फिराओ, उसे सँभाल–सँभाल कर सहलाओ तो वह गुर्र–गुर्र करती लोटम लोट होगी। लड़की तो वो चीज है, जिसको जितना मारो, जितना कूटो, उसे उतना मज़ा मिलता है।

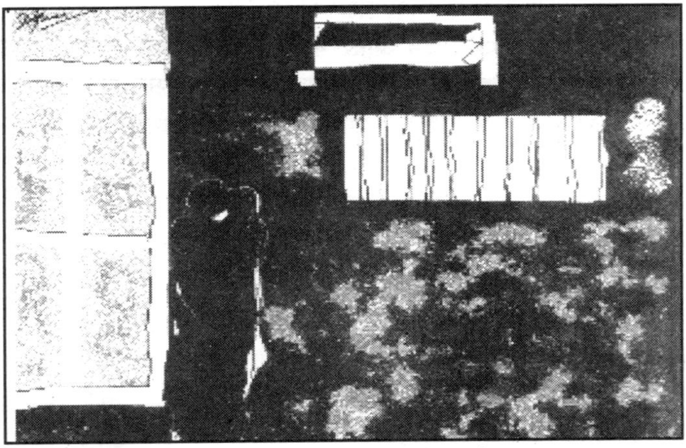

लड़की तो असल में ताक़त और हिंसा को प्यार करती है।

राहुल ने इसीलिए यूनिवर्सिटी के जिम में जाना शुरू किया था, जिससे वह सलमान ख़ान की तरह अपनी भुजाओं में मछलियाँ बना सके। चीते जैसी कमर और तेंदुए जैसा धड़। वह एक चिकने, हिंसक, ख़ूबसूरत, फुर्तीले बनैले जानवर में ख़ुद को ढाल लेना चाहता था। इसके बाद और क्या चाहिए ? एक रेनबेन का काला चश्मा, रेंगलर या लेविस की एक जींस पैंट और एक टी–शर्ट, नाइक के सॉक्स और वुडलैंड का बढ़िया जूता।

वह कई बार सोचता, लारा दत्ता, मनप्रीत ब्रार या गुलपनाग को देखकर वह उस तरह क्यों महसूस नहीं करता, जैसा माधुरी दीक्षित को देखकर करता है। जब कि माधुरी दीक्षित उससे उम्र में बहुत बड़ी थी। हाल की एक फ़िल्म में विश्व सुन्दरी ऐश्वर्या राय अपनी पीठ को हू–ब–हू माधुरी दीक्षित की तरह खोलकर बार–बार लचका रही थी और गर्दन मोड़–मोड़कर अपनी कंजी–भूरी आँखों से राहुल की ओर देख रही थी। लेकिन शिट्। बेकार। वो बात कहाँ जो माधुरी में है। माधुरी की पीठ और दूसरी पीठों में ज़मीन आसमान का फ़र्क़ है। एक ऐसी कोई चीज़ माधुरी दीक्षित की पीठ में है, उसकी त्वचा में या उसकी बनावट में, या उसके रंग में...जो ऐश्वर्या या दूसरों की पीठ में नहीं है।

राहुल तुलनात्मक अध्ययन करता। उसे लगता कि गुलपनाग, सुष्मिता या लारा आदि का शरीर काफ़ी कुछ कृत्रिमता से बनाया गया है। मॉडलिंग की ख़ास नाप–जोख के लिए इंची टेप से नाप–नापकर, डायटिंग और एक्सरसाइज से तैयार किया गया कृत्रिम शरीर। फिर ऊपर से वैक्सिंग, फेशियल, साओना और क्या–क्या। राहुल को वे ग़ैर–मानवीय सिंथेटिक गुड़ियाँ लगतीं उनके सिर के बाल और शरीर के रोयें भी सिंथेटिक लगते। यहाँ तक कि उनकी बगलों में शेविंग के बाद का जो हल्का नीला–हरा रंग होता, वह भी उसे कलरिंग लगता। ज़्यादा नहीं, बस पन्द्रह दिन इनको ठीक–ठाक आदमी के तरीक़े से खाने–पीने दो, आम लड़कियों की तरह रहने दो तो ये फसक कर बोरा हो जायेंगी। पहचानना मुश्किल होगा। जबकि माधुरी दीक्षित की बात ही दूसरी है। चाल में या इस हॉस्टल के कमरे में भी रहने लगेगी, मेस की दाल रोटी सब्ज़ी भी खायेगी, तब भी जस–की–तस ही रहेगी। ऐसी ही कमाल। ऐसी ही मस्त।

माधुरी की पीठ नेचुरल है। प्राकृतिक। यह अजब तरह से एक स्वदेशी पीठ है। बाक़ी पीठें सिंथेटिक हैं और विदेशी। इसीलिए उनमें कोई जादू नहीं। राहुल ने निष्कर्ष निकाला। लेकिन उसका

दूसरा वह निष्कर्ष ज़्यादा गम्भीर था जिसके अनुसार लड़कियाँ दरअसल चोट, पीड़ा–हिंसा और ताक़त को प्यार करती हैं। वे मूर्ख बनाया जाना, उत्पीड़ित होना और निर्ममता के साथ अपने भोग लिए जाने को ज़्यादा पसन्द करती हैं। ज़माना बदल गया है। वे छठे–सातवें दशक के शम्मी कपूर, ऋषि कपूर, विश्वजीत या जितेन्द्र टाइप के मर्द को नहीं, सलमान ख़ान, सन्नी देओल या अजय देवगन जैसे माचो या सैडिस्ट मर्द के पीछे पागल होती हैं। कितना ख़तरनाक और हिंसक था 'डर' में शाहरुख ख़ान ? फ़ोन कर कर के, पीछा कर के और रेप की कोशिश कर के उसने जुही चावला को लस्त–पस्त, लहू–लुहान कर डाला था। डर के मारे उसकी घिग्घी बन्ध गयी थी। लेकिन उसी अर्द्ध विक्षिप्त–शीज़ा फ्रेनिक शाहरुख ख़ान के पीछे सारी यूनिवर्सिटी की लड़कियाँ दीवानी थीं।

कुड़ियों को शाहरुख चाहिए, कोई छक्का, कृष्ण–कन्हैया टाइप का हस़बैंड छाप गऊ नहीं। राहुल इस रहस्य को समझ चुका था। इसी के बाद से उसके कमरा नम्बर 252 की दीवार की खिड़की में माधुरी दीक्षित रहने लगी थी। पिछले चार महीनों से।

राहुल के करियर का नक़्शा थोड़ा–सा असामान्य था। उसने ऑर्गेनिक केमिस्ट्री में एम.एससी. किया था। इसके बाद अचानक उसमें एंथ्रोपोलॉजी में एम.ए. करने का भूत जागा। इसका ठीक–ठीक कारण पता लगाना ज़रा मुश्किल है, लेकिन सम्भव है, इसके पीछे राहुल के एक फुफेरे भाई की प्रेरणा रही हो, जो अन्तरराष्ट्रीय स्तर के नृतत्वशास्त्री और फ़िलहाल एंथ्रोपोलॉजिकल सर्वे ऑफ़ इंडिया के डायरेक्टर जनरल थे। वे कई बार राहुल के घर, उसके गाँव आते। कभी–कभी तो कई हफ़्ते वे वहीं रुक जाते। पिताजी उनके सबसे प्रिय मामा थे। दोनों की ख़ूब पटरी बैठती थी। राहुल की ड्यूटी उनकी देखभाल की होती।

राहुल ने सुना था कि उनकी आदिवासियों पर एक ऐसी किताब पेंगुइन से आयी है, जिसने दुनिया में तहलका मचा रखा है। इस किताब के आने के पहले तक सब लोग यही जानते थे कि अंग्रेज़ों के ख़िलाफ़ लड़ाई सिर्फ़ ब्राह्मणों, ठाकुरों, बनियों या हिन्दू–मुसलमानों ने ही लड़ी है। अब तक के इतिहासकारों ने जिन नायकों का निर्माण किया था, वे सब इन्हीं पृष्ठभूमियों के थे। उनमें आदिवासी और दलित लगभग नहीं थे। लक्ष्मीबाई, तात्या टोपे, नाना साहब, कुँवर सिंह, फड़नवीस, अजीमुल्ला, मंगल पाण्डे, राजा, ज़मींदार, नवाब वग़ैरह। बाद में बीसवीं सदी में भी ऐसे ही नायक बने, नेहरू, गाँधी, तिलक, जिन्ना, सुहरावर्दी, पटेल आदि। इनमें से अधिकांश ऊँची जाति और अमीर वर्ग के लोग थे। ले देकर कभी–कभार डॉक्टर अम्बेडकर का नाम आता था, जो दलित थे और प्रकाण्ड प्रतिभा के कारण उन्हें आज़ाद भारत का संविधान बनाने का काम सौंपा गया था, लेकिन उनके बारे

में भी यह प्रचार कर दिया गया था कि वे अंग्रेज़ों के एजेंट थे और हिन्दू धर्म को ख़त्म करके बौद्ध धर्म को भारत में स्थापित करना चाहते थे। यानी नायक से ज़्यादा खलनायक थे।

किन्नू दा की किताब ने इसीलिए तहलका मचाया कि उसमें पहली बार, बहुत प्रामाणिक दस्तावेज़ों और तथ्यों के साथ, सिंह भूमि और झारखण्ड समेत छोटा नागपुर बेल्ट के उन आदिवासी नायकों के संघर्ष की कथा कही गयी थी, जिनका महान त्रासदी भरा नायकत्व अब तक सिर्फ़ बिहार, उड़ीसा और बंगाल के पिछड़े आदिवासी इलाक़ों में प्रचलित 'फोकलोर' में ही मौजूद था।

किन्नू दा जब बोलने लगते तो राहुल को ऑर्गेनिक केमिस्ट्री बकवास लगने लगती। क्या करूँगा इसको पढ़कर? किसी ब्रुएरीज़ या किसी फूड प्रोसेसिंग मल्टी–नेशनल इंडस्ट्री में केमिस्ट बन जाऊँगा। या किसी यूनिवर्सिटी–कॉलेज में लेक्चरर। वह अपने भविष्य के बारे में सोचता और उसे कोई मोटा, पिदपिदा–सा आदमी, सुअर की तरह फचफच करके पिजा खाते, दज्जी या विनेगर में गार्निश्ड मछली को कचर–पचर चबाते दिखायी देने लगता जो साथ–साथ में शराब भी पीता और धुत्त होकर किसी किराये में लायी गयी टीन एज लड़की के साथ अपनी मटके जैसी तोंद और विशाल कद्दुओं जैसे ढीले–ढाले नितम्बों को मटका–मटका कर नाचने लगता।

यही वह आदमी है– खाऊ, तुंदियल, कामक, लुच्चा, जालसाज़ और रईस, जिसकी सेवा की ख़ातिर इस व्यवस्था और सरकार का निर्माण किया गया है। इसी आदमी के सुख और भोग के लिए इतना बड़ा बाज़ार है और इतनी सारी पुलिस और फ़ौज है। अगर मैंने ऑर्गेनिक केमिस्ट्री के बलबूते कोई नौकरी की तो इसी आदमी के खाने–पीने की चीज़ों को लगातार स्वादिष्ट, पौष्टिक और लज़ीज बनाने का काम मुझे अपने जीवन भर करना पड़ेगा। वह जीवन, जो मुझ अकिंचन को इस ब्रह्माण्ड के करुणा सागर सृष्टिकर्त्ता ने महान कृपा करके सिर्फ़ एक बार के लिए दिया है।

शिट्! साला हाँफ रहा है, एक पैर क़ब्र में लटका है, मोटापे के कारण ठीक से चल नहीं पाता, लेकिन खाये जा रहा है। उसे खाने के लिए अनन्त भोज्य पदार्थ चाहिए। उसकी जीभ को अनन्त स्वाद चाहिए। सारी दुनिया के वैज्ञानिक उसकी जीभ को सन्तुष्ट करने की ख़ातिर तमाम प्रयोगशालाओं में शोध कर रहे हैं। उसके लोंदे जैसे घृणित थुलथुल शरीर की समस्त इन्द्रियों को अनन्त–अपार आनन्द और बेइन्तहा मज़ा और 'किक' चाहिए। उसकी हिप्पोपोटामस जैसे थूथन को तरह–तरह की ख़ुशबू चाहिए। सारी परफ्यूम इंडस्ट्री इसी की नाक की बदबू मिटाने के लिए है। एक कार्बनिक रसायन वैज्ञानिक के नाते मेरा काम होगा, इस भोगी लोंदे की एषणाओं और इसकी इन्द्रियों की निरन्तर बढ़ती हवस को अपनी प्रतिभा, ज्ञान और सृजन के द्वारा सन्तुष्ट करना।

यही वह आदमी है, जिसके लिए संसार भर की औरतों के कपड़े उतारे जा रहे हैं। तमाम शहरों के पार्लर्स में स्त्रियों को लिटाकर उनकी त्वचा से मोम के द्वारा या इलेक्ट्रोलिसिस के ज़रिये रोयें उखाड़े जा रहे हैं, जैसे पिछले समय में गड़रिये भेड़ों की खाल से ऊन उतारा करते थे। राहुल को साफ़ दिखायी देता कि तमाम शहरों और क़स्बों के मध्य–निम्न मध्यवर्गीय घरों से निकल–निकल कर लड़कियाँ उन शहरों में कुकुरमुत्तों की तरह जगह–जगह उगी ब्यूटी–पार्लर्स में मेमनों की तरह झुण्ड बनाकर घुसतीं और फिर चिकनी–चुपड़ी होकर उस आदमी की तोंद पर अपनी टाँगें छितराकर बैठ जातीं। इन लड़कियों को टी.वी. 'बोल्ड एंड ब्यूटीफुल' कहता और वह लुजलुजा–सा तुंदियल बूढ़ा ख़ुद 'रिच एंड फेमस' था।

वह आदमी बहुत ताक़तवर था। उसको सारे संसार की महान शैतानी प्रतिभाओं ने बहुत परिश्रम, हिकमत पूँजी और तकनीक के साथ गढ़ा था। उसको बनाने में नयी टेक्नोलॉजी की भूमिका अहम थी। वह आदमी कितना शक्तिशाली था, इसका अन्दाज़ा एक इसी तथ्य से लगाया जा सकता है किउसने पिछली कई

शताब्दियों के इतिहास में रचे–बनाये गये कई दर्शनों, सिद्धान्तों और विचारों को एक झटके में कचड़ा बनाकर अपने आलीशान बंगले के पिछवाड़े के कूड़ेदान में डाल दिया था। ये वे सिद्धान्त थे, जो आदमी की हवस को एक हद के बाद नियन्त्रित करने, उस पर अंकुश लगाने या उसे मर्यादित करने का काम करते थे।

इससे ज़्यादा मत खाओ, इससे ज़्यादा मत कमाओ, इससे ज़्यादा हिंसा मत करो, इससे ज़्यादा सम्भोग मत करो, इससे ज़्यादा मत सोओ, इससे ज़्यादा मत नाचो...वे सारे सिद्धान्त, जो धर्मग्रन्थों में भी थे, समाजशास्त्र या विज्ञान अथवा राजनीतिक पुस्तकों में भी, उन्हें कूड़ेदान में डाल दिया गया था। इस आदमी ने बीसवीं सदी के अन्तिम दशकों में पूँजी, सत्ता और तकनीक की समूची ताक़त को अपनी मुट्ठियों में भर कर कहा था : स्वतन्त्रता ! चीख़ते हुए आज़ादी ! अपनी सारी एषणाओं को जाग जाने दो। अपनी सारी इन्द्रियों को इस पृथ्वी पर खुल्ला चरने और विचरने दो। इस धरती परजो कुछ भी है, तुम्हारे द्वारा भोगे जाने के लिए है। न कोई राष्ट्र है, न कोई देश। समूचा भूमण्डल तुम्हारा है। न कुछ नैतिक है। न कुछ अनैतिक। न कुछ पाप है, न पुण्य। खाओ, पियो और मौज करो। नाचो...ऽऽ। वूगी...वूगी। गाओ... ऽऽ वूगी...वूगी। खाओ...! ख़ूब खाओ। कमाओ, ख़ूब कमाओ। वूगी...वूगी। इस जगत के समस्त पदार्थ तुम्हारे उपभोग के लिए है। वूगी...वूगी...! और याद रखो स्त्री भी एक पदार्थ है। वूगी...वूगी !

उस ताक़तवर भोगी लोंदे ने एक नया सिद्धान्त दिया था जिसे भारत के वित्तमन्त्री ने मान लिया था और ख़ुद उसकी पर्स में जाकर घुस गया था। वह सिद्धान्त यह था कि उस आदमी को खाने से मत रोको। खाते–खाते जैसे–जैसे उसका पेट भरने लगेगा, वह जूठन अपनी प्लेट के बाहर गिराने लगेगा। उसे करोड़ों भूखे लोग खा सकते है। कांटीनेंटल, पौष्टिक जूठन। उस आदमी को सम्भोग करने से मत रोको। वियाग्रा खा–खाकर वह सम्भोग करते–करते लड़कियों को अपने बेड से नीचे गिराने

लगेगा, तब करोड़ों वंचित देशी छड़े उन लड़कियों को प्यार कर सकते हैं, उनसे अपना घर–परिवार बसा सकते हैं।

यही वह सिद्धान्त था, जिसे उस आदमी ने दुनियाभर के सूचना संजाल के द्वारा चारों ओर फैला दिया था और देखते–देखते मानव सभ्यता बदल गयी थी। सारे टी.वी. चैनलों, सारे कम्प्यूटरों में यह सिद्धान्त बज रहा था, प्रसारित हो रहा था।

बीसवीं सदी के अन्त और इक्कीसवीं सदी की दहलीज़ की ये वे तारीख़ें थीं जब प्रेमचन्द, टॉल्सटॉय, गाँधी या टैगोर का नाम तक लोग भूलने लगे थे। किताबों की दुकानों में सबसे ज़्यादा बिक रही थी बिल गेट्स की किताब 'दि रोड अहेड'।

वह तुंदियल अमीर खाऊ आदमी, ग़रीब तीसरी दुनिया की नंगी विश्व सुन्दरियों के साथ एक आइसलैंड के किसी महँगे रिसॉर्ट में लेटा हुआ मसाज करा रहा था। अचानक उसे कुछ याद आया और उसने सेल फ़ोन उठाकर एक नम्बर मिलाया।

विश्व सुन्दरी ने उसे वियाग्रा की गोली दी, जिसे निगलकर उसने उसके स्तन दबाये। 'हेलो! आयम निखलाणी, स्पीकिंग ऑन बिहाफ ऑफ़ द आई.एम.एफ. गेट मी टु दि प्राइम मिनिस्टर!'

'येस...येस! निखलाणी जी! कहिये, कैसे हैं? मैं प्रधानमन्त्री बोल रहा हूँ।'

'ठीक से सहलाओ! पकड़कर! ओ.के.!' उस आदमी ने मिस वर्ल्ड को प्यार से डाँटा, फिर सेल फ़ोन पर कहा– 'इत्ती देर क्यों कर दी...साईं! जल्दी करो! पॉवर, आई.टी., फूड, हेल्थ, एजुकेशन...सब! सबको प्रायवेटाइज करो साईं!...ज़रा क्विक! और पब्लिक सेक्टर का शेयर बेचो...डिसएन्वेस्ट करो...! हमको सब ख़रीदना है साईं...!'

'बस–बस! ज़रा–सा सब्र करें भाई...बन्दा लगा है ड्यूटी पर। मेरा प्रोब्लम तो आपको पता है। खिचड़ी सरकार है। सारी दालें एक साथ नहीं गलतीं निखलाणीजी।'

'मुँह में ले लो। लोल...माई लोलिट्।' रिच एंड फेमस तुंदियल ने विश्व सुन्दरी के सिर को सहलाया फिर 'पुच्च...पुच्च' की

आवाज़ निकाली। 'आयम, डिसअपांयंटेड पण्डिज्जी! पार्टी फंड में कितना पंप किया था मैंने। हवाला भी, डायरेक्ट भी...केंचुए की तरह चलते हो तुम लोग। इकॉनॅमी कैसे सुधरेगी? अभी तक सब्सिडी भी ख़त्म नहीं की!'

'हो जायेगी...निखलाणीजी! वो ऑयल इंपोर्ट करने वाला काम पहले कर दिया था, इसलिए सोयाबीन, सूरजमुखी और तिलहन की खेती करने वाले किसान पहले ही र्बाबाद थे। उसके फ़ौरन बाद सब्सिडी भी हटा देते तो बवाल हो जाता...आपके हुकुम पर अमल हो रहा है भाई...सोच–समझकर क़दम उठा रहे हैं।'

'जल्दी करो पण्डित! मेरे को बी.पी. है। ज़्यादा एंक्ज़ायटी मेरे हेल्थ के लिए ठीक नहीं। मरने दो साले किसानों बैंचो...को ...ओ.के....'

उस आदमी ने सेल्युलर ऑफ़ किया, एक लम्बी घूँट स्कॉच की भरी और बेचैन होकर बोला, 'वो वेनेजुएला वाली रनर अप कहाँ है। उसे बुलाओ।'

किन्नू दा ने राहुल से कहा, 'आदिवासियों की सबसे बड़ी विशेषता यह है कि उनकी ज़रूरतें सबसे कम हैं। वे प्रकृति और पर्यावरण का कम–से–कम नुक़सान करते हैं। सिंहभूमि, झारखण्ड, मयूरभंज, बस्तर और उत्तर–पूर्व में ऐसे आदिवासी समुदाय हैं जो अभी तक छिटवा या झूम खेती करते हैं और सिर्फ़ कच्ची, भुनी या उबली चीज़ें खाते हैं। तेल में फ्राई करना तक वे पसन्द नहीं करते। वे प्राकृतिक मनुष्य हैं। अपनी स्वायत्तता ग़ैर सम्प्रभुता के लिए उन्होंने भी ब्रिटिश उपनिवेशवाद के ख़िलाफ़ महान् संघर्ष किया था। लेकिन इतिहासकारों ने उस हिस्से को भारतीय इतिहास में शामिल नहीं किया। इतिहास असल में सत्ता क एक राजनीतिक दस्तावेज़ होता है...जो वर्ग, जाति या नस्ल सत्ता में होती है, वह अपने हितों के अनुरूप इतिहास को निर्मित करती है। इस देश और समाज का इतिहास अभी लिखा जाना बाक़ी है।'

राहुल डर गया। उसने कुछ दिन पहले ही 'स्टिगमाटा' नाम की फ़िल्म देखी थी। 'दि मेसेंजर विल बी सायलेंस्ड'। ईश्वर के दूत को ख़ामोश कर दिया जायेगा। सच कोई सूचना नहीं है। सूचना उद्योग के लिए सच एक डायनामाइट है। इसलिए सच को कुचल दिया जायेगा। द ट्रुथ हैज़ टु बी डिफ्यूज़्ड।

टप्। एक पत्ता और गिरेगा।

टप्। एक पवित्र फल असमय अपने अमृत के साथ चुपचाप किसी निर्जन में टपक जायेगा।

टप्। एक हत्या या आत्महत्या और होगी, जो अगले दिन किसी अख़बार के तीसरे पृष्ठ पर एक–डेढ़ इंच की ख़बर बनेगी।

टप्! टप्! टप्! समय बीत रहा है। पृथ्वी अपनी धुरी पर घूम रही है।

किन्नू दा को बार–बार आदिवासी इलाक़े में ट्रांसफर कर दिया जाता। वे सनकी हैं, पगलैट हैं–नौकरशाही में यह चर्चा आम थी। इतने साल आई.ए.एस. अधिकारी रहने के बाद भी उनके पास अपने पी.एफ. के अलावा कोई पैसा नहीं। वे दिल्ली में एक फ्लैट ख़रीदने के लिए परेशान हैं।

राहुल को ऑर्गेनिक केमिस्ट्री से अरुचि हो गयी। उस विषय में उसे विनेगर की, फर्मेंटेशन की, तेज़ गन्ध आती। मोटे भोगी आदमी की डकार और अपान वायु से भरे हुए चेम्बर का नाम है ऑर्गेनिक केमिस्ट्री।

मैं एंथ्रोपोलॉजी में एम.ए. करूँगा, फिर पीएच.डी. और इस मानव समस्या के उत्स तक पहुँचने की कोशिश करूँगा। इतिहास को शैतान ने किस तरह अपने हित में सबोटाज़ किया है, इसके उद्गम तक पहुँचने की मुझमें शक्ति और निष्ठा दे, हे परमपिता!

लेकिन माधुरी दीक्षित?

और उसकी पीठ?

और उसकी चौंकी हुई हिरणी जैसी आँखें?

राहुल ने गुलेल में काग़ज़ की एक गोली बनाकर रबर कान तक खींची और सट्ाक! काग़ज़ की गोली माधुरी दीक्षित की पीठ पर जाकर लगी।

'उई...ऽ' एक मीठी–सी, संगीत में डूबी, उत्तेजक पीड़ा भरी आवाज़ पैदा हुई और गर्दन मोड़कर उस हिरणी ने अपने शिकारी को प्यार से देखा।

'थैंक यू राहुल! फ़ॉर द इंजरी!...आई लव यू।'

एडमीशन के बाद का यह दूसरा महीना था। दूर–दूर तक बिखरी पहाड़ियों में कई सौ एकड़ के क्षेत्र तक फैला यह विश्वविद्यालय भारत का कैम्ब्रिज कहा जाता था। जापान, इंडोनेशिया, फिजी, मॉरिशस से लेकर कई अफ्रीकी देशों के छात्र यहाँ आकर पढ़ते थे। यहाँ के भू–गर्भ विज्ञान विभाग के अध्यक्ष प्रो. वाट्सन अन्तरराष्ट्रीय स्तर के स्कॉलर थे। उन्होंने अमेरिका, फ्रांस और जर्मनी से मिलने वाले तमाम एकेडेमिक ऑफ़र्स को ठुकराकर इसलिए भारत में रहने का निर्णय लिया था क्योंकि जियोलॉजी के अध्ययन और शोध के लिहाज़ से जितनी विविधता इस देश में थी, वह विलक्षण थी।

'यह देश एक अद्‌भुत जीता–जागता संग्रहालय है। अनेक सभ्यताएँ, अनेक इतिहास, असंख्य नस्लें, प्रजातियाँ...मानव सभ्यता के कई लाख साल का अतीत यहाँ ज़िन्दा, सक्रिय, धड़कता हुआ देखा जा सकता है। और ठीक यही बात यहाँ की धरती पर भी लागू होती है।'

डॉ. वाट्सन कहते। फिर झुककर एक पत्थर उठाकर उसे देखते हुए गम्भीर हो जाते– 'इसे देख रहे हो। ये यूनिवर्सिटी जिस पहाड़ी पर बसी हुई है, ये पत्थर इसके लावा स्टेज को प्रगट करता है। देखो, ग़ौर से देखो। ये फॉसिल है। कई हज़ार, शायद एक लाख साल पुराना। और यह किसी सबमेराइन जीव का फॉसिल है। यहाँ, ठीक इसी जगह, जहाँ हम खड़े हैं... पहले समुद्र था।'

इर्द–गिर्द खड़े लोगों की आँखें आश्चर्य से फैल जातीं। समुद्र? यहाँ? मध्य प्रदेश में?

राहुल का मन लग गया। उसे टैगोर हॉस्टल की दूसरी मंज़िल में कमरा नम्बर 252 एलॉट हुआ। उसका रूममेट था। ओ.पी. ओंकार प्रसाद। छह फुट तीन इंच लम्बा, बॉस की लाठ जैसा सीधा तना हुआ, दुबला–पतला। बगुले जैसी लम्बी गर्दन, जो उसके चलने पर हर क़दम लचकती। बहुत हँसोड़, बहुत बातूनी। ओ.पी. कहता, ''मैं किसी ठिगनी, साढ़े चार फुट की हाइट वाली कन्या से शादी करूँगा। स्टैंडिंग पोजीशन में प्यार करते हुए इन पहाड़ियों का नज़ारा ही अलग होगा।''

राहुल ने कल्पना की : वह पहाड़ी की तलहटी पर, जहाँ शहर है, खड़ा है और नीचे से ऊपर की ओर देख रहा है। रात है पूर्णिमा की। चाँद पूरा का पूरा किसी जलती हुई सोने की थाली की तरह आकाश में टँगा है और उधर...सबसे ऊँची पहाड़ी की चोटी पर एक ख़ूब लम्बा दीर्घकाय पुरुष दिगम्बर खड़ा है...!

और उसकी कमर के साथ लिपटी हुई है एक छोटी–सी बावन नारी आकृति...हवाओं में जैसे डमरू बज रहा है।

थप्प...थप्प...थप्प...

आकृतियाँ हिल रही हैं। कौन हैं वे आकृतियाँ? ओ.पी. और उसकी मन चाही कन्या या...या नग कन्या...पर्वत की बेटी...पार्वती और नटराज शिव!

और यह सृष्टि का आदि मैथुन है...थप्प...थप्प...थप्प।

नमामि शमीशां निर्वाण रूपं, विभुं व्यापकं बह्म वेद स्वरूपं
अजुं निर्गुणं निर्विकल्पं निरीहं, चिदाकाशमाकाश वासं भजेहं।
निरंकार मोंकार मूलं तुरीयं...

पिताजी हर रोज़ सुबह साढ़े चार बजे उठकर नहाते थे और फिर शिव की पूजा करते थे। कभी–कभार राहुल की नींद टूट जाती तो प्रार्थना की ये पंक्तियाँ सुबह के सन्नाटे में सारे घर में गूँज रही होतीं।

ओ.पी. बहुत अच्छा दोस्त साबित हुआ। राहुल को अपना ख़र्च चलाने के लिए दो ट्यूशन करने पड़ते थे, जिनका जुगाड़ ओ.पी. ने ही किया था। वहयूनिवर्सिटी में दो साल पहले से था। यहीं से उसने क्रिमिनोलॉजी में एम.एस–सी. किया था और अब रिसर्च कर रहा था। पैसे की उसे कमी नहीं थी, क्योंकि उसे यू.जी.सी. की स्कॉलरशिप मिल रही थी।

लेकिन जल्द ही पता चल गया कि इस विश्वविद्यालय का सारा स्वरूप तेज़ी से बदल रहा है। पिछले चार–पाँच सालों से विदेशी छात्रों ने यहाँ एडमिशन लेना बन्द कर दिया था। डॉ. वाट्सन जैसे अन्तरराष्ट्रीय स्तर के विद्वान् प्रोफ़ेसर जल्द–से–ज़ल्द यहाँ से कहीं और चल देना चाहते थे। स्थितियाँ बिगड़ रही थीं।

पता चला, पिछले साल मॉरीशस से आयी एक छात्रा को कुछ लोकल गुंडे उठाकर ले गये थे और बलात्कार करने के बाद उसको मार कर उसकी लाश तलहटी की एक पुलिया के नीचे फेंक दी थी। ओ.पी. ने राहुल से कहा था, "यहाँ बहुत सावधानी और होशयारी से रहना है। शहर की ओर जाओ तो वहाँ किसी से पंगा लेने की कोशिश मत करो। अगर किसी सिनेमा हाल में टिकट भी ख़रीदो तो सौ या पाँच सौ के नोट जेब से मत निकालो। वहाँ बुकिंग विंडो में बैठने वाला आदमी ही नहीं, पनवाड़ी और चाट वाले तक अपराधियों के एजेंट हैं। अगर शक हुआ कि तुम किसी पैसे वाले आसामी के लड़के हो, तो किसी भी दिन हॉस्टल आकर तुम्हें उठाकर ले जायेंगे। हर साल दर्जनों एब्डक्शन के केस यहाँ होते रहते है। पुराना डकैत इलाक़ा है।

देवी सिंह, मलखान सिंह, मोहर सिंह, तहसीलदार सिंह...सारे के सारे डाकू इसी पट्टी में वारदात किया करते थे।''

ओ.पी. की बात में कितनी सच्चाई थी, इसका पता जल्द ही चल गया। पोस्टमैन तक लोकल गुंडों से मिला हुआ था। हॉस्टल में दक्षिण भारत या दूर–दराज़ से आने वाले छात्रों के घरों से मनी ऑर्डर अक्सर महीने के पहले सप्ताह की तारीख़ों में आते थे। किस लड़के के पास कितने का मनी आर्डर आया, गुंडों के पास इसकी पूरी सूची होती थी। इन तारीख़ों को, रात में नौ–साढ़े नौ बजते ही, हॉस्टल के परिसर में एक–दो जीपें आकर रुकतीं। छुरे, हॉकी की स्टिक, साइकिल की चेन, बघनखे, राड और कभी–कभार देशी कट्टे, जो मामूली क़ीमत में इस इलाक़े के लोहारों के पास आसानी से मिल जाते थे, इन गुंडों के हथियार होते थे। अज्जू, लच्छू, अच्छन, बब्बन, लोटा, पेंदा, गुड्डू, डब्बा, बकसा जैसे उनके नाम होते थे और भाई, दाऊ या गुरु का सम्बोधन उनके साथ सीनियारिटी और रुतबे के हिसाब से जुड़ा होता था। मसलन, अच्छन गुरु, लच्छू भाई। कभी–कभी उस्ताद भी–परसू उस्ताद। इन लोगों के सम्बन्ध स्थानीय राजनीतिक नेताओं, पुलिस आदि के साथ तो होते ही थे, विश्वविद्यालय के प्रशासन, छात्र–अध्यापक राजनीति में भी उनकी ख़ासी दख़ल होती थी। मणिपुर, अरुणाचल, असम जैसे उत्तर–पूर्व के प्रान्तों से आने वाले छात्रों को ये गुंडे 'मल्लू' या 'मंकी' बोलते थे और दक्षिणी भारत के किसी भी राज्य से आने वाला लड़का इनके लिए 'रुंडू' होता था।

रूम नं. 212 में एक मणिपुरी छात्र रहता था। सापाम तोंबा। सुन्दर, गोल–मटोल, पढ़ने में तेज़ और बैडमिंटन का अच्छा खिलाड़ी। राहुल के साथ उसकी अच्छी पहचान हो गयी थी। सापाम बॉटनी में एम.एससी. प्रीवियस कर रहा था। अभी दो हफ़्ते पहले इम्फाल के पास एक गोलीबारी में उसके सगे बड़े भाई की मृत्यु हो गयी थी, जो वहाँ किसी प्राइमरी स्कूल का शिक्षक

था। सापाम फूट–फूटकर रोता रहा। वह मणिपुर अपने भाई के अन्तिम संस्कार में शामिल होने नहीं जा पाया था, क्योंकि उसके पास किराये के पैसे नहीं थे। दूसरे, उसके पिताजी ने उसे वहाँ आने से रोका भी था। मणिपुर में इंसर्जेंसी की घटनाएँ बढ़ गयी थीं। पूरा मणिपुर सेना और बी.एस.एफ. के हवाले था। रोज़–रोज़ कांबिंग ऑपरेशंस और एनकाउंटर्स।

'मैं अगर उदर जायेंगा तो मिजे पी.एल.ए. का मेंबर बताकर वो लोग गोली मार देंगा। हम उदर से ज़्यादा इदर सेफ़ है।' सापाम ने कहा था।

गुंडे सापाम के कमरे में भी घुसे थे। उन्होंने उसकी घड़ी, मनीऑर्डर से आये छह सौ रुपये, चाय की एक केटली और एक थर्मस उससे छीन लिए थीं। इतना ही नहीं, उन्होंने सापाम को मजबूर किया था कि वह नंगा होकर बिजली के जलते हीटर पर पेशाब करे। टॉर्चर से हारकर जब सापाम ने ऐसा किया तो उसे ज़ोरों का करेंट लगा और उस शॉक से वह बेहोश हो गया। वह अभी तक नॉर्मल नहीं हो पाया था। सापाम टूट गया था। 'हम किदर जाये...? हम पड़ाई कैसे करेंगा? मिजको बताओ।' वह रो रहा था।

ओ.पी., राहुल और दो–तीन अन्य लड़कों ने मिलकर उसका मेस बिल पटाया। फ़ीस जमा करवायी। 'मणिपुरी लोग इंडिया से अलग होना चाहते हैं। अगर आज मत संग्रह हो जाये, तो कश्मीर से ज़्यादा प्रतिशत लोग अलगाव के पक्ष में मणिपुर और नागालैंड में वोट डालेंगे।' ऐसा क्यों हुआ?

सापाम कहता था, कि उसकी बुआ और मणिपुर की बहुत सी औरतें जो विधवा हो जाती थीं, वे वृन्दावन आ जाती थीं। गाँव–गाँव वहाँ रास–लीलाएँ होती थीं। कृष्ण के कीर्तन होते थे। सत्रहवीं सदी में बंगाल से आकर गौरांग महाप्रभु चैतन्य ने अपनें पदों और कीर्तनों से पूरे मणिपुर को गुँजा दिया था। वहाँ के आदिवासियों समेत सारे लोग वैष्णव हो गये थे। उनके नाम के अन्त में शर्मा,

सिंह जैसे सरनेम जुड़ गये थे। सीधे–सरल, भोले–भावुक, पहाड़ों का कठिन जीवन जीते मंगोल या तिब्बती–बर्मी समूह के मेतेई और आदिवासी। जैसे चैतन्य ने उनके रिक्त सांस्कृतिक जीवन को एक नयी रसमयी नदी के जल से आप्लावित कर दिया था। आज़ादी के समय, 1947 के बाद स्वेच्छा से, जनता की माँग पर मणिपुर ने भारतीय गणराज्य का एक अंग बनने का चुनाव किया था।

अब ऐसा आख़िर क्यों हो गया? पचास साल के भीतर–भीतर वहाँ का हर व्यक्ति, सौ में से निन्यानवे, इस इंडिया से छुटकारा क्यों पाना चाहता है?

'मायांग (परदेसियों) ने हमें बहोत लूटा। हमारी लड़की ले गये। हमें बेवकूफ़ बनाया। हमारा बाज़ार, ट्रेड, नौकरी सब पर मायांग का क़ब्ज़ा है। कुछ बोलो तो सेसेनिस्ट कहता है। तुम आज उदर से आर्मी हटा लो, कल हम आज़ाद हो जायेगा।' सापाम कहता है–'अंग्रेज़ों के टाइम पर हमने सुभाष बोस के आई.एन.ए. को अपना ब्लड दिया था। बर्मा तक जाकर इंडिया की आज़ादी के लिए हमारा लोग लड़ा। अब हम अपनी आज़ादी के लिए लड़ेगा। लिख के ले लो, कश्मीर से पहले हम इंडिया से आज़ाद होगा।'

राहुल को लगा यूनिवर्सिटी की जिन्दगी उतनी आसान नहीं है, जितनी वह समझ रहा था। यहाँ सुरक्षित होकर सिर्फ़ स्टडी करना, एंथ्रोपोलॉजी पढ़ना, मानव सभ्यता और नस्लों के उत्स को जाना और माधुरी दीक्षित की पीठ को देखते रहना उतना सरल नहीं है। कभी–भी वे लोकल गुंडे कमरे में घुसेंगे और कनपटी पर कट्टा लगा देंगे। यह एक क्रूर, टुच्चा, अपराधी समय है, जिसमें इस वक़्त हम लोग फँसे हैं। यह ठगों, मवालियों, जालसाजों, तस्करों और ठेकेदारों का समय है। और इस वक़्त हर ईमानदार, शरीफ और सीधा–सादा हिन्दुस्तानी इस राज में कश्मीरी है या मणिपुरी है या फिर नक्सलवादी।

'पिछले महीने मुझे न्यूयार्क में एक सेमिनार में हिस्सा लेने के लिए आमन्त्रित किया गया। 500 डॉलर की स्वीकृत न्यूनतम मुद्रा मेरे पास थी। उससे ज़्यादा रक़म मैं कभी भी नहीं ले गया। इतने पैसे भी ख़र्च नहीं होते। लेकिन इस बार पहली बार मुझसे पूछताछ की गयी। बड़े अभद्र और खोजी तरीक़े से, कि इतनी कम रक़म में आपका काम कैसे चलेगा? आप और डॉलर्स क्यों नहीं ले जाते?' किन्नू दा ने बताया। 'दरअसल अब ये दुनिया ट्रेडर्स की, व्यापारियों की हो गयी है। वे लाखों डॉलर–पाउंड लेकर सफ़र करते हैं। अरबों–खरबों का ट्रांजेक्शन होता है। ये लोग मान ही नहीं सकते कि अभी भी हिन्दुस्तान में ऐसे लोग बचे हुए हैं, जिन्हें बहुत दौलत नहीं चाहिए। और वे अमेरिका या फ्रांस व्यापार करने नहीं, अकादेमिक या दूसरे कारणों से जाते हैं।'

तो क्या ये जो भू–मण्डलीकरण हो रहा है यह उन्हीं के लिए है, जो विश्व बाज़ार के हिस्से हैं। सटोरिये, व्यापारी, तस्कर, अपराधी या सरकारी मन्त्री–अफ़सर। अगर आज डॉ. कोटणीस जैसे लोग चीन जाना चाहें या राहुल सांकृत्यायन जैसे लोग रूस और मध्य एशिया, तो क्या यह सम्भव होगा?

'नॉट एट आल!' कार्तिकेय ने जवाब दिया। 'दिस इज़ द एंड ऑफ़ द सिविल सोसायटी। अब कहीं कोई नागरिक समाज नहीं बचा। सिर्फ़ सरकारें हैं, कंपनियाँ हैं, संस्थाएँ हैं माफ़िया और गिरोह हैं। और अगर अब भी तुम किसी लेखक, कवि या विद्वान को हवाई जहाज़ में सवार होकर विदेश जाते देखते हो, तो जान लो, वह किसी कंपनी, किसी व्यापारी, किसी संस्था या गिरोह का सदस्य या दलाल है। आल्वेज़ डाउट हिज़ इंटिग्रिटी।'

कार्तिकेय काजले पुणे से आया था। जियोलॉजी में रिसर्च के साथ–साथ सिविल सर्विसेज की तैयारी कर रहा था। उसने राहुल से भी सिविल की तैयारी के लिए कहा।

सापाम के अलावा उन गुंडों ने केरल के एक लड़के मधुसूदन को लूटने के बाद इतना मारा था कि वह डर के मारे दूसरी

मंज़िल से नीचे कूद गया था और उसकी टाँगें टूट गयीं थी। वह अस्पताल में एडमिट था। राहुल, ओ.पी. और कार्तिकेय के साथ उसे देखने हॉस्पिटल गया था। मधुसूदन के फादर का कोचीन से टेलीग्राम आया था कि वह माइग्रेशन लेकर केरल लौट आये। वह परेशान था। उसका पूरा करियर बिगड़ गया था।

एक दिन राहुल अपने विभाग से अणिमा, आभा, दीप्ति, मनमोहन और राजू के साथ निकलकर लाइब्रेरी के पास बने कैंटीन की ओर जा रहा था कि सड़क के किनारे पाँच–सात लड़कों के झुण्ड में से किसी ने उसे पत्थर मारा। ढेला उसके सिर के पीछे लगा। अणिमा चीख़ी। ख़ून नहीं निकला था। तभी उस झुण्ड में से एक लड़के ने आवाज़ मारी...'अरे ओए हीरो! जुल्फ का स्टाइल तो एकदम राहुल राय वाला है...'

'ये क्या बदतमीजी है।' अणिमा ने डाँटा।

'काए दीदी! हमाए लाने इस हिंजड़े खों जीजा बनाय रई? अरे कउनो ठीक–ठाक मोड़ा खोजो।'

इसके बाद एक ज़ोरों का ठहाका लगा।

'इनके मुँह लगना ठीक नहीं। चुपचाप बढ़ लो।' मनमोहन ने सलाह दी।

वे लोग चुपचाप चलने लगे। लगा कि सब कुछ शान्त हो गया। लेकिन जैसे ही वे लाइब्रेरी के पास पहुँचकर कैंटीन की ओर मुड़ने लगे, एक दूसरा दनदनाता पत्थर आकर आभा को लगा। वह चीखकर गिर गयी। उसका चश्मा फूट गया। माथे से ख़ून बह रहा था।

'इतै यूनिवर्सिटी में पढ़ने के लाने आये या लौंडियाबाज़ी करने के लाने। जे हम पैली वार्मिंग दे रए हैं। सँभल जाओ हीरो। नई तो बैंड बजा देंगे।' पीछे से उनमें से एक ने कहा। 'तुम्हाई तो बऊ की!'

'बऊ' का मतलब होता था, माँ।

वे लोग प्रॉक्टर के ऑफ़िस शिकायत करने पहुँचे। इस हद

तक दादागीरी और गुंडागर्दी अकल्पनीय थी। डिस्पेंसरी जाकर आभा की मरहम–पट्टी करवाई गयी थी। बिना चश्मे के उसे ठीक से दिखता भी नहीं था। ऊपर से एंड सेमेस्टर टेस्ट सिर पर थे।

प्रॉक्टर डॉक्टर चतुर्वेदी थे। उन्होंने सारी बातें सुनीं। एक टूथ प्रिक से अपने दाँतो में अटके सुपारी के टुकड़ों को कुरेदा, फिर गम्भीर लेकिन काइयां आवाज़ में कहा, ''देखो, ये दिल्ली नहीं है, न लन्दन। यहाँ ऐसा फैशन करके लड़कियों के साथ मौज–मस्ती करोगे तो कुछ–न–कुछ तो होगा ही। लड़कियों पर तो सभी की निगाह रहती है। स्टूडेंट को तो छोड़ो, टीचर भी पीछे नहीं। आज पत्थर खाया है, कल फेल कर दिये जाओगे।''

'लेकिन सर, हम लोग कोई मौज–मस्ती नहीं कर रहे थे। हम अपने नेक्स्ट पीरियड के पहले सिर्फ़ रिफ्रेशमेंट के लिए कैंटीन जा रहे थे।' राहुल ने तर्क दिया।

'कहाँ से आये हैं आप जनाब? ये माँग क्यों बीच से निकाली है? आजकल लड़कियाँ ऐसी स्टाइल पसन्द करती हैं क्या?' प्रॉक्टर चतुर्वेदी ने व्यंग्य से कहा। 'देखो मिस्टर, अगर लड़कियों से दोस्ती का इतना ही शौक़ है तो ज़रा अपनी पॉकेट भारी करो। कार में चलो, पैदल क्यों खुले में घूमते हो इनके साथ। इतनी सारी कारें आती हैं सिटी से इस कैम्पस में। उन टिंटेड ग्लास के भीतर क्या–क्या होता है, क्या हमें पता नहीं। अरे, इतने सारे होटल हैं, वहाँ जाओ। इस तरह घूमोगे तो ख़तरा तुम्हें नहीं, इन लड़कियों को है। यहाँ का एटमॉसफियर ठीक नहीं। दीवारों पर ऊटपटाँग बातें लिख दी जायेंगी। तुम्हारा क्या, बदनाम होकर तो कुँवारी बेचारी ये बैठेंगी ना!'

'सर, आप ग़लत सोच रहे है, सर!' मनमोहन मिनमिनाया।

'ग़लत हम नहीं सोच रहे हैं, आप सोच रहे है।' चतुर्वेदी ने दाँत कुरेदना ख़त्म करते हुए कहा। 'टी.वी. देख देखकर आपका दिमाग़ ख़राब हो गया है। अपनी स्टडीज़ पर ध्यान दीजिए। रही बात आज के इंसीडेंट की, तो कहिए तो फ़ोन करके एस.एच.ओ.

को बुला दूँ? एफ़.आई.आर. दर्ज़ करा दीजिए। लेकिन इतना समझ लीजिए कि वे लड़के लोकल हैं। पंगा लेंगे तो आज उन्होंने सिर्फ़ पत्थर भर मार के वार्निंग दी है, कल आपके हॉस्टल के कमरे में घुसकर आपको ठोंक जायेंगे। मेरी सलाह यही है कि चुपचाप आप लोग अपने डिपार्टमेंट में लौट जाइये और आइन्दा इस तरह साथ–साथ मत घूमिये।'

वे लोग लौट आये। आभा के माथे का दर्द बढ़ रहा था। राहुल के सिर के पीछे भी छोटा–सा गूमड़ निकल आया था।

तो यह वह उत्तर आधुनिक समय है जब छोटे–छोटे शहरों में वेलेंटाइन–डे मनाया जा रहा है और न्यू ईयर ईव के लिए भुच्च पिछड़े क़स्बों में भी टी.वी. विज्ञापनों की बदौलत केक और आर्चीज़ के कार्ड की बिक्री बढ़ गयी है।

देखो, एक चुटियाधारी वनमानुष पेप्सी पीता हुआ राम लला के मन्दिर के सामने ब्रेक डांस कर रहा है और उसके लिंग में देसी कट्टा बन्धा हुआ है। और उसकी अंटी में दुबई के इब्राहीम भाई का हवाला रुपया है। उसे वोट दो, वह हिन्दुत्ववाद लायेगा।

राहुल के सिर का गूमड़ दर्द कर रहा था। कहीं कोई ब्लड क्लॉटिंग न हो गयी हो? वह डर गया।

वह घटना राहुल के जीवन में उस दोपहर ढाई बजे के आस-पास घटी, जो किसी के जीवन में पहली बार और शायद एक ही बार, ज़रूर घटा करती है।

आकाश में हल्की बदलियाँ थीं। दो दिन पहले पानी बरसा था। कैंपस के सारे पेड़ और सारी इमारतें धुलकर दोपहर की खिली हुई धूप में चमक रही थीं।

अगस्त का रंग ख़ूब गाढ़ा हरा होता है और उसकी तारीख़ों में घास की भीगी हुई हरी गन्ध भरी होती है। जब कोई अगस्त की सड़क पर चलता है, तो उसके जूते वनस्पतियों के कोंपलों और घास के फूलों और तिनकों में लिथड़ जाते हैं। भुने हुए भुट्टे खाने का मौसम।

उस पत्थर वाली घटना के बाद से राहुल और उसके दोस्त काफ़ी सतर्क हो गये थे। उस दिन, जिस दिन राहुल के जीवन में यह घटना घटी, वे लोग अपने विभाग के कॉमन रूम में बैठे हुए थे। आभा, सीमा फिलिप, मनमोहन, राणा, अणिमा, राजू, रेणु, नीरा दीदी और भगवत। भुट्टे खाये जा रहे थे और फ़िल्मी अन्ताक्षरी, क्रिकेट, टी.वी. सीरियल और फ़िल्म पर बहस से शुरू हुआ दौर मेज़ को तबले की तरह बजाने और बारी–बारी से गाना गाने तक पहुँच गया था। खिड़कियाँ और दरवाज़े अन्दर से बन्द कर लिए गये थे, जिससे कोई लोकल लफूट आकर पंगा न खड़ा कर दे। दो दिन बाद रक्षाबन्धन का त्यौहार था। कौन लड़की किस टीचर या लड़के को राखी बान्धकर धड़ल्ले से चलते एकतरफ़ा रोमेंटिक सोप ऑपेरा के बीच में अचानक एक कभी न ख़त्म होने वाला 'ब्रेक' डाल देगी, इसकी सूची

बनाई जा रही थी। राजू और नीरा दीदी के पास ऐसी प्रामाणिक सूचनाओं का रोचक ख़ज़ाना था।

'अग्रवाल सर आजकल लगातार कैप लगाकर यूनिवर्सिटी आते हैं। एक बार तो बारिश में उनकी टोपी भीग कर लत्ता बन गयी थी, उसमें से बेतहाशा पानी चू रहा था। तब भी उन्होंने टोपी नहीं उतारी। उन्हें लगता है उनकी गंजी खोपड़ी देखकर रीता सक्सेना उन्हें छोड़कर किसी और के साथ लग जायेगी।' नीरा दीदी ने बताया।

'अग्रवाल सर की गंजी खोपड़ी, उस पर बैठी तो फिसल जायेगी छोकरी।' राजू ने मेज़ को तबले की तरह बजा–बजाकर गाया।

'और वो हिन्दी वाले कवि जी, तिवारी सर। कहते हैं परसों उनको लाइब्रेरियन ने सबके सामने डाँटा कि आप यहाँ किताबें देखने आते हैं या लड़कियों की जासूसी करने और उन्हें घूरने।'

'ही इज़ अ पीपर, वायॅरिस्ट! कहते हैं, वे लड़कियों के पैरेंट्स को फ़ोन से सूचना भी दिया करते हैं। एक बार उनकी पिटाई भी हुई थी।'

'पद्‌मश्री ले आया है साला। ही इज़ अ ग्रेट जुगाड़ू लीच। अभी लन्दन गया था। विश्व हिन्दी सम्मेलन में।'

अणिमा ने उस दिन गहरे जामनी रंग की स्लीव लेस ब्लाउज और समुद्री नीले रंग की साड़ी पहन रखी थी। सिल्क की साड़ी। उसका साँवला रंग जैसे उद्‌भासित होकर चमकने लगा था। फुंसियों वाले चपटे से चेहरे में बच्चों जैसी शरारती लेकिन निर्दोष आँखें थीं।

'...बचपन की मोहब्बत को, दिल से न जुदा करना।
जब याद मेरी आये, मिलने की दुआ करना।
और
'...ये रिश्ता चार आँखों का, मेरे साजन न टूटेगा।
जो मुझको आज़माना हो, तो डोली ले के आ जाना।
सुन मेरे साजना...हो ऽ।'

अणिमा के गले में कोई उदास–सी बाँसुरी थी, जिसके स्वर बाहर नहीं, भीतर की ओर दूर तक उतरते जाते थे। राजू की उँगलियाँ मेज़ को बजाते–बजाते कहीं खो जाती थीं। कौन–सा दुख होगा इस साँवली लड़की के भीतर, जो उसकी आवाज को इतना नम कर देता है?

आभा ने एक रैप साँग गया, जो उसने ख़ुद ही लिखा था। मज़ेदार था। राहुल ने हंसराज का पंजाबी पॉप गाया : 'सोणिये नी सोणिये नी सोणिये, मुखड़ा ना जा नी मोड़के, चल मेरे संग नाल सारा जग छोड़ के।' गाना ऐसा जमा कि साथ में राणा, नीरा दीदी, आभा, अणिमा सबने स्वर मिलाया।

'दलेर मेंहदी का हो जाये...' राजू ने माँग की। सबने साथ दिया।

ठीक इसी समय दरवाज़े पर किसी ने दस्तक दी।

खट्...खट्...खट्...!

तबला फिर से वापस काठ की गूँगी मेज़ में तब्दील हो गया और कमरे में चुप्पी छा गयी। कौन होगा इस समय? सारे टीचर्स तो वाइस चांसलर के रेज़िडेंस की ओर गये थे और वहाँ से उन्हें पाँच बजे शाम लौटना था।

कहीं कोई लफूटों का गैंग तो नहीं आ गया? गाने की मस्ती में वे लोग भूल ही गये थे कि आवाज़ बाहर गलियारे तक भी जा रही होगी।

राहुल ने जाकर दरवाज़े की कुंडी खोली।

और, दरवाज़े पर वह थी। वह, जिसे राहुल ने अपने जीवन में पहली बार देखा।

दो बड़ी–बड़ी आश्चर्य से भरी आँखे। हँसी के तट तक पहुँचते–पहुँचते ठिठक कर रुक गये होंठ, पतली–सी छोटी नाक ...जयपुरी बंधेज की गहरी हरी, पीले–लाल छीटों वाली चुन्नी। बासन्ती रंग का कुर्त्ता और सफ़ेद सलवार।

गोरेपन की ओर थोड़ा–सा झुका हुआ गेहुँआ रंग।

'हाय अंजली'—सीमा फिलिप और अणिमा ने उसे विश किया।

'क्या चल रहा था यहाँ? मैंने डिस्टर्ब तो नहीं किया न?' अंजली ने पूछा। वह अणिमा के पास वाली कुर्सी पर बैठ गयी थी।

'नहीं यार, यहाँ तो हमारा डब्ल्यूडब्ल्यूडब्ल्यूडॉटटाइमपास म्यूजिकलडॉटकॉम चल रहा था।' सीमा ने कहा।

'भुट्टा खायेगी? मेरे पास आधा बचा है।' रेणू ने पेशकश की।

'पण्डितानी है। तेरा जूठा भुट्ठा खायेगी तो उसका धरम भ्रष्ट हो जायेगा।' सीमा ने व्यंग्य किया।

अंजली भुट्टे के दाने छील–छीलकर खाने लगी। राहुल ने उसे देखा। कोई लड़की इतनी सुन्दर, इतनी निर्दोष और इतनी लाचार क्यों दिखती है?

उसे लगा अंजली के आने के साथ ही कमरे में जैसे एक तरह की शान्ति और शीतलता आ गयी हो।

'चप्पा...चप्पा चरखा चले...औनी बौनी बेरियों तले...' राजू फिर मेज़ बजाने लगा था। लेकिन बहुत धीरे–धीरे और उतनी ही धीमी आवाज़ में राणा गा रहा था। राहुल भी बीच–बीच में शामिल हो जाता था।

पता चला अंजली स्टेट मिनिस्टर जोशी की लड़की है। पी.डब्ल्यू.डी. मिनिस्टर एल.के. जोशी। पूर्वज कभी पहाड़ के रहे होंगे लेकिन कई पीढ़ियों से उनका परिवार यहीं बस गया है। पहले जंगल के ठेकेदार थे फिर बिल्डर बने। लाखों–करोड़ों कमाये। इस बार पहली ही बार विधायक का टिकट मिला और जीत कर मन्त्री बन गये। उनके पीछे व्यापारियों, ठेकेदारों और प्रोपर्टी डीलर्स की पूरी ताक़त थी। अच्छन, बबलू, लखन पाण्डे जैसे अपराधियों के गिरोह की मदद भी उन्हें हासिल थी।

जोशी चाणक्य का बाप है। इलाक़े में यह आम मान्यता थी। कुछ लोगों का कहना था कि राज्य की राजनीति में वे बहुत ऊपर तक जायेंगे। ज्योतिषियों ने उनकी हथेली पर साफ़–साफ़ राजयोग देखा था।

लेकिन अंजली?

भुट्टे के दानों को छील—छीलकर लापरवाही से खाती हुई लड़की?

अंजली अणिमा और सीमा फिलिप की सहेली थी। तीनों पहले एक ही गर्ल्स इंटर कॉलेज में पढ़ती थीं। स्कूल के दिनों से साथ था। अणिमा ने बताया कि अंजली हिन्दी में एम.ए. कर रही है।

हिन्दी में एम.ए.?

राहुल चौंक गया। उसकी आँखों के सामने यूनिवर्सिटी का हिन्दी विभाग घूम गया। मटैली, धुँधली बीमार लगती दीवारें। पान की पीक, गन्दगी और धूल से भरे कोने। ऐसा लगता, जैसे विश्वविद्यालय का वह सबसे अलग—थलग हिस्सा किसी शापग्रस्त अँधेरे में डूबा हुआ है। आजीवन किसी एकल क़ैद की सज़ा भोगती एक रहस्यमय इमारत।

और वहाँ से निकलते, आते—जाते लोग। लगता ही नहीं था कि वे आज के समय के लोग हैं। कपड़े—जूते पहनने से लेकर, चलने—फिरने और बोल—चाल तक में वे सबसे भिन्न थे। कैंपस में वे अक्सर झुण्ड में दिखायी देते। लड़कियाँ उन्हें देखकर घबरातीं। वे बहुत ऊँची आवाज में बातें करते और अक्सर ज़ोरों से चीख़ते हुएं, खाँसते हुए या ताली पीट—पीट कर हँसते लगता जैसे यह कोई आदिम, सभ्यताओं के पार से आने वाली, किसी होमोसेपियेन की हँसी है। हा—हा, खी—खी, ही—ही। हूप...हूप...हूप।

वे एक साथ हास्यास्पद और डरावने लगते। उन्हें देखकर एक ही पल दया और भय का संचार होता। वे किसी विचित्र भाषा में आपस में बात करते थे। यह किसी मृत सभ्यता की कोई प्रेत भाषा थी।

हिन्दी, उर्दू और संस्कृत—ये तीन विभाग विश्वविद्यालय में ऐसे थे, जिनके होने के कारणों के बारे में किसी को ठीक—ठीक पता नहीं था। यहाँ पढ़ने वाले छात्र यहाँ से निकलकर किस भविष्य की ओर जायेंगे, कोई ठीक—ठीक नहीं जानता था। वे उजड्ड,

पिछड़े, मिसफिट, समय की सूचनाओं से कटे, दयनीय लड़के थे और वैसे ही कैरिकेचर लगते उनके अध्यापक! कोई पान खाता हुआ लगातार थूकता रहता, कोई बेशर्मी से सार्वजनिक रूप से अपनी जाँघ की जोड़ें खुजलाता, कोई चुटिया धारी धोती छाप रघुपतिया किसी लड़की को चिंपैंजी की तरह घूरता।

कैम्पस में लड़के मज़ाक़ में उस विभाग को 'कटपीस सेंटर' कहते थे। जो लड़कियां सूरत–शक्ल और प्रतिभा से ठीक–ठाक होतीं वे दूसरे विषयों में एडमिशन पाकर विश्वविद्यालय की मुख्य धारा में शामिल हो जाती थीं। बची–खुची लड़कियाँ और लड़के ही वहाँ प्रवेश लेते। उनको देखकर ही लगता था कि वे 'ड्रॉप आउट्स' हैं।

और अंजली जोशी उसी हिन्दी विभाग में? कुछ दिनों में यह भी तो कहीं किसी मादा गोरिल्ला में नहीं बदल जायेगी? अपभ्रंश और पाली में बोलती हुई, हल्दी और बेसन के उबटन में सिझी हुई कोई यक्षिणी या गऊ का दूध पीती कोई जंगली ऋषि कन्या।

अणिमा से पता चला कि अंजली ग्रेजुएशन के दिनों में बहुत बीमार पड़ गयी थी। उसे पीलिया हो गया था। उसी हालत में परीक्षा दी। पेपर्स ख़राब हुए और बड़ी मुश्किल से पास हो पायी। उसके पिताजी ने हिन्दी डिपार्टमेंट के हेड आचार्य एस.एन. मिश्रा को कहकर अंजली का एडमिशन वहाँ करा दिया।

'कोई भी भाषा, जब तक कोई समुदाय उसे बोलता है, विलुप्त नहीं होती। यूरोप की भाषाओं के इतने प्रसार और प्रचार के बावजूद, शताब्दियों तक चलने वाले औपनिवेशिक और साम्राज्यवादी पराधीनताओं के बावजूद, अफ्रीका और एशिया की छोटी–छोटी आदिवासी भाषाएँ तक मिटाई नहीं जा सकीं। वे आज भी जिन्दा हैं 'हो' जैसी आस्ट्रिक परिवार की भाषा, जिसे बहुत थोड़े–से आदिवासी बोलते हैं, आज तक मौजूद है...' किन्नू दा ने कहा था।

सो, दे आर द ट्राइबल्स! वे आज के समय के आदिवासी हैं।

'नहीं, वे आदिवासी नहीं, मुल्ला और पुरोहित हैं। याद रखो, आदिवासी कभी रेट्रोग्रेसिव नहीं होता। वह जड़ नहीं होता।' कार्तिकेय ने बहस में कहा था।

मैं भी गोरिल्ला बनूँगा। एक होमोसेपियन। एक पुरोहित। मैं भी पान–गुटखा खाकर, झुण्ड में घूमता हुआ हँसूगा, खी–खी, हूप...हूप।

राहुल ने गलियारे से देखा। अणिमा और सीमा फिलिप के बीच में थी अंजली जोशी। वह जा रही थी। उसके दाहिने हाथ में एक छतरी थी। पीली छतरी।

यह निश्चित ही वही पीठ है, जो उसके हॉस्टल के रूम में 252 की खिड़की पर धूप को अन्दर आने से रोक रही है। अगर अभी एक गुलेल होता तो वह रबर को कान तक खींचकर एक बंटी मारता।

संगीत, कृतज्ञता और मीठी पीड़ा में डूबी एक 'उई' की आवाज़ अंजली जोशी के गले से निकलती, वह गर्दन मोड़कर उसकी ओर उत्सुक और आमन्त्रित करती, चौंकी हुई। आँखों से देखती।

और 'फ्रीज़' हो जाती।

सचमुच, राहुल के जीवन में पहली बार कोई चलती–फिरती, जीती–जागती वास्तविक लड़की, एक स्थिर चित्र में उस दिन 'फ्रीज़' हो गयी थी।

और उस लड़की का नाम था, अंजली जोशी।

टैगोर हॉस्टल के नीचे के मैदान में रात नौ बजे, डिनर के बाद, आपात् सभा हुई। महर्षि अरविन्द, सी.वी. रमन और भूला भाई देसाई–हॉस्टल के लगभग सभी लड़के मैदान में जमा हुए। दो लड़कियों के हॉस्टल्स भी थे। एम.एल.बी. (महारानी लक्ष्मी बाई) और सरोजनी नायडू गर्ल्स हॉस्टल। परवेज़ और कण्णन वहाँ सन्देश लेकर गये थे। पैंतालीस लड़कियाँ वहाँ से भी आ गयी थीं।

'वी.सी. अग्निहोत्री मुर्दाबाद...मुर्दाबाद...!'

'प्रॉक्टर चतुर्वेदी हाय...हाय...!'

'वार्डन उपाध्याय...बाहर आओ...बाहर आओ...!'

'साथियो, आज हम यहाँ एक बहुत ज़रूरी मसले के लिए इकट्ठा हुए हैं। हम अगर आज भी नहीं जागे तो हम बर्बाद हो जायेंगे। ये यूनिवर्सिटी गुंडों और समाजविरोधी अपराधियों का अड्डा बन गयी है। वे खुलेआम अपनी मनमानी कर रहे हैं। आपके सामने हमारे साथी हॉस्टलर्स ख़ुद बतायेंगे कि उनके साथ इन गुंडों ने क्या–क्या हरकतें कीं। मैं सबसे पहले बुलाऊँगा, टैगोर हॉस्टल के रूम नम्बर 212 के, एम.एससी.। प्रीवियस के स्टूडेंट सापाम तोंबा को...ये मणिपुर से यहाँ पढ़ने आये हैं...।'

सापाम ने मंच पर आकर अपनी टूटी–फूटी हिन्दी और अंग्रेज़ी में अपने साथ घटी घटना के बारे में बताना शुरू किया। बताते–बताते उसकी आवाज़ भर्राने लगी फिर वह मंच पर ही रोने लगा। आज इतने सारे लड़कों की भीड़ देखकर, या तो भावावेग में या फिर घबराहट में, उसने पहली बार वह बात भी बतायी, जो उसने पहले विश्वविद्यालय के अधिकारियों को भी नहीं बतायी थी।

उस समय सापाम हिचकियों के बीच अपने साथ गुंडों द्वारा की गयी ज़्यादतियों के बारे में बता रहा था तभी एक पल के लिए वह रुका, उसकी आँखें शून्य में जाकर कहीं भटकती–सी लगीं, दोनों हथेलियों से उसने अपना चेहरा ढका, फिर एक ही साँस में कहा–'उनोंने मेरे साथ सोडोमी का अटेंप्ट किया। हीटर में मेरे को पिस कराने के पहले.' और वह फूट पड़ा।

उसका चेहरा, हथेलियों के पार, आँसुओं के एक नये सैलाब में डूब गया।

आकाश से जैसे एक विशाल पक्षी अपने घायल डैने फड़फड़ाता सबके बीच आकर गिरा। अचानक चारों तरफ एक सहमा हुआ सन्नाटा फैल गया। सारी आहटें थम गयीं। टैगोर हॉस्टल के मैदान में इकट्ठा छात्र–छात्राओं के चेहरे दुख, ग्लानि, पराजय और शर्म से धूमिल हो गये थे। एक भारी–भरकम, असह्य सन्नाटा वहाँ अचानक हर किसी के कान में बज रहा था, आत्मा को छीलता हुआ। और नेपथ्य में से आ रही थी सापाम तोंबा की सिसकियों की आवाज़।

'आयम नॉट अ गे। टेल मी, मिजको बताओ...हम कैसे जिये? मैं क्यों जिये?' सापाम का रोना ऐसा था, जैसे कोई अब तक का रुका हुआ अन्धड़ अचानक फूट पड़ा हो। उसका छोटा–सा सुन्दर शरीर किसी कमज़ोर पौधे की तरह उस वेगवान बवंडर में काँप रहा था। अभी कुछ ही दिनों पहले मणिपुर में उसके सगे बड़े भाई को, जो प्राइमरी स्कूल में टीचर था, गोली मार दी गयी थी और यहाँ उसके साथ यह हादसा हुआ था।

'हम रोज़ सोचता है, आज हम स्युइसाइड कर लेगा। लेकिन...लेकिन हम ज़रूर कर लेगा। मिजसे लिख के ले लो। आज नहीं तो कल हम स्युइसाइड कर लेगा। हम क्यों जियेगा? मिजको पढ़ाई के वास्ते पैसा मेरा भाई भेजता था। अब कौन भेजेगा? मिजको बताओ...टेल मी।'

सभी की आँखें नम थीं। लड़कियों की सिसकियाँ सुनी जा सकती थीं।

राहुल ने जाकर सापाम के कन्धे पर हाथ रखा। वह ख़ुद भी अपने आप को नहीं सँभाल पा रहा था। बहुत मुश्किल से उसने अपनी आवाज़ साफ़ की–'कम–कम। नीचे चलो सापाम। चुप हो जाओ। कंट्रोल योरसेल्फ़।' सापाम ने अपनी सूजी हुई लाल आँखों से राहुल को देखा और धीरे–धीरे उसका सहारा लेकर चबूतरे की सीढ़ियाँ उतरने लगा।

रात बारह बजे तक मीटिंग चली। यह पाया गया कि विश्वविद्यालय की सुरक्षा व्यवस्था या तो पर्याप्त नहीं है या उसमें स्थानीय लोगों के होने के कारण वे अपराधियों और गुंडों के ख़िलाफ़ कोई कार्रवाई नहीं करते। ऐसा वे डर की वजह से करते हैं या इसमें उनकी कोई मंशा है, यह पता नहीं चल रहा था। मीटिंग में सापाम तोंबा के अलावा मधुसूदन, प्रवीण, निकेतन, मसूद आदि उन सभी लड़कों को पेश किया गया, जिनके साथ इसी सत्र में गुंडों ने मार–पीट की थी और उनके रुपये, सामान वग़ैरह लूट ले गये थे। प्रताप परिहार, जिसके मामा पुलिस के अधिकारी थे, ने बताया कि इन गुंडों को राजनीतिक नेताओं, यूनिवर्सिटी के अधिकारियों और पुलिस का संरक्षण प्राप्त है। पिछले साल जय प्रकाश भुइयां नाम के एक सीनियर छात्र ने कुछ गुंडों के ख़िलाफ़ पुलिस स्टेशन में नामज़द रपट लिखाई थी, तो कुछ महीनों बाद, जब वह अपने गाँव जाने के लिए स्टेशन पर ट्रेन का इन्तज़ार कर रहा था, गुंडों ने उसे वहीं प्लेटफॉर्म पर, रेलवे पुलिस के सामने मारा था और उसके दोनों हाथ तोड़ दिये थे। उसे पढ़ाई छोड़नी पड़ी थी।

यह फ़ैसला किया गया कि हॉस्टल के सभी छात्र एकजुट होकर गुंडों का मुक़ाबला करें।

'हम यह बिल्कुल न सोचें कि इन गुंडों को शहर के सभी लोकल स्टूडेंट्स का समर्थन हासिल है। हमने दिन में डे स्कॉलर्स

से बात की है। वे हमारे साथ हैं। हो सकता है कि एक ही शहर होने और जान–पहचान होने की वजह से वे खुलकर हमारे साथ न आयें, लेकिन कई दूसरे तरीक़ों से वे हमारी मदद करेंगे।'

'यक़ीन मानो आप लोग, ये गुंडे तादाद में बहुत थोड़े हैं। बस हथियारों और पैट्रोनेज की वजह से उनकी ताक़त और हिम्मत बढ़ गयी है। अगर हमने एक बार उनको सही ज़वाब दे दिया, तो हॉस्टल में दुबारा घुसने के पहले वे दस बार सोचेंगे।'

प्रताप परिहार और कार्तिकेय का भाषण ज़ोरदार रहा।

यह भी तय हुआ कि अगर भविष्य में एक भी ऐसी घटना दुबारा घटी तो यूनिवर्सिटी को बन्द करवा दिया जायेगा।

स्ट्राइक। छात्र एकता ज़िन्दाबाद!

मीटिंग ज़ोरदार और पूरी तरह कामयाब रही। राहुल को लग रहा था जैसे उसकी शिराओं में दौड़ते ख़ून ने अचानक रफ़्तार पकड़ ली है और वह आँच में तप रहा है। उसने अपनी भुजाओं की मछलियाँ देखीं। जिम ने अपना असर दिखाया था। आई बिलांग टु अ मार्शल रेस। आई विल फाइट फॉर अ जस्ट कॉज़ टिल आई ब्रीद माइ लास्ट।

'...हम जियेंगे और मरेंगे ऐ वतन तेरे लिए...दिल दिया है, जाँ भी देंगे ऐ वतन तेरे लिए...' वह धीरे–धीरे गुनगुना रहा था। उसने साथ खड़े सापाम के कन्धे दबाये और उसकी ओर देखकर मुस्कराया।

सापाम लेकिन नहीं मुस्कुरा सका। उसकी आँखें बार–बार किसी शून्य की ओर भटकने लगती थीं। वहाँ क्या था? क्या उसका मरा हुआ बड़ा भाई, जो अपनी उदास, असहाय और मृत आँखों से अब सिर्फ़ सापाम को देख भर सकता था और कुछ कर नहीं सकता था? क्योंकि उसे गोली मार दी गयी थी। उसकी कनपटी से अब भी ख़ून बह रहा था। सापाम ने देखा वह वहीं, टैगोर हॉस्टल के मैदान के एक कोने में चुपचाप बैठा हुआ अपनी मृत आँखों से सापाम को देख रहा था।

अपने छोटे भाई सापाम के साथ वह हर सुबह, साइकिल पर बैठकर जाल लेकर मछलियाँ पकड़ने जाता था। घर में ख़ूब सारी बत्तखें थीं। घर के पीछे जंगल था और पहाड़ियाँ, जिनका रंग दिन में सूरज और बादलों की धूप–छाँह में बार–बार बदलता रहता था। जो पहाड़ी सुबह नीली होती वह दोपहर आते–आते सलेटी या भूरी हो जाती, फिर किसी बादल की परछाईं पड़ते ही वह एकदम हरी हो जाती। आश्चर्य तब होता जब वे पहाड़ियाँ देखते–देखते एकदम अदृश्य हो जातीं। उनका नामोनिशान न दिखता। सिर्फ़ बदलियों का कोहरा वहाँ टँगा हुआ दिखायी देता। भाई बताता था कि–'सापाम, ऐसे में ही हवाई जहाज़ क्रैश कर जाते हैं। पायलट तो सोचता है कि यहाँ सिर्फ़ कोहरा है, जब कि वहाँ होता है एक ऊँचा–पूरा पहाड़।'

गर्मियों में बाँस के जंगल सूख जाते थे और रात में जब तेज़ हवाएँ उस जंगल से गुज़रती थीं तो हज़ारों बाँसुरियों की तरह वे बाँस बजने लगते थे। पिताजी कहते थे कि कृष्ण जब रुक्मिणी से प्यार करते थे, तो इसी जंगल में उनकी बाँसुरी बजती थी। रुक्मिणी यहीं उत्तर–पूर्व की थी। बाँस के पेड़ों ने बाँसुरी बजाना कृष्ण से सीखा है। रुक्मिणी अब भी हवा बनकर जंगल में छिपे कृष्ण से मिलने वहाँ आया करती है।

पिताजी कीर्तन में ढोलक बहुत अच्छा बजाते थे। बजाते–बजाते और गाते–गाते वे इतना डूब जाते थे कि लोग कहते थे कि उन पर चैतन्य आ गये हैं। चैतन्य महाप्रभु!

सापाम पत्थर की किसी मूर्ति में तब्दील हो गया था।

राहुल सिहर गया। उसने अपने रूममेट और दोस्त ओ.पी. को देखा। छह फुट तीन इंच लम्बा वह बाँस का लाठ, जिसकी गर्दन हंस या बगुलों जैसी लम्बी और नाजुक थी और उसके चलने पर हर क़दम लचकती थी, वह भीड़ के बीच तनकर खड़ा था। उसका दुबला–पतला लम्बोतरा चेहरा अँगारे की तरह दहक रहा था।

राहुल चुपचाप ओ.पी. के पीछे पहुँचा और उसको बाँहों में

लपेटते हुए बोला, ''अबे ओ गिनीज़ बुक के कंटेंडर, अपने लिए कोई ठिगनी–सी लड़की देख। इन्हीं में कहीं होगी। गुंडों से लड़ने–भिड़ने की बात भूल जा। धोखे से कहीं एक पड़ गयी तो तेरा ये महान ढाँचा दस जगह से टूटेगा।''

'शट अप! ये मज़ाक़ का टाइम नहीं है।' ओ.पी. बौखलाया लेकिन जब राहुल ने उसे और कसकर दबाया तो वह खाँसते हुए हँसने लगा।

'छोड़ बे छोड़!'

पच्चीस लड़कों की एस.एम.टी.एफ. बनी थी। स्पेशल मिलिटेंट टास्क फोर्स। सरिया, खुखरी, रामपुरी, हॉकी की स्टिक, बघनखे, साइकिल की चेन और लाठी–डण्डों के अलावा प्रताप परिहार ने तीन देसी कट्टों का इन्तज़ाम किया था।

राहुल और मधुसूदन ने चे ग्वेवारा की किताब *वेंसेरेमॉस* से कॉकटेल मोलोतोव बनाने का फार्मूला उड़ाकर दस सोडे की बोतलों में पेट्रोल, कास्टिक सोडा और किरचें वग़ैरह भरकर मोलोतोव तैयार किये थे। सापाम और कार्तिकेय ने बारूद, पोटाश, सीसे के छर्रे, काँच और कीलों से देशी 'हैंड ग्रेनेड' बनाये थे, जो पटकते ही फूटकर तबाही मचा सकते थे। ये आयुध हॉस्टल की छत से अगर रात में गुंडे आये, तो ऊपर से उनकी जीप पर फेंकने के लिए थे।

'वेंसेरेमॉस वेंसेरेमॉस! हम होंगे कामयाब...होंगे कामयाब एक दिन! हो हो हो! मन में है विश्वास!'

हॉस्टल के वार्डेन चन्द्रमणि उपाध्याय की हालत उस रात के बाद किसी सशंकित और घबराये हुए चूहे जैसी हो गयी थी। उन्हें पिछले कुछ ही दिनों में लड़कों के व्यवहार में आने वाला बदलाव साफ़–साफ़ दिखायी देता था। नमस्ते का सूचकांक अत्यन्त नीचे लुढ़क चुका था और कभी–कभार चिल्लर की तरह एकाध नमस्ते पिछले भव्य और रुतबेदार दिनों की याद दिलाता हुआ आता भी था, तो या तो वे उनके अपने विभाग के लड़के होते थे या फिर अपना मतलब सांटने की जुगत भिड़ाते पक्के धूर्त। उपाध्यायजी की दृष्टि लड़कों को पहचानने के मामले में अचूक, शब्दबेधी दृष्टि थी, फिर भला अपना ही गोत्र पहचानने

में वे धोखा कैसे खाते? पहले जब वे हॉस्टल के गलियारे में निकलते थे, तो उन्हें देखते ही लड़के किनारे हटते हुए, अदब और नमस्ते के साथ उन्हें रास्ता देते थे। अब लड़कों का झुण्ड गलियारे में किसी अजनबी मकोड़े की तरह उनको देखकर भी अनदेखी करता हुआ, आपस में बातें करता बढ़ता चला आता। डर के मारे वे ख़ुद दीवार के साथ लग जाते। क्या पता साले कहीं धकिया न दें।

और, जैसा कि कहा जाता था, देश और दिल्ली में आया हुआ प्रविधि और सूचना का युग किसी तरह घिसटते–पिसटते इस यूनिवर्सिटी तक भी पहुँच गया था। हर किसी के बारे में ढेरों सूचनाएँ लड़कों के पास होती थीं। हॉस्टल कॉम्प्लेक्स से थोड़ी ही दूर एक 'मैक्स कम्प्यूटर सेंटर' खुल गया था, जहाँ लड़कों ने विश्वविद्यालय के कई अधिकारियों और अध्यापकों के बारे में 'डि–फैक्टो' फाइल खोल रखी थी। इस काम में सबसे सक्रिय था, असम से मैथमेटिक्स डिपार्टमेंट में आया हुआ छात्र हेमन्त बरुआ। वह 'निट' से ई–कॉमर्स भी साथ–साथ कर रहा था। शतरंज का कमाल का खिलाड़ी और डाटा तथा आँकड़े इकट्‌ठा कर उनकी प्रोसेसिंग में हैरतअंगेज़ प्रतिभा रखने वाला, घुँघराले बालों और नन्हीं–मिचमिची, मुस्कराती आँखों वाला साँवला–ठिगना लड़का। हेमन्त हर रोज़ राहुल के साथ लगभग एक घण्टा शतरंज खेलता था। राहुल ने जब उससे अंजली की बात बतायी तो उसने कहा–'बस, ज़रा–सा वेट करो, हम तुमको उस लड़की का पूरा प्रोफाइल बनाकर दे देगा।'

बहरहाल, 'मैक्स कम्प्यूटर सेंटर' में हॉस्टल के वार्डेन डॉ. चन्द्रमणि उपाध्याय की जो 'डि–फैक्टो' फाइल खुली थी, वह इस प्रकार थी :

नेम : डॉ. चन्द्रमणि उपाध्याय। **एज** : फिफ्टी फाइव ईयर्स सेवेन मंथ्स फोर डेज़। **मेराइटल** : मैरीड बट लेफ्ट हिज़ वाइफ पण्डिताइन इन हिज़ विलेज इन यू.पी. विद सिक्स चिल्ड्रेन। नाउ लिव्स विद हिज़ मिस्ट्रेस हू राइट्स अबाउट वीमेन इ यूज़।

प्रॉपर्टी : बॉट टू फ्लैट्स एंड थ्री प्लॉट्स इन सिटी, बट स्टेज़ इन हॉस्टल्स वार्डेन्स अपार्टमेंट। बिसाइड पी.एफ. एंड सैलरी ओन्स वेरियस पॉलिसीज़। हैज़ क्रेडिट कार्ड। प्लेज़ सट्टा एंड पुट्स मनी इन शेयर मार्केट। **कमेंट** : पक्का तिकड़मबाज़। सॉलिड स्टेनलेस स्टील चम्मच़ ऑफ़ वी.सी. मिस्टर अशोक अग्निहोत्री। (इसके बाद किसी छात्र ने इस फाइल में एक क्षेपक और जोड़ा था।) **स्पेशल एडीशन** : उपाध्यायजी का सारा खाना ख़र्चा हॉस्टल के बजट से चलता है। सब्ज़ी–राशन से लेकर स्टेशनरी और टैक्सी भाड़ा हॉस्टल के खाते से। अपने एक भांजे और दो भतीजों को यूनिवर्सिटी में फिट करा चुके हैं। अपनी रखैल की थीसिस एक ग़रीब दलित लड़के से लिखवा कर पीएच.डी. प्रदान करवा चुके हैं। राज्य के पी.डब्ल्यू.डी. मिनिस्टर एल.के. जोशी के रेगुलर दरबारी हैं। ही क्लेम्स दैट ही इज़ अ मार्क्सिस्ट बट इन एक्चुअलिटी ही इज़ कट्टर ब्राम्हणवादी।

सुबह आकाश में बादल नहीं थे। बहुत दिनों बाद नया–धुला चमकीला सूरज निकला था। राहुल के कमरा नम्बर 252 की खिड़की के एक कोने से तिरछी नारंगी किरणें कूदकर उसके बिस्तर पर गिरकर गौरैयों की तरह फुदक रही थीं। ओ.पी. नहाने के लिए बाथरूम गया हुआ था और राहुल माधुरी दीक्षित के बगल से, खिड़की के बाहर देखता हुआ, ब्रश कर रहा था। कमरे के एक कोने में हीटर के ऊपर चाय की पतीली चढ़ी हुई थी। मेस में नाश्ते के साथ एक बार ही चाय मिलती थी, जबकि ओ.पी. और राहुल दोनों दिनभर में दसियों कप चाय सूंट जाते थे। इसीलिए कमरे में उनका यह अपना जुगाड़ था।

हॉस्टल पहाड़ी पर था। आगे घाटी का ढलान था। इसके बाद एक बहुत बड़ा समतल मैदान था, जिसके उस पार सिटी हॉस्पिटल, बैंक और पोस्ट ऑफ़िस थे। रिहायशी कॉलोनी उसी के साथ लगी हुई थी। उस मैदान में क्रिकेट और फुटबॉल के मैच होते थे। कमरा नम्बर 252 से, अगर टेलीस्कोप हो, तो बिना वहाँ गये, पूरा मैच देखा जा सकता था। यह यूनिवर्सिटी का ही प्लेग्राउंड था। सड़क ने उस मैदान के चारों ओर एक अर्द्धवृत्त–सा बनाकर उसे घेर रखा था।

तभी राहुल ने दूर, रिहायशी कॉलोनी की ओर सड़क पर एक पीले रंग के धब्बे को धीरे–धीरे सरकते हुए देखा। सुबह की धूप में जलता हुआ पीला चमकीला रंग।

लेकिन यह पीला रंग कुछ अलग–सा लग रहा था। दूसरे पीलों से बिल्कुल अलग। क्योंकि यह राहुल की आँखों से होकर रक्त में घुलता हुआ सीधे उसके हृदय तक पहुँच रहा था और

अचानक ही उसे महसूस होने लगा था जैसे उसकी धड़कनें बढ़ गयी हैं। उसके कानों तक उन स्पन्दनों की आवाज़ पहुँचने लगी थी।

धक्...धक्...धक्...!

एक अजब तरह की उत्कंठा ने राहुल को घेर लिया। उसे अपना कमरा अचानक बहुत छोटा और सँकरा लगने लगा। कहाँ से वह उस रेंगते हुए पीले रंग को और ज़्यादा, और पूरा देखे। अभी कुछ ही पल में वह उस सड़क पर चलता हुआ, इस कमरे की खिड़की पर फेविकोल द्वारा चिपकी माधुरी दीक्षित की गुलेल से चोट खाई हुई पीठ के पीछे छिप जायेगा। उसके बाद उसको और देख पाना असम्भव होगा। काश मेरे पास एक बायनाक्युलर होता।

निश्चित ही वह पीली छतरी थी, जो प्लेग्राउंड को घेरने वाली सड़क पर तितली की तरह अपने नन्हें पंखों से धीमी रफ़्तार में उड़ती हुई विश्वविद्यालय की ओर आ रही थी।

इसके नीचे वह होगी। वह, जिसे मैंने उस दिन देखा था। अगर कहीं इस पीली छतरी के नीचे वही हुई तो? राहुल का पूरा शरीर जैसे किसी मद्धिम बुख़ार में तपने लगा। धड़कनें और बढ़ गयीं...एक ऐसी बेचैनी, जो उसकी देह में अंट नहीं पा रही थी।

उसकी साँसें रुक गयीं थीं...पलकों ने झपकना बन्द कर दिया था। कुछ पल यों ही गुज़रे और देखते–देखते माधुरी दीक्षित ने उस पीली छतरी को ढँक लिया। शिट्...! शिट्...! यह असह्य था। पहली बार राहुल को माधुरी दीक्षित और उसकी पीठ पर बेतहाशा गुस्सा आया। ये फ़िल्म नहीं है, ये ज़िन्दगी है... ज़िन्दगी। मैडम, इट्स नॉट एन इमेज... इट्स अ रियलि**टी**। अंडरस्टैंड?

राहुल ने जल्दी–जल्दी पैंट चढ़ाया, टी–शर्ट पहना। उसके मुँह में अभी तक टूथपेस्ट का झाग भरा हुआ था। और वह सीढ़ियाँ फलाँगता हुआ भागा। एक साथ तीन या चार सीढ़ियाँ कूदता हुआ।

उसे जल्द–से–जल्द घाटी के उस मोड़ तक पहुँचना था, जहाँ से वह अपना सन्देह मिटा सके। हे ईश्वर! इस पीली छतरी के नीचे वही हो। वही...वही...अगर कोई और हो तो? तो? हे ईश्वर! छतरी के नीचे जो भी हो, तू उसे वही कर दे...वही...! आई विल बी ग्रेटफुल फ़ॉरएवर।

शॉर्टकट काफ़ी पथरीला और झाड़–झुरमुटों से भरा हुआ था। वह कई जगह लुढ़कने वाले गोल कंकड़ों में रपटकर फिसलते–फिसलते बचा। इसके बाद किसी तेंदुए की तरह, बिना अपने पैरों से कोई आहट पैदा किये, वह आख़िरकार उस चट्टान तक पहुँचा, जिसके पीछे छिपकर वह सड़क को साफ़–साफ़ देख सकता था।

आह...!...यह वही थी। अंजली जोशी। उसने गहरे कत्थई रंग का, हलके लाल फुलकारियों वाला हैंडलूम का स्लीवलेस कुर्ता पहन रखा था। गहरे बैंगनी रंग की चुन्नी उसके कन्धों पर थी। पक्का, ये नेचुरल वेजेटेबल डाई है। कुदरती फूलों और पत्तियों का रंग। ओहो, तो आप पर्यावरणवादी और एथनिक टेस्ट की हैं। वंडरफुल। कहाँ से ख़रीदा इसे आपने? जयपुर से? यू आर सिंपली सिंपली ग्रेट। क्योंकि आपको ईश्वर ने ऐसा ही बनाकर भेजा है। लेकिन इस दुनिया में आप चैन से जीने नहीं दी जायेंगी। मुझसे लिख के ले लीजिए...चल मेरे संग नाल सारा जग छोड़ के...!

एक पत्थर राहुल के जूते ने धोखे से खिसका डाला और वह लुढ़कता हुआ सड़क की ओर वहीं गया, जहाँ से अंजली गुज़र रही थी। वह ठिठक गयी। हे भगवान! बड़ी–बड़ी चौंकी और अबोध आँखों ने चारों ओर पहले दौड़ लगायी फिर धीरे–धीरे चहलक़दमी की। वे आँखें उस चट्टान की तरफ़ भी आयीं, जिसके पीछे राहुल छुपा हुआ था, फिर निश्चिन्त वे लौट गयीं। जैसे एक चौंकी हुई हिरणी ने अचानक चार–पाँच चौकड़ियाँ भरी हों और फिर निश्चिन्त हो गयी हो।

राहुल के मुँह में अभी भी टूथपेस्ट का झाग भरा हुआ था और मिंट की मीठी ख़ुशबू उसकी साँसों में घुली हुई थी। वह उस पीठ को जाते हुए तब तक देखता रहा जब तक वह अगली मोड़ पर नीम के दो पेड़ों, जंगली बेर की एक झाड़ी और एक ख़ूब बड़ी–सी वाहियात चट्टान के पीछे ग़ायब नहीं हो गयी। शिट्!

जब वह लौटकर अपने कमरे में पहुँचा तो बौखलाए हुए ओ.पी. से उसका सामना हुआ। वजह यह कि कोने में, हीटर के ऊपर चाय की पतीली जलकर कोयला हो गयी थी और जली हुई चाय के धुएँ से कमरा भरा हुआ था। 'सॉरी यार...वेरी सॉरी। रियली आयम सॉरी।'

'लेकिन तू गया कहाँ था? तेरी पैंट में इतनी मिट्टी और कीचड़ क्यों है? और ब्रश के बाद तूने मुँह नहीं धोया क्या...?' ओ.पी. ने उसे घूरते हुए कहा।

'धो लूँगा धो लूँगा यार ओ.पी...एक अर्जेंट काम याद आ गया था।' राहुल ने कहा।

फिर धीरे से फुसफुसाया...'पीले रंग का काम।'

इसे ओ.पी. नहीं सुन सका।

प्रोफ़ेसर्स क्वार्टर 18–ए के ड्राइंगरूम में राहुल गोपाल द्विवेदी के साथ बैठा हुआ था। यह ड्राइंगरूम हिन्दी विभाग के हेड आचार्य एस.एन. मिश्र जी का था। श्री श्याम नारायण मिश्र, एम.ए. पीएच.डी., डी.लिट्, साहित्य शिरोमणि एटसेटेरा। यहाँ आने के पहले राहुल ने 'मैक्स कम्प्यूटर सेंटर' में मिश्राजी की 'डि–फैक्टो' फाइल देख ली थी। ही हैज़ टू ड्राइंगरूम्स। वन फ़ॉर हिज़ चेलाज़ एंड अनवांटेड विज़िटर्स एंड अदर फ़ॉर हिज़ डिग्निटरीज़ एंड गर्ल्स।

अच्छा, तो यह पौराणिक भालू भी शौक़ीन है!

लम्बी प्रतीक्षा के बाद पर्दा हिला और खादी ग्रामोद्योग की एक सफ़ेद बनियान और खादी की ही लुंगी में एक नाइजर या द्रविड़ नस्ल के तिलकधारी गोलमटोल तुंदियल ने वहाँ प्रवेश किया। गोपाल द्विवेदी, जो कि हिन्दी साहित्य में रिसर्च कर रहा था और 'डि–फैक्टो मिश्रा फाइल' के मुताबिक़ आचार्यजी का परम पट–शिष्य था, अचानक कारपेट पर मुँह के बल धराशायी हो गया। वह किसी लकड़ी के लाठ की तरह कालीन पर लम्बा हो गया था, पट्ट। ओह तो यह है पट्ट शिष्य ! राहुल की हालत ख़राब थी। मैं क्या करूँ? कौन–सा आसन मारूँ? अचानक ही उसे महाभारत या ओम नमः शिवाय जैसा कोई सीरियल याद आया और उसने 'वत्स' या 'आर्य' जैसा कोई सम्बोधन अपने मुँह से निकल जाने से किसी तरह बचाया।

'सादर प्रणाम् आचार्यजी!' उसके मुँह से यही निकला।

गोपाल द्विवेदी को ओ.पी., कार्तिकेय, प्रताप परिहार सभी ने काफ़ी समझा–बुझाकर राहुल के साथ भेजा था। उसने अपना काम

मुस्तैदी से किया। 'यह राहुल है, सर। यहाँ एंथ्रॉपोलॉजी में प्रीवियस कर रहा है। लेकिन साहित्य में इसकी गहरी रुचि है। इसी वजह से यह अपना विषय बदलकर हिन्दी विभाग में आना चाहता है।'

'लेकिन अब तो बहुत देर हो चुकी है। पहला सेमेस्टर ख़त्म होने को है।' आचार्यजी ने राहुल को बहुत अरुचि के साथ देखा।

'यह अत्यन्त विनम्र, अनुशासित और आज्ञाकारी छात्र है सर। इसके पहले ऑर्गेनिक केमिस्ट्री में एम.एससी.। कर चुका है।' गोपाल द्विवेदी ने विनती के लहज़े में कहा।

'कौन–सा डिवीज़न मिला था ?' आचार्य ने राहुल को पहली बार सर से पाँव तक देखा।

'फर्स्ट सर!' राहुल ने कहा, ''ग्रेजुएशन में भी यही था।''

राहुल ने साफ़ देखा कि प्रसन्नता की जगह मिश्राजी के चेहरे पर बदहज़मी की अभिव्यक्ति ने अपना आगमन दर्ज किया। गोपाल द्विवेदी ने फ़ौरन ताड़ लिया। उसने बात सँभाली–'यह मेरा लघुभ्राता समान है, सर। सदा आपके अधीन रहेगा। आप जो भी आज्ञा देंगे, उसे पूरा करने में यह प्राण न्योछावर करेगा। यह मेरी ओर से आप शपथ समझें, सर!'

पहली बार उस महिष–वर्णी, स्थूल, गोल–मटोल काया में मुदित होने के लक्षण दिखे। अत्यन्त चपटी और फैली नासिका के नीचे स्थित अत्यन्त मोटे अधरों में हँसी की एक क्षीण रेखा ने उपस्थिति दर्ज की और महाकुम्भ जैसी गोलाकार तोंद में गुदगुद–सा कुछ दिखा। और तभी, इसी क्षण की ताक में बैठे गोपाल द्विवेदी ने मिट्टी का एक किलो वाला कुल्हड़, जो पॉलीथीन में बन्द था, आचार्य के पार्श्व में रखी तिपाई पर टिकाया :

'प्रातःकाल शहर गया था। ब्रजवासी की दुकान संयोग से खुली दिखी। पण्डित जगन्नाथ जी ने स्वयं आग्रहपूर्वक बुलाकर दिया था।' गोपाल द्विवेदी ने कहा।

'शकुन! शकुन्तलाऽ! बालकों को चाय भिजवाओ।' आचार्य के गले से राग जैजैवन्ती प्रकट हुई। हालाँकि इसमें पंचम का

निषेध नहीं था। राहुल को पहली बार आश्वस्ति हुई। गोपाल द्विवेदी ने कहा था कि अगर आचार्यजी ने चाय पिला दी तो समझ लो काम बन गया।

'हमारे विभाग में राजनीति बहुत है। इनको समझा देना अपने अध्ययन पर ही ध्यान केन्द्रित करें। समस्याओं आदि के लिए तुमसे या सीधे मुझसे सम्पर्क करें। किसी और को बीच में लाने की आवश्यकता नहीं है। और कल ठीक दस बजे मुझसे एक प्रार्थना–पत्र के साथ विभाग में मिल लें।' आचार्य ने कहा। 'और तुम्हारी थीसिस किस अवस्था में है?'

'बस अन्तिम दो अध्याय रह गये हैं, सर। सोचता हूँ इस माह समाप्त हो जायेंगे। वो बहन के विवाह की समस्या न आयी होती तो अब तक...!'

'समझता हूँ। समझता हूँ। लेकिन गति बढ़ाओ। पद विज्ञापित करने के लिए मुझ पर दबाव बढ़ रहे हैं। अभी जब तक मैं हूँ, कुछ हो जायेगा। इसके बाद तो राधा रमण की बारी है। असली कान्यकुब्ज है। पण्डित सूर्यकान्त त्रिपाठीजी के अनुसार उसी पत्तल में खाकर उसी में छेद करने वाला कृतघ्न। नमकहराम। इधर मेरे विरुद्ध प्रतिदिन कुलपति से मिल रहा है। हमारे अग्निहोत्रीजी भी तो ऐसे ही तत्त्वों को प्रोत्साहन देते हैं।' आचार्यजी ने क्षुब्ध स्वर में कहा। इसके बाद पहली बार वे राहुल पर कृपालु हुए :

'साहित्य में कुछ अभिरुचि है। उत्तम है। क्या–क्या साहित्य पढ़ा है अब तक? काव्य अथवा गद्य?'

'थोड़ा बहुत दोनों सर जी।' पता नहीं क्यों राहुल को 'सर' के बाद 'जी' लगाने की आन्तरिक इच्छा हुई।

'अच्छा–अच्छा। कुछ नामोल्लेख करो।'

'सर, दोस्तोएव्स्की का *क्राइम एंड पनिशमेंट*, टॉल्सटॉय का वार *एंड पीस* और *रिसरेक्शन* और कहानियाँ। *ओल्ड मैन एंड दि सी*, और टैगोर का *गोरा*, *गीतांजलि*, *घर और बाहर* मार्केज़ का *लव इन दि टाइम ऑफ़ कॉलरा*, मिलन कुंडेरा का *दि जोक*, इतालो

कैल्विनो का *एडम एंड ईव,* अरुंधति रॉय का *गॉड ऑफ़ स्माल...*

'अच्छा! आजकल का आधुनिक साहित्य मॉडल लोग भी लिखा करते हैं? हमने वो अरुंधति का कुछ पढ़ा तो नहीं, हां उसको लक्स के विज्ञापन में टी.वी. पर ज़रूर देखा है। मिस वर्ल्ड है न?...और वो *ओल्ड मैन* किसकी रचना है? कुछ सुना हुआ लगता है।' आचार्य ने जिज्ञासा की।

'हेमिंग्वे की, सर! अर्नेस्ट हेमिंग्वे। और सर...' राहुल ने और बताना चाहा लेकिन आचार्यजी ने टोक दिया।

'पाश्चात्य के अतिरिक्त कुछ भारतीय साहित्य भी पढ़ा है?'

'हाँ सर! प्रेमचन्द के उपन्यास, निर्मल वर्मा का *अन्तिम अरण्य,* अलका सरावगी का *कलि कथा वाया बाइपास* और विनोद कुमार शुक्ल का *नौकर*...!

'*रासो* पढ़ा है? और घनानन्द, मतिराम, बिहारी, देव?' आचार्य ने प्रश्न किया।

'नहीं सर!'

'और आलम, बोधा?'

'नहीं सर।'

'...और विद्यापति, सूर, तुलसी...?'

'तुलसीदासजी को सुना है सर। रामानन्दजी का 'रामायण' सीरियल देखा है, और हमारे यहाँ रामलीला भी ख़ूब होती है, दशहरे के टाइम पर। वैसे माँ को सुन्दरकाण्ड पूरा याद था।'

'उत्तम। कल आ जाओ। परन्तु यदि गम्भीरता से हिन्दी साहित्य को समझना चाहते हो तो आज ही आचार्य रामचन्द्र शुक्ल का ग्रन्थ हिन्दी साहित्य का इतिहास पुस्तकालय से लेकर अध्ययन प्रारम्भ कर दो।'

'कौन से शुक्लाजी सर?' राहुल ने हड़बड़ाहट और घबराहट में पूछा।

'हुम्...हुम्म...! हुम...हुम्म...!' आचार्यजी हँसें, ''गोपाल तुम्हें सब बता देगा। मेधावी छात्र है।''

'येस सर!'

चाय के बाद राहुल और गोपाल द्विवेदी सड़क पर आ गये। शाम ढल चुकी थी। परछाइयाँ ग़ायब हो चुकीं थीं। अँधेरा धीरे–धीरे उतरने लगा था।

'थैंक यू गोपालजी। आपका बहुत–बहुत धन्यवाद।' राहुल ने कहा। गोपाल द्विवेदी ने दाँत चिरा दिये।

'सूखे धन्यवाद से काम नहीं चलेगा राहुलजी। एडमिशन हो जाये तो छककर मिष्ठान्न होगा।'

'अवश्य–अवश्य! हम पर विश्वास रखें द्विवेदीजी।' राहुल बहुत ख़ुश था। लेकिन तभी गोपाल द्विवेदी ने कहा, "मुझे बस चिन्ता एक ही हो रही है कि उन्होंने लगता है आपको कहीं कनफ्यूज़ न कर लिया हो?"

'मतलब?' बात राहुल की समझ में नहीं आयी।

'कुछ नहीं। मैं सँभाल लूँगा। मेरा मतलब कास्ट से है।' गोपाल द्विवेदी ने बात को हल्का बनाते हुए कहा।

राहुल ने आकाश की ओर देखा। शाम को घिरने वाले बादल देर तक बरसते हैं। आज रात में पानी बरसेगा। उसके दिमाग़ में बार–बार आचार्य श्याम नारायण मिश्र का चेहरा घूम रहा था।

'इस देश के हज़ारों साल पुराने इतिहास में असंख्य जातियाँ, नस्लें, संस्कृतियाँ यहाँ आती रहीं और यहाँ आकर सब आपस में घुल–मिल गयीं। कहाँ गये हूण, शक, कुषाण, मंगोल, आग्नेय? क्या तुम आज सबको अलग–अलग खोज सकते हो?' किन्नू दा ने पूछा था। फिर उन्होंने एक ऐसी बात कही थी, जो राहुल कभी भूल नहीं सकता था।

किन्नू दा ने कहा था–'देखो, आज जिस इंडियन मिडिल क्लास की बात इतनी ज़्यादा की जा रही है, तुम ऐसा करो कि उसी सवर्ण महानगरी और खाते–पीते महान इंडियन मिडिल क्लास का कोई एक ऐसा परिवार चुनो, जिसकी चार पीढ़ियाँ उसमें मौजूद हों। मतलब, दादा–दादी से लेकर पोते–पोतियों

तक। अब तुम सबको एक साथ बिठा दो और उनका एक ग्रैंड फैमिली फ़ोटोग्राफ़ खींचो, जैसा बम्बइया सिनेमा के आख़िर में 'दि एंड' के पहले होता है। फिर उस फ़ोटो को तुम एनलार्ज करा लो। और अब इसके बाद उस परिवार के जितने भी मेंबर हैं, उनका मारफ़ोलॉजिकल विश्लेषण करो।...हा!...हा!...हा!' किन्नू दा ने ज़ोरों से ठहाका लगाया था।

'मालूम है क्या होगा? वह एक अकेला फैमिली फ़ोटोग्राफ़ हिन्दुस्तान के पिछले हज़ारों साल के जेनेटिक इतिहास को खोलकर तुम्हारे सामने रख देगा। यत् पिण्डे तत् बह्माण्डे। वे सारी नस्लें और जातियाँ, जो अतीत में कभी इस महादेश में आयीं, उन सबके वंशज, उनकी सन्ततियाँ बिल्कुल सम्भव है कि एक ही मिडिल क्लास फैमिली फ़ोटोग्राफ़ में तुम्हें मिल जायें। याद रखो यही हमारे समाज का वह हिस्सा है, जो अपनी श्रेष्ठता की ग्रन्थि का मारा हुआ है। शुद्धतावादी, साम्प्रदायिक, भोगवादी, नस्लवादी महान् भारतीय सवर्ण मिडिल क्लास। उसकी ही फैमिली में कोई गोरा होगा, कोई काला, कोई भूरा या साँवला। कोई चपटी नाक और मोटे होंठ वाला होगा, कोई लम्बी–पतली नाक, बड़ी–बड़ी आँख, प्रशस्त ललाट वाला। कोई पीला गोल–मटोल चेहरे का। हा...!हा...!हा...!...सब मौजूद हैं! आर्य, द्रविड़, नाइजर, मंगोल, ऑस्ट्रिक...सब, एक ही पिण्ड में।'

किन्नू दा गम्भीर हो गये थे–'यह देश मानव सभ्यता के इतिहास में अण्डमान निकोबार, या अफ्रीका या आज के महान अमेरिका जैसा दुनिया से कटा कोई वूडूलैंड कभी नहीं था। यहाँ असंख्य आगन्तुक आते रहे और यहीं का होकर रह गये। तेरह से ले कर सतासी प्रतिशत तक जेनेटिक इंटरेक्शन यहाँ हुआ है। 'जेनेटिक इंटेरेक्शन' का मतलब समझते हो? यह तब की बात है जब एड्स नहीं था, कंडोम भी नहीं था। हा...हा...हा...!'

राहुल की समझ में आज आया।...तो हिन्दी डिपार्टमेंट का हेड एस.एन. मिश्रा– वो ठिगना, मोटा, चपटी नाक, मोटे होंठ

वाला कलूटा तिलकधारी, असलियत में 'अनार्य' या 'म्लेच्छ' के किसी बीज का फल है, जो उसकी किसी पूर्वजा की योनि में कभी छींटा गया होगा। मनुस्मृति की नसैनी लगाकर इस देश की सांस्कृतिक–सामाजिक सत्ता के सिर पर चढ़कर बैठा यह राक्षस आज वर्णाश्रम व्यवस्था की मुंडी बना घूमता है। रावण की हरामी औलाद साला। कभी मौक़ा लगा तो इसका 'जीन मैप' तैयार करके इसके 'डिफैक्टो' फाइल में ज़रूर डालूँगा।

राहुल ने गोपाल द्विवेदी की ओर देखा। वह खैनी मल रहा था।

'गोपालजी, तमिलनाडु की हेमा मालिनी और उत्तर प्रदेश के डॉ. एस.एन. मिश्रा में आर्य कौन है? कुछ बताएँगे आप ?'

गोपाल द्विवेदी ने खैनी फंकियाई और जीभ से उसे गाल में ठेलते हुए बोला, ''कैसा प्रश्न पूछ रहे हैं, राहुलजी?''

'आपके विचार से मिश्राजी ही होंगे, है न?' राहुल ने कहा। फिर उसने पूछा, ''और मैं? मैं क्या हूँ...द्रविड़ कि आर्य?''

गोपाल द्विवेदी हँसने लगा। 'हिच्च...हिच्च...! अब एंथ्रोपोलॉजी भूल जाइये बन्धुवर! आचार्य रामचन्द्र शुक्ल का हिन्दी साहित्य का *इतिहास* पढ़िए। हिच्च...हिच्च...हिच्च!'

'हूप...हूप...हू ऽप...!' राहुल ने भी गोरिल्ला की आवाज़ ज़ोरों से निकाली।

यह आवाज़ आकाश में घिरते बादलों की धीमी गड़गड़ाहट में घुलती हुई कैंपस में दूर–दूर तक गूँज गयी। उसमें कुछ ऐसा था कि गोपाल द्विवेदी को पहली बार कुछ बेचैनी–सी महसूस हुई।

अगले दिन राहुल का सारा समय हिन्दी विभाग में अपना एडमिशन कराने की औपचारिकताओं में इस दफ़्तर से उस दफ़्तर तक दौड़ते–भागते बीता। बीच के लंच आवर में अणिमा, भगवत, राजू, सीमा फिलिप, राणा, और आभा से मुलाक़ात भी हुई। सभी उदास थे। राहुल को अचानक हिन्दी साहित्य पढ़ने की ख़ब्त क्यों सवार हुई, इसका अन्दाज़ा कोई नहीं लगा पा रहा था। ओ.पी. ने भी उससे कहा था–'ये अहमकपना, मेरी समझ में नहीं आ रहा है कि आख़िर तू कर क्यों रहा है? अबे, दुबारा ठीक से सोच। बाद में पछताएगा।'

राहुल ने मुस्कराकर ओ.पी. को भींच लिया। 'यार वो जो चिड़िया होती है न! वो पट्ठी मेरा खेत चुग गयी। अब पछताने से क्या होगा।'

'साले तूने एडमिशन मिलते ही हिन्दी मुहावरों की प्रैक्टिस शुरू कर दी। तेरी तो...!'

राहुल ने एक चीज़ नोट की कि आज अणिमा एक बार भी नहीं हँसी। राहुल नहीं समझ सका कि वह उदास लड़की क्यों इस तरह आज उदास थी।

लेकिन उस दिन एक भी बार अंजली जोशी उस विभाग में नहीं दिखी। शायद उस दिन वह यूनिवर्सिटी आयी ही नहीं थी।

रात में ओ.पी., कार्तिकेय, प्रताप और प्रवीण मेस में खाने के बाद टहलने निकल गये। रास्ते में हेमन्त बरुआ मिल गया। आज की तारीख़ पाँच थी। हॉस्टल में गुंडों का हमला आठ से लेकर पन्द्रह के बीच होता था। तय हुआ कि एस.एम.टी.एफ. की मीटिंग कल रात प्रवीण के कमरे में हो और इस बार गुण्डों से सीधे–सीधे,

आर–पार की लड़ाई हो जाये। परसों पोस्टमैन कैंपस में दिखा था। गंजियल फटीचर लेकिन खुर्राट अधेड़। साला पूरी लिस्ट गुंडों को देता है कि किस–किस स्टूडेंट के नाम कितने–कितने का मनीऑर्डर या ड्राफ्ट आया। यह डर के मारे ऐसा करता है, या कमीशन के लालच में, पता लगाना मुश्किल था। राहुल ने हिन्दी में डाकिये पर एक कविता पढ़ रखी थी और एक चीनी फ़िल्म देख रखी थी। इस डाकिये ने उस इमेज की ऐसी–तैसी कर दी थी। दरअसल एक ऐसा युग अचानक अवतरित हो गया था, कि हर किसी की जिन्दगी का एक ही मक़सद रह गया था–रुपया। पिछले दशक का 'गुस्सैल जवान हीरो' देखते–देखते 'लालची–खुर्राट–सटोरिये' अधेड़ में बदल चुका था और उसके द्वारा एंकर किया गया टी.वी. प्रोगाम इस समय सुपरहिट था। प्रोग्राम का नाम था 'कौन बनेगा करोड़पति।'

सापाम तोंबा का भी ज़िक्र हुआ। उसने बोलना और हँसना छोड़ दिया है। बैडमिंटन कोर्ट में भी नहीं आता। आज मेस में भी दिखायी नहीं पड़ा था। उस पर क्या गुज़र रही है, इसका अन्दाजा सभी को था।

केरल से आये मधुसूदन को कार्तिकेय और प्रताप ने समझा–बुझाकर रोक लिया था। यह तय किया गया कि कई लड़के मिलकर उसके फादर को एक चिट्ठी लिखें कि मधुसूदन को वापस बुलाने की ज़रूरत नहीं है। उसका करियर न बिगाड़ा जाये। डरने की बिल्कुल ज़रूरत नहीं है। हम सब साथ हैं।

तो ये ग्लोबलाइज़ेशन हो रहा है? पूरी दुनिया एक गाँव बन रही है? सब कुछ अमेरिका हो जायेगा। अगर ऐसा है तो डॉ. वाटसन यहाँ से चले क्यों जाना चाहते हैं? सापाम तोंबा चुप क्यों है? मधुसूदन के फादर उसे वापस केरल क्यों बुला रहे है? ईसाई पादरी स्टेन्स अपने नन्हें–नन्हें बच्चों के साथ अपनी कार के भीतर जल क्यों रहा है? कलकत्ते के ग़ैर–बंगाली और मुम्बई के ग़ैर–मराठी डरे हुए क्यों है? कश्मीर के अल्पसंख्यक

हिन्दू अपना घर–जायदाद छोड़कर शरणार्थी बने हुए दर–दर क्यों भटक रहे हैं?

क्या अब इस यूनिवर्सिटी में सिर्फ़ यहीं के लोकल लड़के ही पढ़ेंगे? यहीं के स्थानीय लोग ही अध्यापक और अधिकारी होंगे। राहुल को लगा जैसे यह विश्वविद्यालय और यहाँ के हॉस्टल इस देश के संघीय बनावट के 'डायरोमा' थे और अब वे विखण्डित हो रहे हैं। क्षेत्रीयताएँ, जातीयताएँ और तलछट की घटिया, छोटी ताक़तें अचानक बाहर की ओर फूट पड़ी हैं और इस देश के अब तक के बने सारे महा–रूपकों, और संघीय मिथकों का विनाश कर रही हैं।

उसने एक फ़िल्म देखी थी 'क्रिटर्स'। नन्हें–नन्हें, गोल–मटोल, गेंद की तरह लुढ़कने वाले 'क्रिटर्स', जो हर चीज़ को किट–किट–किट करते हुए देखते–देखते खा जाते थे। अचानक, कहीं से भी, एक साथ झुण्ड में वे प्रगट हो जाते और सामने पड़ने वाली हर चीज़ पर टूट पड़ते और उसे चट कर डालते।

वे यहाँ के नहीं थे। किसी और ग्रह से उन्हें पृथ्वी पर भेजा गया था। या फिर वहाँ से गिरने वाले किसी अजनबी अण्डे से फूटकर वे ख़ुद यहाँ पैदा हो गये थे। और उन्होंने अपनी संख्या देखते–देखते बेतहाशा बढ़ा ली थी। वे एक दिन समूची पृथ्वी को खाकर उसे भयावह उजाड़ में बदल डालने वाले थे। यह एक डरावनी फ़िल्म थी, जो वैज्ञानिक थी। साइंस फिक्शन।

'देख तो यार, ये लाइब्रेरी के सामने कौन–सा पोस्टर लगा है?' प्रताप ने इशारा किया।

लाइब्रेरी के मुख्य दरवाज़े की बायीं ओर, जहाँ सीढ़ियाँ ख़त्म होती थीं, दीवार पर एक तीन फुट बाई दो फुट का पोस्टर चिपका था, जिसमें एक लड़की काले रंग की मिनी स्कर्ट में, कमर पर हथेलियाँ टिकाये, अपने नितम्बों को पीछे और छातियों को आगे धकेलने की कोशिश में अंग्रेज़ी के 'एस' जैसी हो गयी

थी। लड़की के नीचे ख़ूब मोटे अक्षरों में अंग्रेज़ी में लिखा था, जिसका हिन्दी मतलब यह था :

शिप्रा इंटरनेशनल इंटरप्राइजेज द्वारा आयोजित

पहला ब्यूटी कांटेस्ट

फेमिना इंडिया द्वारा अधिकृत

'मिस वर्ल्ड' और 'मिस यूनिवर्स' बनने का सुनहरा अवसर।

मॉडलिंग, अभिनय, विज्ञापन और फैशन के करियर में सबसे बड़ा मौक़ा।

तारीख़ : 10 सितम्बर। **दिन** : रविवार। **स्थान** : यूनिवर्सिटी ऑडिटोरियम।

समय : रात 9 बजे से 11:30 तक।

तारीख़ पाँच सितम्बर से पन्द्रह सितम्बर।

इन दस दिनों में इतनी घटनाएँ एक के बाद एक घटती चली गयीं कि राहुल को लगा जैसे उसने किसी ऐन्द्रजालिक तरीक़े से बनायी गयी फ़िल्म को अचानक 'फास्ट फॉरवर्ड' में एक साथ देख डाला है।

छह सितम्बर को बुधवार था। उस दिन राहुल ने उठते ही, ब्रश करने और फ्रेश होने के पहले, आँखें मींचते हुए पहला काम यह किया कि अपने रुमाल को पानी से भरे मग में बार–बार डुबाते हुए माधुरी दीक्षित की पीठ को इतना गीला कर डाला कि फेविकोल ढीला पड़ गया और कमरा नम्बर 252 की खिड़की की काँच से 'स्टार डस्ट' के 'सेंटर स्प्रेड' में छपा वह चित्र फ़र्श पर टपक पड़ा।

पानी में भीगकर काग़ज़ पारदर्शी हो गया था। माधुरी दीक्षित की आँखों और पीठ पर हीरो होंडा स्प्लेंडर और ईले ड्यूडरेंट दिखने लगे थे, क्योंकि उस पन्ने के पीछे की तरफ़ उन्हीं के विज्ञापन छपे हुए थे। न वहाँ हिरणी की चौंकी हुई आँखें थीं, न सलमान ख़ान की गुलेल से चोट खाई मांसल, कटावदार, उत्पीड़ित और मस्त पीठ।

राहुल ने रगड़–रगड़ कर अपने कमरे की खिड़की के काँच को ख़ूब साफ़ कर डाला। अब वहाँ से घाटी के नीचे का समतल मैदान और उसे घेरने वाली अर्द्धवृत्ताकार सड़क साफ़ दिखायी देती थी।

बिना बायनाक्युलर के वह तितली की तरह दूर, धीरे–धीरे तैरते पीले रंग के उस चमकीले धब्बे को यहाँ से स्पष्ट देख

सकता था, जिसके प्रगट होते ही उसकी साँसें तेज़ लने लगती थी, और शिराओं में बहने वाला रक्त रफ़्तार पकड़ लेता था।

और उसके कानों में उसके अपने हृदय की धड़कनों की आवाज़ साफ़—साफ़ सुनाई देने लगती थी।

धक्...धक्...! धक्...धक्...!

दि नाइट हैज़ अ थाउज़ैंड आईज़,
एंड दि डे बट वन।

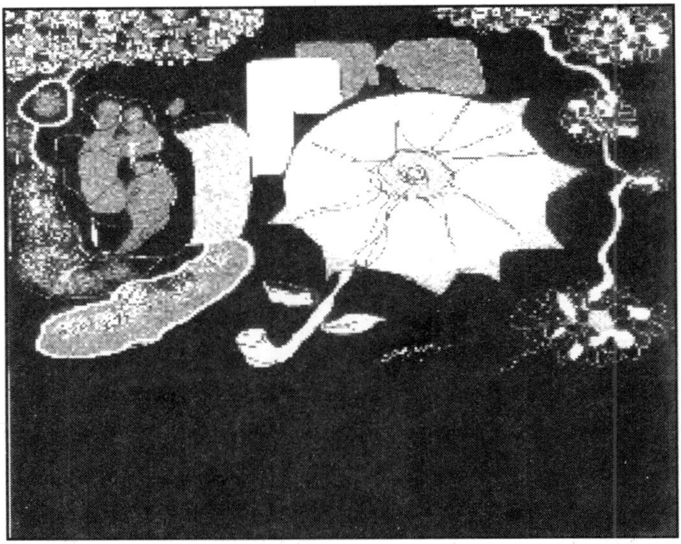

येट दि लाइट ऑफ़ दि ब्राइट वर्ल्ड डाईज़
विद दि डाइंग सन

दि माइंड हैज़ थाउज़ैंड आईज़
एंड दि हार्ट बट वन
येट दि लाइट ऑफ़ अ होल लाइफ डाईज़
व्हेन लव इज़ डन!'

उसने झुककर नीचे पड़े उस काग़ज़ के गीले टुकड़े को उठाया, जिसमें माधुरी दीक्षित का चित्र था और दरवाज़े के बाहर रखे डस्टबिन में उसे डाल दिया।

अलविदा मिसेज़ नेने! बाय...बाय...!

उस दिन पहली बार हिन्दी विभाग में राहुल एम.ए. प्रीवियस के एक छात्र की हैसियत से गया। उसका एडमिशन हो चुका था। डॉ. लोकनाथ त्रिपाठी पढ़ा रहे थे। विषय था 'भक्तिकाल का साहित्य'। भक्ति द्राविड़ी ऊपजी, लाये रामानन्द, कबीर, तुलसी, सूर, दादू, मीरा, नाभादास, तुकाराम, ज्ञानेश्वर।

अच्छा तो त्रिपाठीजी, आपके मुताबिक़ सूरदास वग़ैरह... सन् 1936 में मुल्कराज आनन्द, सज्जाद ज़हीर, प्रेमचन्द वाले पी.डब्ल्यू.ए. के मेम्बर थे, तुलसीदासजी सीपीआई के कार्यकर्ता और उन्होंने इमर्जेंसी को सपोर्ट किया था, जिससे ख़ुश होकर इन्दिरा गाँधी ने उन्हें पद्म विभूषण से सम्मानित किया था। और कबीरदास आज अगर होते तो संडास बनाने वाली किसी कंपनी से ढाई लाख का पुरस्कार लेते हुए फ़ोटो खिंचा रहे होते। श्रीफल और शाल के साथ। जिज्ञासा मात्र यह है कि त्रिपाठीजी, कि तुलसीदास का रामचरितमानस दरियागंज का कौन–सा प्रकाशक छापता और उसका विमोचन कौन–सा मन्त्री करता? और मीराबाई किस सृजन पीठ पर आसीन होतीं?

प्रीवियस में कुल मिलाकर अट्‌ठारह छात्र थे। बारह लड़के, छह लड़कियाँ। सारी लड़कियाँ दाहिनी ओर, एक–दूसरे से सटी हुई कुर्सियों पर एक साथ बैठती थीं। जैसे वह कोई अलग समुदाय हो। चन्द्रा, लता, शर्मिष्ठा, पार्वती मेहंदाले, शुभा मिश्रा और वह।

वह, यानी अंजली जोशी।

विधाता गहरे असमंजस, ऊब और थकान के हाल में रहा होगा जब उसने हिन्दी डिपार्टमेंट की इन कन्याओं की रचना की। वह इस सृष्टि के किसी अन्य प्राणी को बनाना चाहता रहा होगा,

मसलन नील गाय, जिराफ़, हिप्पोपोटेमस, घड़ियाल, हाथी, मेढक, कछुए या घोड़े इत्यादि लेकिन उकताहट में आख़िर में उसने इन्हें बना डाला था। वे दुःखी, कुन्द, अजीब और मानवीय आकार–प्रकार के समस्त नियमों का अपवाद सिद्ध होने के लिए बनी थीं। अपने–अपने घरों से खाना बाँधकर लातीं और पीरियड्स के बीच के गैप में सबसे छुपकर झुण्ड में ही खाती थीं। एक दिन उन सबको झुण्ड में पीएच.डी. करनी थी और फिर एक दिन अलग–अलग निज घर–बार बसाना था। लेकिन वे अक्सर चहकती हुई हँसती थीं। ऐसे में उनकी आँखें चमकदार हो जातीं, दाँत निकल आते और वे दुपट्टे या साड़ी का पल्लू अपने मुँह की ओर लाने की कोशिश करतीं। उन्हें देखकर लगता कि जैसे अभी भी 'उड़न खटोला,' 'अनमोल घड़ी', 'बावरे नैन' और 'बरसात' जैसी फ़िल्मों का ज़माना चल रहा है। इनमें जो सबसे आधुनिक होतीं, वे पटरी से ख़रीदी गयी सस्ती जींस की रेडीमेड पैंट के साथ कोई भी अनमैचिंग टॉप या शर्ट पहन लेतीं और तमिल फ़िल्मों की एक्स्ट्रा नज़र आतीं, या फिर अधिक से अधिक 'मेरा साया' फ़िल्म की हीरोइन साधना, जिसके जूड़े के भीतर स्टेनलेस स्टील का गिलास औंधा छुपा होता था। और वैसे ही लड़के। राहुल हिन्दी विभाग में उसी तरह था, जैसे किसी टाइम मशीन ने उसे किसी और समय और स्पेस में पहुँचा दिया हो।

और इन सबके बीच थी अंजली जोशी।

क्या वह एलिस थी, जो फ़िलहाल इस आश्चर्य लोक में थी? या इस सुन्दर जादुई देह के भीतर भी वही आत्मा थी जो देशी घी, अचार, एकादशी व्रत, सत्संग, छौंक–बघार, होम साइंस, मुम्बइया सिनेमा और भावुक उपन्यासों की रासायनिक क्रिया द्वारा निर्मित होती है?

लेकिन छह सितम्बर के ही खाते में यह भी दर्ज़ है कि राहुल का यह डर ग़लत निकला। तीन बजे उसके पुराने दोस्त आ गये। अणिमा, राणा, आभा, राजू, नीरा दीदी और रेणु। सभी

कैंटीन गये। साथ में अंजली जोशी भी थी। गनीमत थी कि आज किसी लफूट ने रास्ते में पंगा नहीं किया।

एक–एक समोसा अैर एक–एक कप चाय। इसी मीनू के साथ राहुल ने हिन्दी विभाग में अपने एडमिशन को सेलिब्रेट किया। ट्यूशन के पैसे अभी–अभी मिले थे, इसलिए कड़की अभी कुछ तारीख़ें दूर थी।

'तुम यहाँ सड़ जाओगे राहुल।' राणा ने कहा। 'हमें तो पता ही नहीं चला कि तुम्हारे भीतर हिन्दी लिटरेचर का भूत कब से जागा।'

'इसे पढ़कर तुम करोगे क्या? लेक्चरर बनोगे? कोई ऐसा कोर्स करते जिसकी आज माँग है। पता है, जिन स्टूडेंट्स का एडमिशन हुआ है उनमें से कुछ तो वे हैं, जिनका कुछ और हो नहीं सकता था और कुछ बाक़ायदा वहाँ लाये गये हैं। डॉ. त्रिपाठी, अवस्थी, मिश्रा, तिवारीजी वग़ैरह हर साल ऐसी कोशिश करते रहते हैं, जिससे ये डिपार्टमेंट बन्द न हो जाये।' राजू ने जानकारी दी।

'वो जो बलराम उपाध्याय है, वह डॉ. त्रिपाठी के घर खाना बनाने का काम करता है।' नीरा दीदी ने बताया।

'मैं जानती हूँ राहुल ने एडमिशन क्यों लिया।' अणिमा ने पहली बार अपनी चुप्पी तोड़ी। उसके बोलने में कुछ ऐसा था कि राहुल को अपनी रीढ़ पर कोई चीज़ रेंगती हुई सी लगी।

'क्यों लिया?' नीरा दीदी ने पूछा।

'बताऊँ?' अणिमा ने राहुल को गहरी आँखों से घूरते हुए कहा।

'बताओ!' राहुल का गला सूख रहा था। उसका चेहरा घबराँये हुए बच्चे की तरह अचानक संजीदा हो गया था, जो अपना कोई छोटा–सा राज़ सबसे छुपाए रखना चाहता हो।

'बताऊँ?' अणिमा ने फिर कहा। यह एक विरक्त–सी, ठण्डी, उदास लेकिन ठोस आवाज़ थी।

'बता न! पहेलियाँ क्यों बुझा रही है?' नीरा दीदी नाराज़ होने लगीं। सभी की आँखें अणिमा पर टिकी हुई थीं।

अणिमा उठ खड़ी हुई। उसने अंजली जोशी के कन्धे पर हाथ रखा और कहा—

'अंजली, चल तू ही बता दे, कि राहुल ने एंथ्रोपोलॉजी छोड़कर हिन्दी में एडमिशन क्यों लिया?'

'क्या मतलब?' अंजली जोशी की आँखें फैल गयीं।

'मतलब ये कि अगर तुझे जौंडिस न हुआ होता और एक्ज़ाम में तेरे पेपर्स न ख़राब हुए होते और तेरा एडमिशन कहीं और हुआ होता और उस दिन भुट्टा खाने तू हमारे डिपार्टमेंट में न आयी होती तो ये बेचारा बच्चा अभी भी एंथ्रोपोलॉजी में होता!' अणिमा ने कहा। सब लोग हँस पड़े।

अंजली जोशी ने पहली बार राहुल को ठीक से देखा। राहुल हालाँकि हँस पाने की भरपूर कोशिश कर रहा था, लेकिन उसकी हँसी में कुछ ऐसा था जैसे वह अपना जुर्म कुबूल कर रहा हो।

एक बुख़ार जैसा कुछ था, या एक धीमा नशा, जो राहुल पर छह सितम्बर दिन बुधवार को तीन बजकर पैंतीस मिनट से चढ़ गया था। उससे कुछ बोला नहीं जा रहा था। एक चुप्पी थी जो इतनी गहरी और घुमावदार थी, कि बार–बार उसकी चेतना उसी में डूबने लगती थी। यह उसके जीवन का पहला, अनोखा, नया और अब तक का एक बिल्कुल अनजाना–सा अनुभव था।

वह अपने कमरा नम्बर 252 में उस दिन सूरज ढलने के पहले ही आकर अपने बेड पर लेट गया था। खिड़की की काँच को उसने आज ही सुबह अपने रुमाल से रगड़–रगड़ कर साफ़ किया था। उसने कई बार उठ–उठ कर खिड़की

से बाहर देखा। घाटी की हरी–भरी झाड़ियाँ और पेड़ शाम की धूप में चुपचाप खड़े थे। यहाँ–वहाँ फैली सलेटी चट्टानों पर फ़िलहाल सुनहला रंग चढ़ा हुआ था। इसके बाद वह लम्बा चौड़ा समतल मैदान था, जिस पर पेड़ों की परछाइयाँ लकीर की तरह हर पल लम्बी होती जा रही थीं।

राहुल की आँखें दूर–दूर तक उस पीले रंग के धब्बे को खोजती रहीं, जो शायद अब वापस लौट रही होगी रेज़िडेंशियल कॉलोनी की ओर। बार–बार उसकी चेतना में अंजली का चेहरा कौंधने लगता। वह उसे अब भी देखे जा रही थी। लगातार उसने पलकें झपकाना बन्द कर दिया था और उसकीचेतना में फ्रीज हो गयी थी।

लेकिन उन आँखों में गुस्सा नहीं था। बल्कि गुलेल की बंटी से अचानक चोट खा जाने की पीड़ा और उत्सुकता थी।

राहुल को कब नींद आ गयी थी, उसे पता नहीं चला। ओ.पी. उसे हिला–हिला कर जगा रहा था। 'खाना खाने नहीं चलना है क्या? मेस कब का शुरू हो चुका है! तेरी तबीयत तो ठीक है?'

किसी तरह लड़खड़ाता हुआ राहुल उठा। बाथरूम जाकर उसने नल खोला और अपना सिर उसके नीचे रख दिया। यह एक नया पानी था। ताज़ा और ठण्डा। लगभग छह बजे वह सोया था और अब साढ़े आठ बज रहे थे। इस ढाई घण्टे की नींद में एक बहुत लम्बा समय बीत गया था। वह सब कुछ किसी और जीवन का हिस्सा था, यह जो एक ख़ुमारी, हल्का–सा बुख़ार जैसा कुछ है, यह एक दूसरा ही जीवन है।

राहुल ने अपनी आँखों में ठंडे पानी के छींटे मारे। मैं जाग तो रहा हूँ न?

'तू नीचे पहुँच मेस में। मैं जा रहा हूँ।' ओ.पी. ने बाहर से आवाज़ लगायी।

मेस में हेमन्त बरुआ मिला। वह अभी–अभी चेस में प्रोफ़ेसर अग्रवाल को मात देकर आ रहा था। हेमन्त ने दो बातें बतायी।

पहली यह कि सापाम तोंबा दो दिन से कहीं दिखायी नहीं दे रहा है और उसके कमरे के दरवाज़े पर लॉक लगा हुआ है।

और दूसरी बात यह कि राहुल ने हिन्दी विभाग में एडमिशन लेकर इसलिए भयानक ग़लती की है क्योंकि उस विभाग में चपरासी से लेकर हेड ऑफ़ दि डिपार्टमेंट तक सब के सब ब्राह्मण हैं। एम.ए. प्रीवियस में भी राहुल, शालिगराम और शैलेन्द्र जॉर्ज के अलावा बाक़ी सभी।

आँकड़ों, सूचनाओं और तथ्यों को इकट्ठा करने और उनकी प्रोसेसिंग में हैरतअंगेज़ प्रतिभा रखने वाला, एम.एससी. मैथमेटिक्स का, असम के डिब्रूगढ़ से आये हेमन्त बरुआ के मुताबिक़ हिन्दी विभाग में जाति के आधार पर ब्राह्मणों और ग़ैर–ब्राह्मणों का अनुपात लगभग 88 प्रतिशत और 12 प्रतिशत का था। यही नहीं, यहाँ से पी.एचडी.। करके निकलने वाले और बाहर नौकरी पाने वालों का भी आँकड़ा यही।

बरुआ ने कहा– 'राहुल यू हैव गॉट एंटर्ड इन टु अ लेब्रिंथ, व्हेयर दे विल लिंच यू वन डे। बी वेयर। नथिंग इज़ टू लेट।'

दोनों जानकारियाँ ऐसी थीं, जिन्होंने राहुल को चिन्ता में डाल दिया। सापाम कहाँ गया? उसकी आँखों के सामने इम्फाल से आये उस सुन्दर, गोल–मटोल लड़के का चेहरा घूम गया।

रात किस तरह बीती राहुल को होश नहीं था।

लेकिन उस बेहोशी में भी पीले रंग की एक छतरी तितली की तरह धीरे–धीरे उड़ती हुई नीचे की अर्द्ध–वृत्ताकार सड़क के ऊपर घाटियों की ओर चुपचाप चली आ रही थी और हर पल इतनी बड़ी होती जा रही थी कि उसने राहुल की पूरी नींद को अपने नीचे घेर लिया था। दूर, उसके भीतर, किसी अबोध, अनाथ बच्चे की तरह राहुल निश्चिन्त सो रहा था।

कुछ–कुछ उस तरह, जिस तरह सृष्टि के प्रलय के बाद अथाह समुद्र की लहरों पर तैरती–उतराती कल्पतरु की एक नन्हीं–सी पत्ती पर नन्हा–सा ईश्वर सोता है। अपनी अगली सृष्टि के पुनर्स्वप्न में लीन।

यह किसी पूर्व निर्धारित नियम जैसा था कि हिन्दी विभाग में राहुल की दोस्ती शैलेन्द्र जॉर्ज और शालिगराम के साथ ही सबसे ज़्यादा और सबसे पहले हुई। अपने आप ही, बिल्कुल सहजता से, वे तीनों क्लास में एक साथ, एक–दूसरे के नज़दीक बैठने लगे। आपस की बातचीत में यह पता चला कि बाक़ी छात्र किसी–न–किसी अध्यापक के या तो रिश्ते में है या किन्हीं अन्य कारणों से उनके निकट हैं। वे अपने–अपने भविष्य के लिए आश्वस्त और बेफ़िक्र लड़के थे। विभाग में चलने वाली राजनीति के वे ज़्यादातर प्यादे थे। उनकी रुचि साहित्य या किताबों में कम और डिग्री, नियुक्ति, प्रोमोशन, फ़ेलोशिप आदि हथियाने के गुर सीखने में ज़्यादा थी। वे बहुत तेज़ी से यह प्रशिक्षण प्राप्त कर रहे थे। उनकी जैविक आनुवांशिकता में कुछ गुणसूत्र ऐसे थे, जिससे वे यह विद्या उतनी ही सरलता से सीख रहे थे, जितनी सरलता से गिलहरी पेड़ पर चढ़ना, मछली पानी में तैरना, पनडुब्बी गोता लगाना या घूस किसी दीवार में बिल बनाकर घर में घुसना सीखता है।

शैलेन्द्र जॉर्ज ने बताया, उसके पिता जब तक हिन्दू थे, तब तक डोम थे। तीस साल पहले वे 'कनवर्ट' हुए। शालिगराम जाति से कोरी था। वह बताता था कि सवर्णों ने, और ख़ासतौर पर ब्राह्मणों ने ऐसी कहावतें और क़िस्से गढ़ रखे थे, जो कोरियों की मूर्खता और उनकी बुद्धिहीनता को कोरी जाति का अनिवार्य सहजात चरित्र सिद्ध करने के लिए गढ़े गये थे।

एक क़िस्से के अनुसार एक कोरी को एक बार सपने में दिखा कि उसके घर के पिछवाड़े, जहाँ पर जलाऊ लकड़ियों

का ढेर है, वहाँ एक–एक क्विंटल गेहूँ भरने वाले पाँच ऐसे जूट के बोरे रखे हुए हैं, जिनमें रुपये हैं। कोरी जब नींद से जागा, तो वह यों ही अपने स्वप्न के बारे में सोचता हुआ अपने घर के पिछवाड़े लक्कड़ खाने की ओर गया और उसके आश्चर्य की सीमा न रही, जब उसने वहाँ लकड़ियों के ढेर के बीच सचमुच पाँच बोरों को रखे हुए पाया। कोरी ने चीख़–चीख़ कर अपने पड़ोसियों को इकट्ठा कर लिया और उनसे उसने अपने सपने की बात बतायी।

कोरी के पड़ोसियों ने पाँच बोरों में रखे करोड़ों रुपयों के नोटों और सिक्कों को देखा। उन्होंने एक–दूसरे से बातचीत की और फिर कोरी को समझाया कि इन बोरों में दौलत तो ख़ूब है, लेकिन दौलत का दाना कम और दौलत का भूसा ज़्यादा है। तुम इसका भूसा साफ़ कर के असली दाना घर ले जाओ।

क़िस्से के अनुसार कोरी के परिवार की औरतों ने सूपे से बोरों में रखी दौलत को फटक कर भूसा साफ़ किया और दौलत के दाने को घर ले गयीं। भूसे में नोट थे, हल्के काग़ज़ के सौ, पाँच सौ, दस–बीस के। भूसे की तरह उड़ जाने वाले। इस तरह पाँच बोरों से कोरी के घर की औरतों ने जो दौलत के दाने सिक्कों–चिल्लरों, चवन्नियों–अठन्नियों और कौड़ियों की शक्ल में इकट्ठा की, वह ढाई हज़ार रुपयों के बराबर थी।

अब भूसा बटोरने वाले कोरी के पड़ोसी करोड़पति हो चुके थे और स्वप्न देखने वाला कोरी 'कौड़ीपति' के रूप में इस सवर्ण–गाथा का नायक बना। दिलचस्प यह था कि छोटी जातियों के बारे में फैलाई गयीं ऐसी अनेक कथाओं के अन्त में हमेशा किसी–न–किसी ठहाके की गूँज सुनाई देती थी, जो शताब्दियों पुरानी थी।

ठगों का एक पूरा इतिहास था, जिसमें छली गयी जातियों, समुदायों और मनुष्यों की निश्छलताओं और सीधेपन के तमाम क़िस्सों के अन्त में ऐसे ही रस भरे, क्रूर, असभ्य, अघाये और ताक़तवर ठहाके थे।

ऐसा ही एक समवेत ठहाका हिन्दी डिपार्टमेंट में पीरियड गैप के बीच उस दिन लगा, जब डॉ. लोकनाथ त्रिपाठी के घर खाना बनाने वाले स्टूडेंट बलराम उपाध्याय ने कोरी जाति के बारे में एक नया क़िस्सा सुनाया। उस समय क्लास की लड़कियाँ अपने–अपने टिफिन से, झुण्ड में, सबसे छुपकर, घर से लाये गये पराँठे खाने बाहर गयी हुई थीं।

बलराम उपाध्याय का क़िस्सा यह था।

एक बार एक कोरी की शादी हुई। दूसरे दिन उसके पड़ोसी दोस्तों ने, जो ज़ाहिर है कि सवर्ण जातियों के थे, कोरी से पूछा कि 'तूने अपनी नयी–नयी बीवी को रात में कलेवा (नाश्ता) कराया कि नहीं? कोरी ने लड्डू, पेड़े, मोतीचूर, जलेबी का पूरा मीनू गिना डाला, जो उसने अपनी बीवी को प्यार से खिलाया था।

कोरी के दोस्त हँसने लगे कि देखो इस बेवकूफ़ को, इसे कुछ भी पता नहीं इस पाजी ने अपनी दुल्हन के दूसरे मुँह को तो अभी तक नाश्ता ही नहीं कराया। बेचारी अभी तक भूखी बैठी है। इसे तो ये भी नहीं मालूम कि औरत अपने उस मुँह से जलेबी और मोतीचूर नहीं, कोई और ही चीज़ खाती है।

कोरी ने बहुत मिन्नतें की कि वे उसे बता दें कि अपनी दुल्हन को वह कौन–सी मिठाई या पकवान खिलाये। दोस्तों ने कोरी की अज्ञानता पर पसीज कर उसे सलाह दी कि वह अभी जाकर अपनी दुल्हन के दूसरे मुँह को दातून–ब्रश के साथ कुल्ला वग़ैरह करा दे, फिर उनको बुला ले। वे उसे कलेवा–नाश्ता ख़ुद करा देंगे। अगर दोस्त, दोस्त के काम न आये, तो दोस्ती किस काम की।

बहरहाल इस सवर्ण क़िस्से के अनुसार उस कोरी ने जाकर अपनी नयी–नवेली दुल्हन से उसके दूसरे वाले मुँह और पेट के बारे में पूछा। दुलहन भी हालाँकि भोली और ना–समझ थी, फिर भी उसने अपना दिमाग़ भिड़ाया और लजाते–लजाते अपने दूल्हे को अपना वह मुँह दिखाया। दूल्हे ने अपने दोस्तों द्वारा दिये गये

दातून, टूथपेस्ट और ब्रश का इस्तेमाल किया और कुल्ला वग़ैरह करा के उस मुँह को धोया–पोंछा। फिर उसने अपने दोस्तों को सूचना दी।

वे आये और बारी–बारी से उन्होंने कोरी की नयी–नवेली दुल्हन को नाश्ता, ज्यौनार और बियारी यानी ब्रेकफास्ट, लंच और डिनर कराया।

इसके बाद हिन्दी विभाग के एम.ए. प्रीवियस के उस क्लास रूम में ठहाके लगे। जलते, सुलगते, अश्लील, अघाये और अमानुषिक ठहाके। इन ठहाकों की उम्र सदियों पुरानी थी।

राहुल ने शैलेन्द्र जॉर्ज और शालिगराम को देखा। बारह स्टूडेंट्स के बीच वे तीन एक तरफ़ थे, नौ दूसरी तरफ़। ठहाके दूसरी तरफ़ से आ रहे थे। बोकारो या भिलाई स्टील प्लांट में हज़ारों–लाखों डिग्री के तापमान वाली भट्ठियों से अँगारों की तरह दहकता हुआ जो लौह अयस्क द्रव की तरह खौलता हुआ बहता है, जिस पर गिरते ही आदमी भाप बनकर हवा में उड़ जाता है...उससे भी ज़्यादा गर्म और लपलपाते ठहाके। ये आवाज़ें ठहाकों की नहीं, जातीय घृणा की उस मध्यकालीन आग की थीं, जो द्रव की तरह उस पौराणिक भट्ठी से निकलकर बहती हुई उनके कानों में घुस रही थीं।

राहुल ने उन हँसते हुए चेहरों को देखा। विमल शुक्ल, विनोद वाजपेयी, बलराम उपाध्याय, विजय पचौरी, कमल त्रिपाठी, राम नारायण चतुर्वेदी, सुदीप पन्त, विभूति प्रसाद मिश्र। वे सबके सब 'क्रिटर्स' थे। गेंद की तरह लुढ़कने वाले, डरावने, सर्वभक्षी 'क्रिटर्स'। किसी दूसरे ग्रह या दानव लोक से उन्हें पृथ्वी के इस हिस्से में भेजा गया था। या परलोक से गिरने वाले किसी अजनबी अण्डे से फूटकर ये यहाँ ख़ुद निकल आये थे और धीरे–धीरे उन्होंने अपना एक तन्त्र बना डाला था। वे हर जगह थे। भाषा में, राजनीति में, मन्दिरों में, संसद में, प्रशासन, पूजा–पाठ, जन्म–मरण, खाने–पीने की चीज़ों से लेकर दवाइयों और सूचना–संचार माध्यमों तक।

अख़बार, किताबों, विश्वविद्यालय, टी.वी. चैनलों, बैंकों से लेकर कविता, कला और विचारों तक।

वे 'क्रिटर्स' थे। सबसे पहले उन्होंने पृथ्वी के इस हिस्से के सूरज को खाकर इतिहास में एक ऐसा अँधेरा पैदा कर डाला था, जिसके भीतर कोई उनके चलते हुए शाश्वत भूखे जबड़ों और चमकीले, धारदार, विषैले दाँतों को न देख सके। उन्होंने बुद्ध को खा डाला था, जातक कथाओं, उपनिषदों और लोकगाथाओं को खा डाला था। उन्होंने ईसा, मूसा, पीर–पैगम्बर, सूफ़ी–सन्त सबको चट कर के, उनकी हड्डियों की खाद बनाकर, उसे अपने उन विषैले पेड़–पौधों की जड़ों में डाल दिया था, जिनके फल सदियों से धरती के इस हिस्से में रहने वाले करोड़ों भोले–भाले निवासियों के संस्कारों में लटके हुए थे।

शालिगराम का चेहरा मटमैला और धूसर हो गया था। अपमान और ग्लानि की कालिख ने उसका रंग स्याह कर दिया था। शैलेन्द्र जॉर्ज की आँखों में भय था।

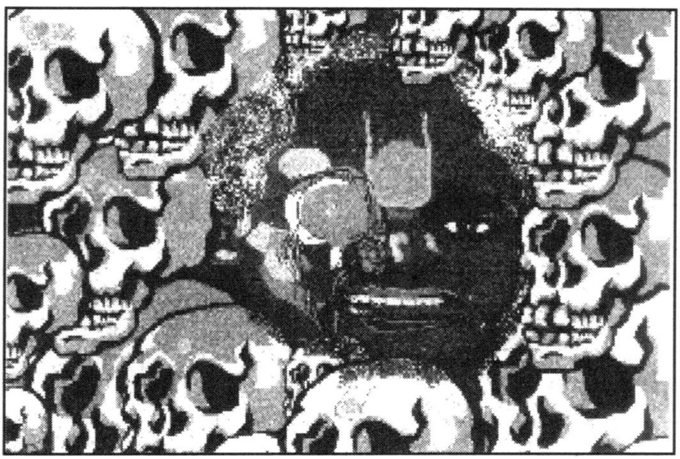

'शट अप! होल्ड योर फिल्दी टंग्स...बास्टर्ड्स!' राहुल उठकर खड़ा हो गया। 'हिन्दी लिटरेचर और हिन्दू धर्म ने तुम्हें यही

सिखाया है रावण की औलादो! कितना खाओगे? कितना इस मुल्क को तोड़ोगे? दीमकों, जोंकों, पिस्सुओं की तरह इस महादेश के जर्जर शरीर पर पलने वाले पैरासाइट्स। याद रखो, रावण भी तुम्हारी जाति का था और वह भी सोने की लंका में रहता था। त्रेता के उस युग में तुमने घर बार से निष्कासित राम की पत्नी का अपहरण करके, उन्हें भीतर से तोड़ डाला था। एक कभी न खत्म होने वाली भटकती हुई, बदहवास ज़िन्दगी! और हरामज़ादो तुम उन्हीं राम का भक्त होने का नाटक कर रहे हो। इस कलियुग में इस बीसवीं–इक्कीसवीं सदी में, उन्हीं राम को तुम अपने जैसा बर्बर, हिंसक, हत्यारा, कट्टरपन्थी, मानवद्रोही ...फासिस्ट बना रहे हो! क्योंकि तुम्हें वोट चाहिए। क्योंकि तुम्हें पॉवर में रहना है। क्योंकि तुम्हें अभी और खाना है।

कितने हज़ार साल तक की सत्ता तुम्हें चाहिए? अगर सच सुनना चाहते हो तो सुनो हरामज़ादो। इस देश में न कभी हूणों का शासन रहा, न शक, कुषाण, यवनों, मुग़लों और अंग्रेज़ों का। हर सत्ता की आड़ में हमेशा तुम्हारा ही राज रहा है। हर ईमानदार, कमज़ोर या किसी न्याय के पक्ष में खड़े आदमी की गर्दन पर शताब्दियों से गिरने वाला परशुराम का गंड़ासा असलियत में तुम्हारी सत्ता ही है। अगर तुम इतने ही श्रेष्ठ हो तो बताओ कि आज तक कभी ईश्वर बाम्हन बनकर पैदा क्यों नहीं हुआ?'

राहुल गुस्से में कॉप रहा था। लेकिन शालिगराम के चेहरे की कालिख मिट रही थी और शैलेन्द्र जॉर्ज अब डरा हुआ नहीं दिख रहा था।

और ठीक इसी समय डॉ. लोकनाथ त्रिपाठी ने क्लासरूम में प्रवेश किया।'क्या मीटिंग चल रही थी यहाँ?...अच्छा–अच्छा, यूनियन काउंसिलर्स के चुनाव की तैयारी हो रही है। लेकिन यहाँ भाषण किस नेता का हो रहा था?'

लड़कियों के झुण्ड ने भी तभी प्रवेश किया। मध्यकाल का भक्ति साहित्य पढ़ाएँगे, अब डॉ. लोकनाथ त्रिपाठी, बलराम पाण्डे

जिनके घर सुआर का काम करता है और एक दिन वही इस हिन्दी विभाग का हेड ऑफ़ दि डिपार्टमेंट होगा।

तीन बजे पीरियड ख़त्म हुआ। अचानक ही ऐसा तनाव पैदा हो गया था, जिसकी भारी–भरकम परछाईं समूचे क्लासरूम पर छा गयी थी। राहुल का दम घुट रहा था। वह बाहर निकलकर गलियारे में खड़ा हो गया। सामने लाइब्रेरी दिख रही थी। उसके बगल में नीम के दोनों पेड़। उनके नीचे की छाँह ख़ूब ठण्डी होगी।

राहुल वहीं खड़ा था, तभी कार्तिकेय, ओ.पी. और प्रताप तीन–चार दूसरे लड़कों के साथ वहाँ लगभग दौड़ते हुए आये।

'सापाम ने स्युसाइड कर लिया है। ही इज़ डेड।' कार्तिकेय का चेहरा काँप रहा था। सभी हाँफ रहे थे।

'हॉस्टल के पीछे के पुराने कुएँ में उसकी बॉडी मिली है।'

एक गहरा सन्नाटा। चीख़ता हुआ और बजता हुआ। एक ऐसा सुनसान, जो किसी नक्षत्र के टूटकर गिरने के बाद, किसी बहुत बड़े विस्फोट के बाद...किसी बहुत दारुण मृत्यु के बाद पैदा होता है।

राहुल की चेतना निष्पन्द थी। कानों ने कुछ भी सुनना बन्द कर दिया था। वह अपने हॉस्टल के दोस्तों के पीछे–पीछे किसी रोबो...किसी यन्त्र मानव की तरह चल रहा था।

सामने लाइब्रेरी के पास, नीम की ठण्डी छाँह में चैतन्य खड़े थे। चैतन्य महाप्रभु। लेकिन वहाँ कोई कीर्तन नहीं था। वे चुप थे। उनकी देह में जगह–जगह खरोंचें थीं। उनका माथा फूट गया था। शायद किसी गोली की सूराख उनकी दोनों आँखों के ठीक ऊपर, भौहों के बीचोबीच था, जिसमें से लगातार बहते हुए ख़ून ने उनकी आँखों को ढक लिया था।

नीचे ज़मीन पर फूटी हुई ढोलक पड़ी थी, उसके बगल में करताल और मंजीरे। और उनके बगल में कुछ लाशें। उन्हें पुलिस ने, बी.एस.एफ. ने, सी.आर.पी.एफ. ने, आतंकवादियों ने, किसी माफ़िया गिरोह या तस्कर ने, किसी कट्टरपन्थी ने, तालिबान या

हिज़बुल ने, या रणबीर सेना ने, नक्सलवादियों ने, अच्छन गुरु ने, दाऊद ने, किसी मन्त्री के एस.पी.जी. ने एक साथ अन्धाधुन्ध फायरिंग करके, किसी ज्वायंट ऑपरेशन में मार डाला था।

नीम के पेड़ के पीछे नाथूराम गोडसे खड़ा हुआ था और उसकी पिस्तौल से धुआँ निकल रहा था।

चैतन्य कीर्तन के पद गाने के लिए अभी भी अपना मुँह खोल रहे थे, लेकिन उनके गले से निकल रहा था...भाँय–भाँय–भाँय करता एक सन्नाटा।

राहुल ने देखा, उनके पैरों के निकट, घास पर, फूटी हुई ढोलक के बगल में, सापाम की लाश है।

'हम एक दिन स्युसाइड कर लेगा। लेकिन...लेकिन हम ज़रूर कर लेगा। मिजसे लिख के ले लो...हम कैसे जियेगा?...टेल मी...! मिजे पढ़ाई के वास्ते पैसा मेरा भाई भेजता था। अब हम अपनी आज़ादी के लिए लड़ेगा...उनोंने मेरे साथ...'

वहाँ बहुत सारी बत्तखें थीं, जिनके सफ़ेद पंखों में ख़ून के धब्बे पड़े हुए थे। बाँस के जंगलों से कोई हवा गुज़र रही थी और सूखे हुए बाँस के हज़ारों पेड़ बाँसुरी बजा रहे थे। बाँसुरी बजाना उन्होंने कृष्ण से सीखा था, जिनसे मिलने रुक्मिणी वहाँ आयी थी।

सापाम का भाई अपनी मृत आँखों से सापाम को चुपचाप देख रहा था। उसके पिता ढोलक बजाकर गा रहे थे।

राहुल फूट–फूट कर रो रहा था। ओ. पी. और कार्तिकेय उसे सँभाल रहे थे।

'डोंट! डोंट बी सेंटी राहुल!'

गलियारे में खड़ी अंजली जोशी उसे चुपचाप देख रही थी।

रात के साढ़े नौ बजे। आज हॉस्टल के मेस में डिनर नहीं बना था। टैगोर हॉस्टल के लड़कों ने सापाम के शोक में यह सामूहिक निर्णय लिया था। मेस के नोटिस बोर्ड पर यह सूचना चिपका दी गयी थी कि जो स्टूडेंट्स खाना चाहते हों वे बी.बी. देसाई हॉस्टल के मेस में जा सकते हैं।

बाद में पता चला, सिवा कुछ मेस कर्मचारियों और इक्का–दुक्का लड़कों के, उस रात खाना किसी ने नहीं खाया।

इसका मतलब था, सापाम की आत्महत्या से पैदा होने वाला शोक बहुत बड़ा और गहरा था। लड़के आपस में बहुत कम और बहुत धीमी आवाज़ में बातें कर रहे थे। लगता था, उनकी आवाज़ें कहीं पर रुन्ध रही हैं क्या वह सिर्फ़ सापाम की इस तरह की मृत्यु का आकस्मिक आघात और दुःख था, जिसने उनके गले को इतना कमज़ोर कर दिया था, या कहीं एक भय भी था, जो हर लड़के के भीतर अचानक पैठ गया था और उसने उनकी आवाज़ को इस तरह कमज़ोर, निहत्था और असहाय बना डाला था। वे लड़के भी, जो अक्सर ज़ोर–ज़ोर से बोलते, बहस करते, झगड़ते–गाते देखे जाते थे, आज चुप थे। मोटरसाइकिलों की आवाज़ें सहमी हुई थीं। हॉर्न बजाकर नीचे के मैदान से कोई हॉस्टल की दूसरी–तीसरी मंज़िल पर रहने वाले अपने दोस्त को नहीं बुला रहा था। कोई किसी को पुकार नहीं रहा था।

कॉरिडोर के बल्ब मटमैली और उदास रोशनी फेंक रहे थे। इस धुँधले से अँधेरे में, रुन्धे और दबे स्वरों में एक–दूसरे से सिर्फ़ कभी–कभार बातें करते वे लड़के, किसी फ़िल्म के धुँधले पर्दे पर उभरती परछाइयों की तरह यहाँ–वहाँ डोल रहे थे।

राहुल, कार्तिकेय, प्रताप, मसूद, ओ.पी. और प्रवीण बी. बी. हॉस्टल के पीछे की झाड़ियों, झुरमुटों और कंकरीले पत्थरों वाले रास्ते पर चल रहे थे। दिनभर वहाँ पुलिस मौजूद थी और विश्वविद्यालय के कुछ अधिकारियों के अलावा वहाँ किसी को आने नहीं दिया गया था। लड़कों की भीड़ को बहुत दूर, पीछे रोक दिया गया था, जहाँ से वह जगह बिल्कुल नहीं दिखती थी, जहाँ सापाम ने आत्महत्या की। कुछ लड़कों ने दिन में, पेड़ पर चढ़कर भी देखने की कोशिश की, लेकिन उस तरफ़ सिर्फ़ बबूल के पेड़ थे। एक सेमल का भी पेड़ था लेकिन, उसके तने में भी काँटे होते हैं।

शाम सात बजे तक पुलिस वहाँ से सारी तफ़्तीश पूरी कर हट गयी थी। सापाम का शव गाँधी हॉस्पिटल के मुर्दाघर में रख दिया गया था। अगले दिन पोस्टमार्टम होना था। लड़कों ने सापाम को अस्पताल में देखने की बहुत कोशिश की, लेकिन किसी को वहाँ नहीं जाने दिया गया। पता चला कुलपति ए.के. अग्निहोत्री ने मणिपुर के चीफ़ सेक्रेटरी को फ़ोन पर सूचना दे दी है। इम्फाल से सापाम के पिताजी आयेंगे, नहीं तो सापाम के शव को ट्रेन से इम्फाल भेजा जायेगा।

सापाम का शव हवाई जहाज़ से भेजे जाने की हैसियत नहीं रखता था।

सापाम के पिताजी किस तरह इस ख़बर को सह पायेंगे—राहुल सोच रहा था। अभी कुछ ही अरसा पहले उनके बड़े बेटे को, जो इम्फाल के निकट सिंगजमेई में प्राइमरी स्कूल में टीचर था, आतंकवादी मानकर पुलिस ने गोली मार दी थी। इधर उनका छोटा बेटा सापाम भी अब सिर्फ़ एक शव के रूप में, बस कुछ घण्टों के लिए, अस्पताल के मुर्दाघर में शेष था। इसके बाद तो वह भी नहीं रह जायेगा। क्या वे यहाँ सापाम के अन्तिम संस्कार के लिए आयेंगे? या इस सूचना के बाद वे इतने टूट—बिखर चुके होंगे कि इम्फाल से कोहिमा, गोहाटी, बोगईगाँव होते हुए—दिल्ली

और फिर दिल्ली से आगरा, ग्वालियर, झाँसी होते हुए यहाँ तक–लगभग ढाई–तीन दिनों के सफ़र की हिम्मत और ताक़त ही उनके अन्दर नहीं रह गयी होगी।

यह एक निर्मम सच था कि सापाम या उसके पिता जी या इस देश के करोड़ों लोग दुर्भाग्य से उन लोगों में से नहीं थे, जिनके लिए इस नयी टेक्नोलॉजी ने दुनिया को छोटा बना डाला था, दूरियाँ मिटा डाली थीं। वे लोग और थे, जिनके लिए अमेरिका, फ़्राँस, जर्मनी जैसे देश घर का आँगन हो चुके थे, जहाँ जब दिल करे वे टहलते हुए जाते थे और कुल्ला, पेशाब कर आते थे।

कार्तिकेय के हाथ में टॉर्च थी। सिरकिन, बेशर्म, लेंटीना, चकवड़ और कई ऐसी झाड़ियों के बीच से निकलते हुए वे आख़िरकार उस कुएँ तक पहुँच गये थे, जिसमें कूदकर सापाम ने जान दी थी।

ऐसा क्या था उस जगह में, कि वहाँ पहुँचते ही उन सभी की चेतना पर कोई भारी–सी चीज़ छा गयी थी? एक ऐसी ऐन्द्रिक स्तब्धता, जो उनके शरीर की सारी शिराओं में अचानक सिहरन की तरह फैल गयी थी। उन्हें लग रहा था, उस कुएँ के टूटे–फूटे जगत के पत्थरों–ईटों के ऊपर, झाड़ियों के बीच घिरा हुआ सापाम अचानक अभी वहाँ बैठा हुआ दिख जायेगा और कहेगा, "...ओ अच्चा, तो तुम लोग मिजको मेस में डिनर वास्ते वहाँ बुलाने आ गये! तुम चलो, मैं आया।"

कुआँ बहुत पुराना था और पिछले दस वर्षों से इस्तेमाल में नहीं था। इसे मज़दूरों ने खोदा होगा। यहाँ की ज़मीन पथरीली और चट्टानी थी। कितनी मुश्किल और मेहनत से इंच–इंच करके इस बड़े से कुएँ को, जिसे यहाँ की बोली में 'इंदारा' कहते हैं, खोदा गया होगा। सब्बलों, कुदालों, गैंतियों का कितना लोहा इस लगभग सत्तर फुट गहरे कुएँ की खुदाई में घिस गया होगा। यह तब बना होगा, जब बोरिंग मशीनें नहीं थीं। कहते हैं इसी

कुएँ से पूरी यूनिवर्सिटी को पानी सप्लाई होता था। अब तो एक दूसरी पहाड़ी पर पूरा वाटर–हाउस बन चुका है।

कार्तिकेय ने टॉर्च की रोशनी कुएँ के अन्दर फेंकी। भीतरी दीवारों पर झाड़ियाँ, जड़ें और सूखी हुई घासों का झुरमुट था। चारों ओर से इस झुरमुट ने बीच के उस अँधेरे को घेर रखा था, जो अतल तक जाता था और वहीं कहीं, बहुत नीचे, गहराई में पानी था। कहते हैं कि पानी बहुत गहरा था। टॉर्च की रोशनी उसी अतल तक फैले अँधेरे के बीच से उस पानी तक पहुँच रही थी। कुछ साफ़ समझ में नहीं आता था, बस एक हरी–कत्थई झिलमिल टॉर्च की उस पीली रोशनी में काँपती दिखायी देती थी। 'सापाम ने इस कुएँ को खोजा कैसे होगा?' कार्तिकेय की आवाज़ बहुत धीमी और खरखराती हुई–सी थी।

'उसने एक बार इसके बारे में बतलाया था।' प्रवीण ने कहा। 'लगता है...मुझे तो लगता है कि वह बहुत दिनों से ऐसा सोच रहा था।'

'उसके पास दूसरा रास्ता ही क्या था? लेकिन हक़ीक़त ये है कि स्युसाइड करने के पहले ही उसे ख़त्म कर दिया गया था।' मसूद ने कहा।

'उसे टेरेरिस्ट हो जाना चाहिए था। वह उन सबसे बदला लेता, जिन्होंने उसके भाई को मारा, जिन्होंने उसके रुपये छीने और उसको सोडोमाइज़ करने की कोशिश की...!' यह प्रताप परिहार ने कहा।

'ऐसा मत सोचो।' कार्तिकेय अचानक जैसे चौंक गया। उसकी आवाज़ गम्भीर होती गयी और उसमें वह ठोसपन आ गया, जो किसी धातु में होता है। एक सख़्त ठण्डापन। उसने टॉर्च बुझाते हुए अँधेरे में से कहा, "क्या इस भयानक हादसे के बाद भी तुम इस सच्चाई तक नहीं पहुँच सके कि टेरेरिस्ट कौन है और अपराधी कौन है?"

पुणे से आये कार्तिकेय काजले के इस वाक्य के बाद

एक गहरी चुप्पी उस अँधेरे में फैल गयी, जिसमें सिर्फ़ रात के कीड़े–मकोड़ों और उन सभी की अपनी साँसों की आवाज़ें भर मौजूद थीं। यह एक निःशब्द लेकिन घुटी हुई चुप्पी थी, जिसमें सापाम की त्रासदी के साथ–साथ एक ऐसी बेचैनी कहीं भीतर जाग रही थी, जिसके आवेग में वे कुछ ठीक–ठीक सोच नहीं पा रहे थे। यह एक अशान्त, उद्विग्न, बेचैन और घुटी हुई ख़ामोशी थी।

सत्तर फुट नीचे अतल के अँधेरे में, जहाँ टॉर्च की पीली कमज़ोर रोशनी में कुएँ के पानी की कत्थई–हरी झिलमिल थी, वहाँ राहुल को कोई चीज़ उतराती हुई–सी लगी। उसने कार्तिकेय के कन्धे को दबाया। 'उधर...कुछ है। थोड़ा–सा राइट...थोड़ा–सा और ऊपर।'

मुश्किल से नीचे तक पहुँचती जर्जर रोशनी का वृत्त वहाँ ठहरा और राहुल ने देखा, वहाँ सापाम की चप्पल उतरा रही थी। दो महीने पहले, जब सापाम से उसकी नयी–नयी दोस्ती हुई थी, वह चप्पल उसने शहर की लिबर्टी की दुकान से ख़रीदी थी।

राहुल की इच्छा हुई कि वह किसी तरह कुएँ की गहराई में उतरे और उस चप्पल को निकाल लाये। यह कैसी विडमबना है? सिर्फ़ दो महीने पहले सापाम के जीवन में पहली बार अस्तित्व में आने वाली प्लास्टिक की यह चालीस रुपये की बेजान चीज़ अभी तक़ मौजूद है, पानी की सतह पर उतराती हुई...और वह मूल जीवन समाप्त हो गया। उसी पानी की झिलमिल में।

जब वे उस जगह से वापस अपने हॉस्टल की ओर लौट रहे थे, कोई किसी से कुछ बोल नहीं रहा था। लगता था उनके साथ झाड़ियों–झुरमुटों के बीच से निकलता, उनके पीछे–पीछे चलते अँधेरे के साथ सापाम भी चला आ रहा है। सिर झुकाये। अपनी मृत्यु के पार से। शायद यही वजह रही होगी कि कार्तिकेय ने कई बार यों ही टॉर्च पीछे की ओर घुमायी।

वहाँ कुछ नहीं था। चट्टानें, झाड़ियां, पत्थर और बबूल के सूखे हुए कँटीले पेड़ थे। जब वे हॉस्टल के कॉरिडोर में से

निकल रहे थे, तब उन्होंने कमरा नम्बर 212 को देखा। इसी में सापाम तोंबा रहता था।

उस कमरे को पुलिस और यूनिवर्सिटी के अधिकारियों ने सील कर दिया था। वहाँ पर एक अपरिचित–सा भारी–भरकम ताला लटक रहा था। यह ताला डरावना था क्योंकि उसके पीछे से सापाम की मृत्यु झाँक रही थी।

उस रात राहुल देर तक जागता रहा। कमरे की दूसरी दीवार के साथ ही ओ.पी. का बेड था। वह भी देर तक जागता रहा, लेकिन दोनों एक–दूसरे से कुछ नहीं बोल रहे थे। एक ऐसी निःशब्दता दोनों के बीच थी, जिसे लाँघने की शक्ति दोनों में से किसी के गले में नहीं थी। इसी कमरे के बाहर के गलियारे में कुछ क़दम दूर सापाम का कमरा था, जिसमें अभी चार दिन पहले तक वह रह रहा था।

और इसी शहर के महात्मा गाँधी अस्पताल के मुर्दाघर में ठीक इस समय उसका फूला हुआ शव रखा था। उसका सुन्दर, गोल–मटोल चेहरा इस समय कैसा दिखता होगा? हॉस्पिटल की मॉर्च्युअरी में तो एयरकंडीशनिंग भी नहीं है। बर्फ़ की सिल्ली पर लाश रख दी जाती है। कहते हैं शव को सुरक्षित रखने की ख़ातिर बर्फ़ की सिल्ली के लिए दिये गये रुपये भी अस्पताल के कर्मचारी खा जाते हैं।

अगले दिन यानी सात सितम्बर को विश्वविद्यालय में अवकाश घोषित कर दिया गया था। यह इस विश्वविद्यालय के उस छात्र की मृत्यु के शोक की रूटीन औपचारिकता में किया गया था, जिसका नाम सापाम तोंबा था और जो मणिपुर से यहाँ एम.एससी.। प्रीवियस करने आया था।

राहुल हेमन्त बरुआ के साथ दस बजे यों ही हॉस्टल से टहलता हुआ कैम्पस की ओर चला गया था। कैम्पस सुनसान था। डिपार्टमेंट्स बन्द थे। कैंटीन के सामने कुत्ते और कौए थे। एक निर्जनता–सी चारों ओर फैली हुई थी।

'सापाम कहता था कि अब मणिपुर का नया जेनरेशन अपने नाम के आख़ीर में लगा हिन्दू सरनेम तेज़ी से ड्रॉप कर रहा है। वो लोग वापस अपने ट्राइबल रूट्स की ओर जाना चाहते हैं। हमें अपनी पुरानी पीढ़ियों की मूर्खता पर शर्म आती है, जिन्हें इतने दिनों तक बेवकूफ़ बनाया गया।' हेमन्त बरुआ बता रहा था। 'असम में भी यही हवा चल रही है। हमें सोचना पड़ रहा है कि क्या हम रियली इंडियन हैं?'

'तो कौन है इंडियन? क्या दिल्ली, यू।पी। और बिहार के प्रोफ़ेशनल पॉलिटिशियंस, व्यापारी, दलाल, करप्ट ब्यूरोक्रेट्स, क्रिमिनल्स और चीटर्स ही इंडियन हैं?' राहुल उत्तेजित था। 'इन्होंने आजादी को हाइजैक कर लिया है। तुम बताओ कोई इंडियन कैसे हो सकता है, जब तक इंडिया जैसा कोई नेशन स्टेट न हो?'

'व्हाई, देयर इज़ दि इंडियन नेशनलिज़्म। अभी करगिल की लड़ाई में जो दिखायी पड़ा था, वो क्या था? हमारे गुवाहाटी, सिल्चर, डिब्रूगढ़ के भी कई ऑफ़िसर और जवान उसमें मारे गये थे।'

राहुल को हँसी आयी। हेमन्त बरुआ भी हँसने लगा।

'स्पांसर्ड नेशनलिज़्म! हेमन्त, मुझे तू ये बता, कभी तूने कोई ऐसा नेशनलिज़्म देखा है, जो सिर्फ़ एक ही कंट्री के मामले में दिखायी पड़ता हो?' राहुल ने कहा।

'मतलब?' हेमन्त ने पूछा।

'मतलब ये कि इस नेशनलिज़्म के मामले में हर बार और हमेशा पाकिस्तान ही क्यों होता है? किसी भी दूसरे ताक़तवर देश के सामने, जिन्होंने हमें गुलाम बनाया, हथियारों से भरे जहाज़ी बेड़े इस देश को ख़त्म करने के लिए भेजे, जिनके दिये गये हथियारों से हमारे इतने सारे लोग मरे...उनके सामने नेशनलिज़्म क्यों नहीं पैदा होता? एक लम्बी-सी चापलूस दुम क्यों लगातार हिलती नज़र आती है?' राहुल उत्तेजित था।

वह सोच रहा था कि क्या सचमुच पहले के सारे सन्दर्भ अब निरस्त हो चुके हैं और क्या इतिहास का सचमुच अन्त हो चुका है? या फिर इस देश के शासकों और नागरिकों की स्मृतियाँ ही नष्ट हो चुकी हैं। या यह समय ही एक बिल्कुल बदला हुआ समय है। यह एक नयी दुनिया है। एक नयी विश्व व्यवस्था। इसमें अतीत के अब सारे सन्दर्भ अ-प्रासंगिक है। लेकिन अगर ऐसा है, तो अभी पोखरण में बम फोड़ने के साथ और करगिल या कश्मीर के मामले में उसी अतीत के 'राष्ट्रवाद' को क्यों पैदा किया गया? क्या यह सचमुच का राष्ट्रवाद ही है या एक तरह की सामुदायिक घृणा? एक निश्चित इरादे से जगाई गयी साम्प्रदायिक नफ़रत? अगर मान लें कि इंग्लैण्ड और अमेरिका के मामले में हमारे इतिहास के सारे सन्दर्भ अब बदल चुके हैं, तो बाबर या औरंगज़ेब के ज़माने के सन्दर्भों को बार-बार क्यों जगाया जा रहा है? अगर बाबरी मस्जिद एक गलत ढाँचा था, तो लुटियन का बनवाया गया वायसराय हाउस क्यों ग़लत नहीं है, जिसमें इस देश का राष्ट्रपति रहता है? इंडिया गेट गलत क्यों नहीं है, जहाँ अभी कुछ साल पहले, आज़ादी के पचास साल पूरा होने

पर ए.आर. रहमान ने 'माँ तुझे सलाम' गाया था और ख़ूब जश्न मनाया गया था? अगर दिल्ली के उस ढाँचे को नहीं तोड़ा गया तो अयोध्या के उस ढाँचे को क्यों तोड़ा गया?

राहुल को लगा जैसे वह सोचते–सोचते किसी अजीबो–ग़रीब वास्तविकता तक पहुँच रहा है। 15 अगस्त की उस रात, जो गाना आज़ादी की गोल्डेन जुबली के जश्न में गाया गया था और जिसे टी.वी. पर राहुल ने एक सिहरती उत्तेजना और आँखों में छलकते अपने देश के प्रति समर्पण से आँसुओं के साथ देखा–सुना था, अचानक इस पल वह उसे एक दूसरा ही अनुभव देता हुआ लगा। उसने सुना था कि बंकिमचन्द्र के बांग्ला उपन्यास *आनन्दमठ* में यह गीत मठ में रहने वाले संन्यासी 'यवनों' यानी मुसलमान शासकों के ख़िलाफ़ गाते थे। भवानन्द का 'बन्दे मातरम्'। इस गीत को लगभग दूसरा राष्ट्रगीत माना जाता था। इसे इसलिए क्रांतिकारी माना गया था, क्योंकि यह गीत अपनी व्यंजना में उस समय अंग्रेज़ों के राज के ख़िलाफ़ अपना अर्थ प्रकट करता था। बंकिमचन्द्र की शायद यह मंशा भी रही हो। *आनन्दमठ* में जो संन्यासी इस गीत को गाते थे, वे गेरुआ कपड़ा पहनते थे।

राहुल को अचानक 1992 में अयोध्या की बाबरी मस्जिद को गुम्बद पर चढ़े हुए लोगों के वे फ़ोटोग्राफ़ याद आये, जो उसने अख़बारों और पत्रिकाओं में देखे थे। उस गुम्बद पर भी गेरुआ कपड़े वाले लोग थे। तो क्या 'आनन्दमठ' के भवानन्द और दूसरे संन्यासी ही बंकिमचन्द्र के उपन्यास से निकलकर 6 दिसम्बर 1992 को उस गुम्बद पर सवार हो गये थे और उन्होंने उसे ढहा दिया था? और वही लोग 1997 में भारतीय स्वतन्त्रता की स्वर्णजयन्ती पर ए.आर. रहमान के गले से उस गीत को हिन्दुस्तानी में अनुवाद करा के दिल्ली के इंडिया गेट में गवा रहे थे? लेकिन वे लोग तो उस उपन्यास के पात्र थे, जिन्हें बंकिमचन्द्र ने अंग्रेज़ों के शासन के ख़िलाफ़ रचा था! अगर ऐसा था तो वे लोग, जो प्रगट होता था कि अब भारत के शासक बन गये थे, यह गाना अंग्रेज़ी राज

के दौरान लुटियन द्वारा बनाये गये ढाँचे के नीचे क्यों गा रहे थे? इस गाने से जो 'नेशनलिज़्म' प्रगट हो रहा था, उसमें मुग़ल राज के बाबर के ढाँचे से नफ़रत और अंग्रेज़ी राज के लुटियन के ढाँचे की गुलामी अन्तर्निहित थी। तो क्या वे लोग बंकिमचन्द्र के उपन्यास आनन्दमठ के क्रान्तिकारी संन्यासी नहीं, कोई दूसरे छद्मभेषधारी लोग थे, जिनका 'राष्ट्रवाद' मुसलमानों से नफ़रत और अंग्रेज़ों की चापलूसी के सिद्धान्त पर आधारित था? और क्या यही वजह नहीं थी कि यह राष्ट्रवाद सिर्फ़ पाकिस्तान के सामने हथियार उठाता था और पश्चिम के नव–औपनिवेशिक ताक़तों के सामने अपनी पूँछ निकालकर हिलाना शुरू कर देता था। लपर लप...लपर लप्!

'हेमन्त, तुम्हें पता है कि लुटियन, जिसने दिल्ली के वायसराय हाउस से लेकर उस समय की बाक़ी दूसरी इमारतों का निर्माण किया और जिस पर हमारा आज का ग्रेट इंडियन मिडिल क्लास एलीट गर्व करता है, वह हिन्दुस्तानियों के बारे में क्या कहता था?'

'क्या कहता था?' हेमन्त बरूआ जानने के लिए उत्सुक था।

'लुटियन कहता था कि दुनिया की सबसे गन्दी, भोंड़ी और जाहिल नस्ल इंडियन नेटिव्स की है। वह इन्हें डार्विन के विकासवाद के मुताबिक़ बन्दर से मनुष्य के विकास के बीच की एक लुप्त कड़ी या 'मिसिंग लिंक' मानता था।' एक 'उप' या 'अर्द्ध' मानव या अधिक से अधिक एक 'विकसित' वनमानुस।' राहुल ने कहा।

'रियली? तुमने कहाँ पढ़ा?' हेमन्त ने पूछा।

'विलियम डार्लिंपल की बेस्टसेलर 'सिटी ऑफ़ जिन्न' (जिन्नातों का शहर) को उठाकर देख लो। उसने लिखा है कि एक दिन शाम को जब सूरज डूब रहा था और वह दिल्ली के इंडिया गेट पर खड़ा था, उसने सूर्यास्त की पृष्ठभूमि में राष्ट्रपति भवन यानी लुटियन द्वारा निर्मित वायसराय हाउस को देखा, तो सिहर उठा। इस स्थापत्य को देखकर दो दूसरे स्थापत्य डिज़ाइनों की छवियाँ अचानक उसके दिमाग़ में कौंध गयीं। इटली के

मुसोलिनी काल के मिलान और जर्मनी के हिटलर के वक़्त के वर्लिन के स्थापत्य की छवियाँ। वैसा ही भव्य, वैसा ही सम्मोहक लेकिन सम्भवतः मानवता की नियति के लिए किसी अभिशाप जैसा डरावना स्थापत्य। डार्लिंपल ने लिखा है कि 'ब्रिटिश एंपायर, जर्मनी के नाजीवाद और इटली के फासीवाद में कोई–न–कोई रहस्यपूर्ण और डरावनी समानता ज़रूर थी।' राहुल की आवाज़ काँप रही थी और जैसे कहीं किसी गहरे कुएँ के भीतर से आ रही थी, उसी कुएँ के अतल से, जहाँ आत्महत्या के बाद सापाम की चप्पल उतरा रही थी।

'डरावना यह भी है कि आज भी हमारे देश का पहला नागरिक, हमारे संविधान का पहरेदार और हमारी तीनों सेनाओं का सर्वोच्च सेनापति उसी स्थापत्य के भीतर रहता है।'

यह राहुल कह रहा था, जिसकी उम्र अभी मुश्किल से तेईस साल की थी और जो एंथ्रोपोलॉजी छोड़कर अंजली जोशी के प्यार के चक्कर में हिन्दी साहित्य में एम.ए. प्रीवियस का छात्र बन गया था।

'राहुल, आई हैव कलेक्टेड अ लाट्स ऑफ़ डेटा अबाउट असम। अगर आज असम से दिल्ली के इन इंडियन रूलर्स का कंट्रोल हट जाये और वहाँ के नेचुरल रिसोर्सेज़ पर असम के लोगों का अधिकार हो जाये, तो मालूम है क्या होगा? असम का पर कैपिटा इनकम यूनाइटेड अरब एमिरेट्स से ज़्यादा होगा। दुनिया का सबसे अमीर देश असम होगा, जो आज इंडिया के सबसे ग़रीब और बैकवर्ड स्टेट्स में से एक है। और यही बात अलग–अलग लगभग हर राज्य पर लागू होती है।'

यह हेमन्त बरूआ कह रहा था, जिसकी उम्र मुश्किल से इक्कीस साल की थी और जो मैथमेटिक्स में एम.एससी.। करने यहाँ आया हुआ था और साथ–साथ 'निट' से ई–कॉमर्स का कोर्स भी कर रहा था।

राहुल यह सोच रहा था कि भारत की नयी पीढ़ी आख़िर

कौन–सी है, जो आने वाले दिनों को आकार देगी? क्या इंडिया का नया 'एक्स–वाई' जेनेरेशन वह है, जो टी.वी. में, सिनेमा में, फ़ैशन परेडों और दिल्ली–मुम्बई–कलकत्ता–बंगलुरु से निकलने वाले अंग्रेज़ी के रंगीन अख़बारों में पेप्सी पीता, क्रिकेट खेलता, पॉप म्युजिक एलबम में नंगी–अधनंगी लड़कियों के साथ हिप्पियों जैसा नाचता या ज़्यादा से ज़्यादा दौलत कमाने के लिए एम.एन.सी. की नौकरियों के लिए माँ–बाप को लतियाता और तमाम परम्पराओं पर थूकता हुआ अमेरिका, कनाडा, जर्मनी भाग रहा है?

या नया जेनरेशन वह है, जो असम, मिजोरम, मणिपुर, आन्ध्र, कश्मीर, बिहार, तमिलनाडु से लेकर तमाम नरक जैसे पिछड़े इलाक़ों में ए.के.–47, बारूदी सुरंग, तोड़–फोड़ और हताश हिंसक वारदात में शामिल है? या फिर रोज़ी–रोटी न होने की निराशा में हर रोज़ आत्महत्याएँ कर रहा है? नया जेनरेशन कौन–सा है? जिसके एक हाथ में पेप्सी, बगल में एक अधनंगी मॉडल और जेब में क्रेडिट कार्ड और वीजा है या वह, जिसकी आँखें लाल हैं, जिसके माँ–बाप को पिछले पचास सालों में शासकों द्वारा लगातार ठगा गया है और जिसके हाथ में फ़िलहाल हथियार है और जिसे हर रोज़ मुठभेड़ों में मारा जा रहा है?

वह आज़ादी किसके लिए थी, जो साबरमती के एक बूढ़े सन्त ने अपने करिश्मे से बिना तलवार और ढाल के 'वैष्णव जन ते तेणे कहिये जे पीर पराई जाणे रे' गाते हुए पचास से कुछ साल पहले पैदा की थी? क्या उस सन्त को इसीलिए पिस्तौल से उड़ा दिया गया था, जिससे वह भविष्य में कभी कोई करिश्मा पैदा न कर पाये?

राहुल और हेमन्त दोनों एक–दूसरे को स्तब्ध आँखों से देख रहे थे। कैम्पस वीरान था। एक उजाड़–सी निर्जनता, जिसमें पेड़ तक बुतों की तरह स्थिर खड़े थे। शोक मग्न।

'हो ऽ हो ऽ हो ऽ...
सइयो नी...ई ई ई...ऽ ऽ

चैन इक पल नहीं, और कोई हल नहीं

सइयो नी ऽ...ई...ई ऽऽ'

दोनों ने एक साथ धीरे–धीरे गाना शुरू किया। पर यह एक पॉप था, जिसे ब्रियान ओ–कोनेल, सलमान अहमद और अली अज़मत ने नुसरत फतेह अली की स्मृति में गाया था और इन दिनों यूनिवर्सिटी से स्टूडेंट्स के बीच यह गाना ख़ूब लोकप्रिय था।

आश्चर्य था कि यह कैसेट पाकिस्तानी पॉप गायकों का था। तो क्या इस समूचे उपमहाद्वीप के साधारण आम इन्सानों के भीतर एक जैसी बेचैनी तमाम राजनीतिक सरहदों को निरस्त करती हुई लगातार बढ़ती चली जा रही थी? कुछ–कुछ उस तरह, जिस तरह किसी घनी बस्ती में लगी हुई आग फैलती जाती है, बिना इस परवाह के कि जलने वाला घर किसका है, फेंसिंग किसकी है, वह फाटक किसका है और किस मालिक का नेम प्लेट उस मकान के सामने लटका है। एक स्वाभाविक, प्राकृतिक, वास्तविक आग। अग्नि, वही अग्नि, जो समस्त यज्ञों का मूल कर्त्ता और समाहारक है।

इदं जगत् सर्वं दहेयं भस्मीकुर्यां यद् इदं स्थावरादि पृथीव्याम्! इस पृथ्वी पर जो कुछ भी दिखता है, उस सबको जलाकर राख में बदल डालने वाली अग्नि!

हो...हो...हो...ऽ

सइयो नी ऽ ई...ऽ...ऽ ई

चैन इक पल नहीं

और कोई हल नहीं

सइयो नी ई...ऽ...ऽ ई...ऽ ई...ऽ...ऽ...

राहुल को लगा, जैसे कोई चुपचाप, विराट अदृश्य हाथों से, इस दक्षिणी एशिया के विशाल उप–महाद्वीप में रहने वाले सीधे–सादे, सरल, निश्छल, वंचित, सताये गये, ठगे गये, सौ करोड़ से भी ज़्यादा मनुष्यों के दिलों की एक–एक धड़कन पर, एक बिल्कुल नया...भविष्य में कभी करोड़ों कण्ठों के समवेत स्वरों

में गाया जाने वाला, समूचे अखिल को गुँजा डालने वाला, एक नया महा–राष्ट्रगान लिख रहा है। अ न्यू मेगा–नेशनल सांग!

क्या पश्चिम की कंपनियों के राज के ख़िलाफ़ इस बार समूचे दक्षिणी एशिया में एक बहुत बड़ा गदर फिर होगा? क्या इस बार इस 'इंडिया कंपनी सरकार' की फ़ौज उस स्वाधीनता संग्राम को 1857 की तरह फिर कुचल डालेगी और फिर उसके बाद क्या कोई अधनंगा, लँगोटी लगाने वाला, वंचितों और दरिद्रों का एक नया प्रतीक फिर कहीं इस अन्धकार में से निकलकर आयेगा और सटोरियों, दलालों, अपराधियों और ठगों के इस भ्रष्ट बाम्हन–बनिया बाज़ार–व्यवस्था को निहत्था चुनौती देगा? इस मार्केट एंपायर में जो सूरज एक बार फिर नहीं डूबता दिखायी देता, वह बंगाल की खाड़ी या हिन्द महासागर में फिर एक बार डुबा दिया जायेगा।

या उस सन्त को इस बार पहले ही कोई नाथूराम मौत की नींद सुला देगा? और सत्ता पर क़ब्ज़ा जमा लेगा?

हे राम!

हेमन्त ने राहुल के कन्धे पर हाथ रखकर दबाया और फुसफुसाते हुए कहा, ''सी...सी...! देयर, दैट साइड! उधर देखो।''

राहुल ने उधर देखा। लाइब्रेरी के बगल में, नीम के पेड़ के नीचे की छाँह में, जहाँ कल चैतन्य खड़े थे, वहाँ वही पीली छतरी मौजूद थी। वही पीला रंग, जो राहुल की आँख से उसकी शिराओं में उतरता हुआ उसके रक्त के साथ बहने लगता था। एक मीठा, मद्धिम आँच से तपता संगीत उसकी देह के भीतर बजने लगता था। रक्त के साथ बजता संगीत, जिसमें उसके हृदय की धड़कन की आवाज़ उसके अपने ही कानों को साफ़–साफ़ सुनाई देने लगती थी।

धक्...धक। धक्...धक।

छतरी के बगल में नीम की छाँह में अणिमा और 'वह' थी।

वह यानी अंजली। अंजली जोशी। राहुल चुप खड़ा था। हेमन्त ने उसका हाथ पकड़ा...'शी इज़ योर बर्ड। चलो, बात करते हैं।'

'छोड़ यार।' राहुल हिचकिचा रहा था, लेकिन हेमन्त उसे खींचता हुआ उसी ओर ले गया।

अणिमा और अंजली जोशी राहुल और हेमन्त को देखकर ख़ुश हुई। वे आज इस उम्मीद में आ गयी थीं कि शायद यूनिवर्सिटी की लाइब्रेरी खुली होगी। लेकिन वह बन्द थी। वे दोनों भी वहीं बैठ गये।

'जिसकी डेथ हुई, वह आपका फ्रेंड था?' अंजली ने राहुल से पूछा। उसने कल राहुल को रोते हुए डिपार्टमेंट के गलियारे से देखा था।

'सापाम बहुत अच्छा लड़का था। हमारे ही हॉस्टल में, मेरे ही फ्लोर पर रहता था।' राहुल ने कहा। 'हम लोग बैडमिंटन खेलते थे।'

'जिन गुंडों ने उसके साथ लूट–पाट की उन्हें पुलिस ने अरेस्ट नहीं किया?' अंजली ने फिर पूछा। उसके स्वर में जिज्ञासा थी।

'पुलिस क्यों करेगी? उनके ख़िलाफ़ एविडेंस क्या है?' राहुल ने कहा।

'उसके रियल बड़े भाई को तो इम्फाल में पुलिस ने ही गोली मारी।' हेमन्त ने गुस्से में कहा। 'एवरी डे ऑर्गेनाइज़्ड क्रिमिनल्स आर किलिंग इनोसेंट पीपल। दिस इज़ दि एवरी डे न्यूज़, दैट मीडिया हाइड्स।'

अणिमा ने अंजली से कहा, ''तू अपने पापा से बात कर न! क्या पता कुछ हो जाये। वे मिनिस्टर है।''

'उससे क्या होगा? वे मिनिस्टर तो गुंडों की वजह से ही है।' अंजली ने चौंककर राहुल को देखा। अणिमा हँस पड़ी। उसने राहुल का बायाँ कान खींच लिया।

'इस बच्चे की ट्रेजेडी ये है कि ये बिना सोचे–समझे तड़ से बोलता है। और हमेशा बेचारा सच बोलता है। पता है, इसका रीज़न क्या है?'

अणिमा ने राहुल का हाथ पकड़कर उसकी हथेली फैला दी। 'देखो, इसकी हथेली में हेड लाइन, हार्ट लाइन और लाइफ़ लाइन एक साथ जुड़ी हुई हैं। जो इसके दिल में होता है, वही इसका दिमाग़ सोचता है और इस बच्चे की लाइफ़ झमेले में पड़ जाती है।'

अंजली, हेमन्त और अणिमा सबने अपनी–अपनी हथेलियाँ देखीं, लेकिन उनमें या तो मस्तक रेखा अलग थी, तीनों रेखाएँ अलग–अलग थीं या सिर्फ़ जीवन और हृदय रेखाएँ जुड़ी हुई थीं। ऐसा किसी भी हाथ में नहीं था, कि सब एक साथ जुड़ गयी हों।

अंजली और हेमन्त दोनों को यह मज़ेदार लगा।

'तुमने किसी ज्योतिषी को दिखाया?' अंजली वास्तव में चौंकी हुई थी।

'हाँ' राहुल ने कहा। 'उनका कहना है कि सामुद्रिक शास्त्र में लिखा हुआ है कि ऐसी रेखाओं वाला आदमी या तो डिक्टेटर होता है या साधू या फिर पागल। या फिर...लीव इट...' राहुल कहते–कहते रुक गया।

'बताओ न! ऊँ हूँ...हूँ...हूँ।' अणिमा ने बच्चों जैसा मचलते हुए कहा।

'टेल...टेल यार! नहीं तो क्या होता है?' हेमन्त भी उत्सुक था।

राहुल एक पल उलझन में रहा फिर उसने कहा, ''...नहीं तो वह आत्महत्या कर लेता है।'' उसकी आवाज़ कहीं डूब–सी गयी। फिर उसने धीरे–से भर्राये हुए स्वर में कहा, ''सापाम की तरह।''

'धत्!' इतने ज़ोरों से यह आवाज़ अंजली जोशी के गले से निकली कि वह ख़ुद झेंप गयी। अणिमा और हेमन्त दोनों हँस पड़े।

'क्या तुम पामिस्ट्री में बिलीव करते हो?' हेमन्त ने राहुल से पूछा।

'मैं तो नहीं करता। कहते हैं ऐसी ही रेखाएँ नेहरूजी की भी थीं। पण्डित जवाहरलाल नेहरू। लेकिन न तो वो पागल थे, न साधू, न उन्होंने स्युसाइड किया।' राहुल ने कहा।

'लेकिन डिक्टेटर?...नहीं तो उनका ख़ानदान इतने सालों तक इंडिया में रूल क्यों करता?' यह हेमन्त का तर्क था।

'मुझे तो लगता है, उन्होंने स्युसाइड ही किया था। ऑफ़्टर चाइना वार।' राहुल ने कहा।

'देखो...देखो। ऊँट चला आ रहा है।' अणिमा ने हॉस्टल की ओर इशारा किया। सभी ने देखा। सड़क पर छह फुट तीन इंच लम्बा, बॉस की लाठ जैसा सींकिया ढाँचा, हर क़दम पर अपनी गर्दन लचकाता इसी ओर चला आ रहा था।

'आजा...आजा कंकाल! तेरा ही इन्तज़ार था।' राहुल ने आवाज़ लगायी।

ओ.पी. बीच तक आकर ही रुक गया। 'कुछ स्नैक्स का जुगाड़ लगाने जा रहा हूँ यार! ज़बर्दश्त भूख लगी है।' वहीं से वह बोला।

भूख राहुल और हेमन्त बरूआ को भी लगी थी। रात में सापाम के शोक में मेस में खाना नहीं बना था। ब्रेकफास्ट में भी कुछ नहीं। पेट में चूहेकूद रहे थे।

'लेकिन आज तो कैंटीन बन्द है। कहाँ से कुछ मिलेगा?' अंजली को फ़िक्र हुई।

हेमन्त उठ खड़ा हुआ। 'कैंटीन के पिछवाड़े जंग बहादुर सोता है। उसे पटाएँगे।'

हेमन्त ओ.पी. की तरफ़ बढ़ा तो अणिमा भी उठ खड़ी हुई। 'चलते हैं अपन भी, शायद कुछ हाथ लग जाये...'

'मैं भी चलूँ?' अंजली ने पूछा। वह उठने की मुद्रा बना रही थी।

'तुम दोनों यहीं बैठो...वो अपना हिन्दी लिटरेचर डिस्कस कर लो। हम अभी आते हैं। सी.यू. अंजली!' अणिमा ने मुस्कराते हुए एक आँख दबायी। अणिमा, हेमन्त और ओ.पी. कैंटीन की ओर चले गये।

नीम की छॉह के नीचे, अब राहुल और अंजली थे। और उनसे थोड़ी ही दूर वह पीली छतरी थी, जो रह–रहकर हवा के झोकों से काँप जाती थी। लगता था अभी कोई एक ऐसी हवा आयेगी, जिससे सिहर कर वह अपने पीले पंख फैलाएगी और तितली बनकर धीरे–धीरे उड़ने लगेगी।

सचमुच एक तितली भटकती हुई कहीं से आयी और सीधे अंजली के कन्धे पर एक पल के लिए टिक गयी।

'धत्...!धत्!...धत्...!' अंजली घबराहट में उठकर खड़ी हो गयी।

'क्या हो गया?' राहुल चौंका। अंजली के कन्धे पर बैठी

तितली उड़ गयी और मँडराती हुई छतरी के ऊपर जाकर बैठ गयी थी। ताज्जुब था कि उस तितली का भी रंग पीला था। एक जीवित पीला रंग। ऐसा पीला, जो उड़ता है, साँस लेता है, जीवित होता है और डरता भी है। उसी डर के कारण ही वह अंजली के कन्धे पर से उड़ा था।

'वो तो तितली थी। इसमें डरने की क्या बात थी?' राहुल को अंजली की घबराहट पर हँसी आयी। अंजली वापस घास पर बैठ रही थी।

'काट लेती कहीं तो?' अंजली ने कहा।

'तितली नहीं काटती।'

'तुम्हें कैसे पता कि नहीं काटती? कहीं काट ही लेती तो!'

'तितली नहीं काटती।' राहुल ने बहस की। 'ततैया काटती है।'

अंजली ने अपनी हार या शायद झेंप मिटाने के लिए इस बहस को ख़त्म करना चाहा। 'सब एक ही बात है। तितली हो या ततैया।'

'एक ही बात कैसे है? तितली कभी नहीं काटती, ततैया काट दिया करती है। कभी–कभी।' राहुल इतनी ज़ल्दी बिना समस्या को पूरी तरह सुलझाये, बात ख़त्म कर देने के मूड में नहीं था।

'तुम्हें कभी काटा? ततैया ने?' अंजली ने पूछा।

'हाँ। दो–तीन बार।' राहुल बताने लगा। 'गाँव में जहाँ हमारे खेत हैं, ट्यूबवेल की पानी की टंकी के पास पापा ने एक सीमेंट का बड़ा–सा टैंक बनवा रखा है। वो कहते हैं कि ये हमाम है। गर्मियों में उस टैंक में नहाने में बड़ा मज़ा आता है।'

'तुम उसमें नहाते हो कभी?' अंजली ने पूछा।

'क्यों नहीं? गर्मी की छुट्टियों में तो रात में साबुन और तौलिया ले के जाओ और उस टैंक में घुस जाओ। ग्रेट मज़ा। पता है, वहाँ साबुन भी इतने ज़ोरों से महकता है, जितना यहाँ कभी नहीं महकता।'

'ऐसा कैसे हो सकता है? साबुन तो एक ही होता है।'

'नहीं। जंगल में, खेतों के पास, रात में, साबुन ज़्यादा महकता है। ये बात सच है.' राहुल ने कहा। 'उस टैंक के पास बेले के पौधे उगे हुए हैं। उसके फूल भी रात में ज़्यादा महकते हैं।'

'ये क्या बात हुई?' अंजली चिढ़ गयी। 'अभी तुम साबुन के महकने की बात कर रहे थे, अब तुम बेला के महकने की बात करने लगे।'

'ओह! तुम भी। कभी वहाँ जाओ तो पता चले। रात में मैं टैंक में नहाता हूँ तो साबुन और बेला दोनों महकते हैं। कभी लगता है मैं साबुन नहीं, बेला लगा रहा हूँ। कभी लगता है टैंक के बगल में साबुन के पौधे उगे हुए हैं। लेकिन जब तुम टैंक में रात में नहाओ ही नहीं, तो कैसे पता चले!' राहुल भी चिढ़ रहा था।

'लेकिन तुम तो ततैया की बात कर रहे थे। इसमें ततैया कहाँ है?' अंजली ने उसे घूरते हुए कहा।

'वो तो दिन की बात है। दोपहर में टैंक के पास जो पानी बहता है, उसमें ख़ूब सारी ततैया आती हैं। एक बार दोपहर को मैं नहा रहा था। मैंने टॉवेल और पैंट–शर्ट ट्यूबवेल के पाइप पर रख दिये थे। नहाने के बाद जब मैंने टॉवेल से पोंछना शुरू किया तो ततैया ने काट लिया। वो उसमें घुसी हुई थी।'

अंजली ज़ोरों से हँसने लगी।

'इसमें हँसने की क्या बात है? ततैया कभी काटे तो पता चले।' राहुल को गुस्सा आया।

'नहीं। बट आई थिंक, अगर वो कहीं, टॉवेल की जगह पैंट में घुसी होती तो?'

अंजली फिर से हँस रही थी। राहुल ने देखा। हँसते–हँसते उसकी आँखों में आँसू छल–छला आये थे। कितनी मात्रा में हँसी है इस लड़की के भीतर? वे हँसती हुई आँखें राहुल पर ही टिकी थीं। अचानक राहुल को वैसा ही लगने लगा, जैसा टैगोर हॉस्टल के अपने रूम नं. 252 की खिड़की से, घाटी के नीचे के समतल मैदान को घेरने वाली अर्द्धवृत्ताकार सड़क पर धीरे–धीरे रेंगते हुए

उस पीले रंग के धब्बे को देखते हुए लगता था।

उसे लगा वे हँसती हुई आँखें धीरे–धीरे उसके भीतर उतरती जा रही हैं। उसकी शिराओं में बहते रक्त में, दो नन्हीं–नन्हीं चमकीली मछलियों की तरह तैरती हुईं।

...और उस लाल नदी में, जो उसकी देह की नीली नसों के भीतर के अँधेरे में बह रही है, धीरे–धीरे तिरती हुई वे उधर पहुँच रही हैं, जहाँ समूचे शरीर की सारी शिराएँ और धमनियाँ एक दूसरे से मिलती हैं। उसी जगह, जहाँ जीवन एक बहुत नाज़ुक और रहस्यपूर्ण जैविक घड़ी की टिक्–टिक्...टिक्–टिक् में निरन्तर धड़कता रहता है। जिस पल यह 'टिक्... टिक' बन्द, कहाँ है जीवन!

वही जगह, जहाँ हृदय है।

एक बहुत धीमा बुख़ार धीरे–धीरे राहुल पर चढ़ने लगा। ऐसा बुख़ार, जिसमें संगीत जैसा कुछ घुला होता है। राहुल के कान उस बुख़ार के भीतर उस संगीत को सुनने लगे और वह उसमें डूबने लगा। कैसी धुन थी, जो मुश्किल से, बहुत सारा कान लगाने पर मुश्किल से सुनाई देती थी। वे दोनों चमकीली मछलियाँ उसकी देह के भीतर, उस बुख़ार के पार हँसे जा रही थीं। लगातार।

'क्या हो गया?' अंजली ने जब कहा तो राहुल जैसे नींद से जागा। 'तुम किसी बुत की तरह क्यों हो गये थे? स्टेच्यू।'

राहुल चुप था। उसने बड़ी कातरता के साथ अंजली को देखा। वह अभी भी हँसती हुई–सी लग रही थी, जब कि राहुल संगीत और बुख़ार में घिरा हुआ था।

'अच्छा चलो! फिर दूसरी बार तुम्हें ततैया ने कब काटा?' अंजली ने पूछा।

'एक बार मैं अपनी बाइक पर जा रहा था। पता नहीं कहाँ से एक उड़ती हुई आयी और मेरे हेल्मेट के भीतर घुस गयी।'

'बाप रे! इट्स हॉरिफाइंग। बन्द हेल्मेट में सिर के साथ बन्द एक ततैया।' अंजली सचमुच डर गयी थी।

'हाँ। उसने मुझे काटा। मैं इतना डर गया। अब हैंडिल से हाथ कैसे छोड़ूँ और हेल्मेट कैसे उतारूँ...?'

'फिर...फिर तुमने क्या किया?' अंजली चिन्तित थी।

'मैं सामने से आ रही एक बस से टकराते–टकराते बचा! एक्सीडेंट हो जाता एक ततैया की वजह से।' राहुल ने कहा।

'धत्!' अंजली ने कहा। वह डर गयी थी।

'फिर वो निकली कैसे हेल्मेट से?'

'निकली क्या? मैंने एक किनारे बाइक रोककर हेल्मेट उतारा तो वो उड़ गयी।' राहुल ने कहा।

'ओह!' अंजली ने जैसे छुटकारे की साँस ली। ये सोचना ही कितना अजीब लगता है, कितना डरावना, कि आपका सिर एक हेल्मेट के भीतर, एक ततैया के साथ बन्द है।'

'मेरा तो था ही। वो भी साठ–सत्तर किलोमीटर की स्पीड से दौड़ती एक मोटरसाइकिल के ऊपर।' राहुल ने घमण्ड में मुस्कराते हुए कहा। अंजली अब निश्चिन्त हो गयी थी।

'लेकिन तुम्हारी बात से तब भी वो तो नहीं सिद्ध होता।' उसने कहा।

'क्या?'

'कि...वो शुरू वाली बात।'

'कौन–सी बात?' राहुल की समझ में नहीं आ रहा था।

'कि तितली नहीं काटती।' अंजली ने कहा।

राहुल को हँसी आ गयी। 'तितली नहीं काटती। आई बेट। ततैया काटती है। मैंने अभी बताया न।'

'लेकिन ततैया काटती है, इस बात से ये कैसे कह सकते हैं कि तितली नहीं काटती।' अंजली ने फिर बहस की।

'अजीब हो तुम भी।'

'क्यों?'

'तितली इसलिए नहीं काटती क्योंकि वह फूलों पर बैठती है। ततैया टैंक के पास के पानी पर और मिठाइयों पर बैठती है।'

राहुल ने तर्क दिया। 'मिठाई की दुकानों पर तुमने नहीं देखा? कितनी सारी ततैया होती हैं, जलेबियों, गुझियों, बर्फियों के ऊपर...'

'लेकिन फूलों पर तो मधुमक्खी भी बैठती है। हनी बी। वो तो काटती है। जबकि मक्खियाँ भी मिठाइयों पर बैठती हैं। लेकिन वो तो नहीं काटतीं।' अंजली ने फिर तर्क दिया।

राहुल परेशान हो रहा था। इस लड़की को वह कैसे समझाये कि तितली नहीं काटती। वह इतना समझाने में तो कामयाब हो गया था कि ततैया काटती है। लेकिन ये तो सिर्फ़ आधी सफलता थी। अब जो बाक़ी की आधी असफलता थी, उससे निपटना कठिन था।

'तितली के डंक नहीं होता, इसलिए नहीं काटती। ततैया के होता है। पीछे, दुम के पास।' राहुल ने काफ़ी सोचकर किसी ट्रंपकार्ड जैसा तर्क प्रस्तुत किया।

'क्या तुमने देखा है किसी तितली के पीछे, उसकी दुम को, कि वहाँ डंक नहीं होता?' अंजली का प्रश्न फिर हाज़िर था।

राहुल ने अब उम्मीद छोड़ दी। वह पस्त हो गया। चारों खाने चित। वह सचमुच घास पर ढीला होकर लुढ़क गया।

'बस...बस। मैंने मान लिया प्रिंसेज डायना जी, कि तुम्हारे कन्धे पर जो तितली बैठी थी और जो अब उड़कर तुम्हारी छतरी पर जाकर बैठी हुई है, वो काटती है। ठीक है...? ख़ुश? अब टॉपिक चेंज करें?'

अंजली फिर हँसने लगी। शायद अपनी जीत पर। शायद राहुल के इस तरह आत्मसमर्पण कर देने पर।

'अब हँसने की क्या बात है?' राहुल को अच्छा भी लग रहा था और चिढ़ भी मच रही थी। अंजली ने दायें हाथ की मुट्ठी से घास की ढेर–सी पत्तियाँ नोंची और उन्हें राहुल की ओर उछाल दिया।

'तुम्हारे साथ क्या है कि तुम सच बोलते हो, लेकिन हार जाते हो। है न?' उसने हँसते हुए कहा।

ये बात राहुल से पहले क्यों नहीं किसी ने कही। उसे लगा कितनी सरलता से, यों ही खेल–खेल में अंजली ने इसे जान लिया। यह अंजली के साथ उसका पहला खेल था, जिसमें वह हार गया था, जबकि उसकी बात सही थी।

लेकिन अपनी हार उसे इतनी अच्छी क्यों लग रही थी? वह भीतर से इतना ख़ुश क्यों था?

'मैं नशे में टुल्ली हो गया...की करिएऽ की करिए
दिल चोरी साड़डा हो गया...की करिए की करिए...'

राहुल ने धीरे–धीरे गुनगुनाना शुरू कर दिया था। नीम के नीचे छाँह थी। ठण्डी और गाढ़ी–घनी। हवा में सितम्बर की दोपहर की आँच, ठण्डक और नमी थी। मानसून अभी पूरी तरह गया नहीं था। कभी भी बादल फिर से आकाश में इकट्ठा हो सकते थे और कभी भी बरस सकते थे।

छतरी वहीं रखी हुई थी और हवा में धीरे–धीरे कभी–कभी काँप जाती थी। उसके ऊपर बैठी हुई तितली पंख समेटकर शायद सो गयी थी।

तितली भी क्या सपने देखती है? राहुल ने कहीं पढ़ा था कि हम सिर्फ़ स्पेक्ट्रम में सात रंग ही देख सकते हैं जबकि तितलियाँ हज़ार से ज़्यादा रंग देखती हैं। इतना नन्हा– सा, उड़ने वाला, इतने सुन्दर पंखों का कीड़ा। इसकी कितनी छोटी–सी आँख होगी? फिर उसका रेटिना तो और भी छोटा। सुई की नोक जितना। उस सुई की नोक बराबर रेटिना पर कितने नन्हें इमेज़ बनते होंगे?

लेकिन इमेज़ तो और कुछ नहीं प्रकाश के संकेत भर होते हैं, जिन्हें मस्तिष्क पढ़ता है। तो क्या तितली का जो दिमाग़ हज़ार रंगों के संकेतों को अलग–अलग पढ़ लेता है, वह हमसे अधिक विकसित और अधिक जटिल दिमाग़ होगा? और अगर ऐसा होगा तो वह कितना ज़्यादा, कितना जटिल और कितने विकसित तरीक़े से सोचती होगी!

इसका मतलब वह तितली, जो अभी–अभी अंजली के कन्धे से डर कर उड़ गयी थी और अब उस पीली छतरी पर बैठी हुई सो रही है, वह इस समय हज़ार से भी ज़्यादा रंगों का एक बहुत जटिल, बहुत सम्मोहक, किसी अज्ञात लोक का स्वप्न देख रही है।

तितली के पास भाषा होती, तो हम उसके सपने, उन रंगों और उसके लोक के बारे में जानते। लेकिन हो सकता है तितली की भाषा होती हो और जैसे हम उसकी आँखों द्वारा देखे गये हज़ारों रंगों को नहीं देख पाते, उसी तरह हम उसकी बहुत विकसित, बहुत जटिल और बहुत सारी अज्ञात ध्वनियों, स्वरों और व्यंजनों की भाषा को भी न सुन पाते हों।

अगर तितली लिख सकती, उसकी भाषा की कोई लिपि होती...

क्या पता ऐसा हो। वह फूलों–पत्तियों पर बैठकर अपनी लिपियों में कुछ लिखती हो। और हम उसे पढ़ न पाते हों?

ओह! दुनिया के जटिल से जटिल कम्प्यूटर और चिप्स से ज़्यादा जटिल है इस तितली का दिमाग़। इस नन्हे–से कीड़े के भीतर वह बायो–जेनेटिक माइक्रो चिप किसने डाला? इसके पंखों पर किसने ऐसे चित्र बनाये? क्या वह बात सच थी?' अंजली ने पूछा। उसकी आवाज़ से राहुल जैसे किसी तन्द्रा से जागा।

'कौन–सी बात?' राहुल ने पूछा।

'वही जो अणिमा ने उस दिन कैंटीन में कही थी।'

'कब?' राहुल जान–बूझकर अनजान बन रहा था।

'अरे, जब तुम्हारे हिन्दी के एडमिशन के बाद हम वहाँ गये थे और तुमने समोसे और चाय का ट्रीट दिया था।' अंजली उसे याद दिलाने की गम्भीर कोशिश कर रही थी। जबकि राहुल को याद दिलाने की ज़रूरत नहीं थी। कत्तई।

'कौन–सी बात! साफ़–साफ़ बताओ।' राहुल ने पूछा।

अंजली कुछ उलझन में पड़ी। थोड़ा रुककर उसने कहा,

''यही कि तुमने एंथ्रोपोलॉजी छोड़कर हिन्दी डिपार्टमेंट में इसलिए एडमिशन लिया...'

राहुल ने अंजली को ग़ौर से देखा। अपनी हार का बदला चुकाने का यही मौक़ा था। 'किसलिए लिया?' उसने सीधे सवाल किया। बड़ी अबोधता से।

'इसीलिए...ऽ।' अंजली ने आँखें तरेरीं।

'किसीऽलिए...ऽ?' राहुल ने फिर से पूछा। पूछने की लम्बाई उतनी ही बढ़ाते हुए।

'धत्त्' अंजली चिढ़ गयी। 'कोई बात नहीं। ऐसी जानने की ज़रूरत भी मुझे नहीं है।'

यह डर था, जो अंजली के ऐसा कहने से राहुल के भीतर पैदा हुआ। उसे लगा इसे पूछते हुए अंजली अब हँसी के मूड में नहीं थी। वह सचमुच इसे जानने के लिए व्यग्र थी। अब यहाँ से हँसी ख़त्म होती थी और शुरू होती थी एक क़िस्म की तकलीफ़। एक तरह की पीड़ा। उसने साफ़–साफ़ देखा कि अंजली के माथे पर तनाव की कुछ उलझी हुई–सी रेखाएँ थीं।

कितनी सुन्दर हैं वे रेखाएँ, लेकिन उन्हें उस माथे पर क्यों होना चाहिए? यह इतना हँसने वाली लड़की इस तनाव में क्यों पड़े? वह भी उसकी वजह से।

राहुल ने देखा अंजली की आँखें उसी पर टिकी हैं। उनमें कोई उत्सुकता थी या याचना। कुछ तो ऐसा था, जो इसके पहले अब तक नहीं था।

राहुल को अपना गला सूखता–सा लगा। वह बुख़ार जो कहीं दब गया था, एक बार फिर उभरने लगा। उसने थूक घुटका। उसका गला सूख रहा था। उसने अंजली को देखा और फिर धीरे से कहा, ''हूँ!''

'क्या हूँ?' अंजली की आवाज़ भी कमज़ोर और काँपती हुई–सी लगी।

'वह सच था।' राहुल ने कहा। उसने सिर झुका लिया था

और उँगलियों से एक दूब की लम्बाई खोज रहा था। कहाँ से उगी है यह?

कहीं से एक ठण्डी हवा आयी। सितम्बर में अगस्त की बची हुई नमी के साथ। घास की पत्तियाँ धीरे–धीरे हिल रही थीं। एक चुप्पी वहाँ फैल गयी थी।

राहुल ने सिर उठाकर देखा। वे आँखें वहीं थीं। उसी पर टिकी हुईं। राहुल उनका सामना नहीं कर सका। उसने दूसरी ओर देखा। उधर, जिधर हवा में काँपती छतरी के ऊपर वह तितली सो रही थी। वह इस समय ज़रूर कोई स्वप्न देख रही होगी।

और ठीक इसी पल वह जादू शुरू हुआ। राहुल बिना पलक झपकाये, साँस रोके, उस जादू के एक–एक पल को पूरे विस्तार में देख रहा था। वीडियो के एक सेकेंड में चौबीस फ्रेम होते हैं। वह हर फ्रेम में घटित होते उस दृश्य को हर पल की धीमी गति के साथ, विस्तार में देख रहा था। यह अद्‌भुत था। आश्चर्यजनक। राहुल की साँसें रुक गयी थीं।

वह तितली, जो सो रही थी, चुपचाप अपना रूप बदल रही थी। यह कायान्तरण था। उसे शायद यह पता नहीं था कि उसके इस करिश्मे को कोई देख भी रहा है। तितली तो ख़ैर एक जीवित प्राणी थी। हद ता यह थी कि वह पीली छतरी भी, जो कपड़े धातु और प्लास्टिक की बनी एक बेजान चीज़ थी, वह भी इस जादू में शामिल थी। वह भी चुपचाप अपना रूप बदलने में लगी थी।

राहुल भौंचक था। यह सब कुछ उसके जीवन में पहली बार, बिल्कुल उसकी आँखों के सामने घट रहा था। मैं जाग रहा हूँ न? उसने अपनी आँखें मलीं। तो यह यथार्थ था, वास्तविक? रियल?

वह तितली बड़ी हो रही थी और गोल। और हर पल फैलती जा रही थी। हर सेकेंड के चौबीस में से प्रत्येक फ्रेम में।

और छतरी छोटी होती जा रही थी। ठीक उसी गति और अनुपात में। इसका मतलब, तितली और छतरी दोनों मिलकर

यह खेल खेल रहे थे। दोनों जानते–बूझते इस जादू में शामिल थे। मुश्किल से आधा मिनट लगा होगा, वह तितली पूरी तरह छतरी में बदलकर हवा में उसी तरह कॉपने लग गयी थी, जैसे वही असली छतरी हो।

और छतरी तितली बनकर उस छतरी के ऊपर उसी तरह बैठ गयी थी, जैसे वह असली तितली हो।

राहुल हतप्रभ था। स्तब्ध। हे ईश्वर, यह कैसी लीला थी?

क्या यह उस तितली का स्वप्न तो नहीं था, जो अंजली के कन्धे से उड़कर गयी थी और छतरी के ऊपर बैठकर सो गयी थी? कहीं ऐसा तो नहीं कि राहुल ने जो देखा, वह उस तितली का स्वप्न रहा हो, जो उसकी नींद के भीतर चलता रहा हो।

या क्या पता, ख़ुद उसने ही उस बीच कोई सपना देख डाला हो! उसे एक पल के लिए झपकी आयी भी थी।

लेकिन बीच में उसने आँखें मली थीं और यह अच्छी तरह से जान लिया था कि वह जाग रहा है। फिर उसने अंजली को भी देखा था। वह तो वास्तव में वहाँ बैठी थी और उसको लगातार

देखे जा रही थी। उसकी आँखें नन्हीं–नन्हीं चमकीली मछलियों की तरह उसकी नसों के भीतर बहती लाल नदी में तैरती हुईं उसके हृदय की ओर बढ़ रही थीं, वहीं, जहाँ एक रहस्यपूर्ण जैविक घड़ी होती है, जिसकी 'टिक्...टिक्' में यह सारा जीवन टिका होता है।

इसका मतलब हुआ, वह जादू सच था! वह तितली वास्तव में छतरी में बदल गयी थी और छतरी तितली बन गयी थी।

तभी, नीम की एक पत्ती टूटकर गिरी और उड़ती हुई वहीं आयी, जहाँ वह तितली बैठी थी, जो कि असल में, अभी कुछ देर पहले तक छतरी थी।

नीम की गिरती हुई पत्ती से डर कर वह तितली उड़ी। जबकि राहुल इस रहस्य को अच्छी तरह से जानता था कि वह तितली नहीं, असलियत में छतरी है।

'छतरी उड़ गयी...देखो।' राहुल ने अचानक ज़ोरों से चीख़ कर कहा।

अंजली ने चौंक कर उधर देखा। 'कहाँ उड़ गयी? वो तो यहीं है।' उसने कहा।

'नहीं, ये तितली है। बिलीव मी। इट्स अ बटरफ्लाई।'

अंजली ज़ोरों से हँसने लगी। 'तुम रियली...जोकर हो।'

राहुल ने हार मान ली। वह जान गया था कि इस लड़की को यह समझा पाना लगभग असम्भव होगा कि जो उड़ गयी, वह छतरी थी और जो यहाँ पर रखी हुई है फ़िलहाल, वह छतरी कत्तई नहीं, तितली है।

'जॉनी जोकर मेरा नाम है...' राहुल ने कहा। हताशा में। यह श्वेता शेट्टी का पॉप सांग था।

अंजली ने उसे देखा। यह पहली बार था। कुछ कहने की ज़रूरत नहीं थी। वह हो गया था, जो ऐसे में हो जाता है। राहुल को लगा, उसके भीतर कोई एक म्यूजिक सिस्टम था, जो पहली बार अचानक बजने लगा है।

अणिमा, ओ.पी. और हेमन्त आ गये थे। वे लोग केक, बिस्किट्स, अंकल चिप्स और पेप्सी की पाँच बोतलें ले आये थे।

'तो तुम लोगों ने हिन्दी लिटरेचर डिस्कस कर लिया?' अणिमा ने अंजली की ओर देखकर कहा। अंजली चुप थी। लेकिन अणिमा की आवाज़ में इतनी विरक्ति और ऐसी उदासी क्यों थी?

जब सब जन, जो जहाँ से आये थे, वहाँ पयान कर रहे थे और अंजली जोशी ने अपनी पीली छतरी उठायी तो राहुल ने घूमकर उसे यह सच्चाई बतानी चाही कि वह जिसे धूप में ओढ़कर जा रही है, वह दरअसल छतरी नहीं है।

सच तो यह है कि वह तितली है।

लेकिन वह चुप ही रहा और छह फुट तीन इंच लम्बे बाँस की लाठ जैसे जिर्राफ़ के पीछे–पीछे घिसटता हुआ हॉस्टल लौट आया और अपने कमरे में, बेड पर आकर औंधा गिर पड़ा।

'आई थिंक, आई हैव फालेन इन लव...फर्स्ट टाइम इन माई लाइफ़...!' ऐसा उसने अपने तकिये से फुसफुसा कर कहा।

यह कैसा समय था। महात्मा गाँधी हॉस्पिटल की मॉर्च्युअरी में सापाम का शव बर्फ़ की सिल्ली के ऊपर अब भी रखा हुआ मणिपुर से पिताजी के यहाँ आने या अपने वहाँ भेजे जाने का इन्तज़ार कर रहा था। वे तारीख़ें पास आ रही थीं, जब लोकल गुंडों का हॉस्टल पर हमला होना था।

गोपाल द्विवेदी ने बताया था कि हिन्दी विभाग के हेड आचार्य एस.एन. मिश्र नाराज़ थे और उन्होंने गोपाल द्विवेदी से कहा था कि उसने एक ग़लत लड़के का एडमिशन विभाग में करवा दिया है। वह वहाँ जातिवाद फैला रहा है। डॉ. राजेन्द्र तिवारी और डॉ. लोकनाथ त्रिपाठी ने कहा कि ऐसे खरपतवारों को हम हमेशा उखाड़ फेंकते हैं।

पानी नहीं पायेगा एक बूँद, हम ऐसी मार मारेंगे।

राहुल की आँखों के सामने एक अँधेरा था, जो घिरता जा रहा था। लेकिन उसमें एक पीली तितली कहीं दूर मँडराती हुई दिखायी पड़ रही थी।

इसीलिए उस चिन्ता के बीच भी राहुल के होंठों पर हँसी जैसी कोई एक लकीर पैदा हुई और वह सो गया।

आठ और नौ सितम्बर की तारीख़ें आयीं और बीत गयीं। इस बीच सापाम का शव ट्रेन से इम्फाल के लिए रवाना कर दिया गया। कार्तिकेय, मधुसूदन, प्रताप, मसूद, प्रवीण, ओ.पी. और लगभग पच्चीस स्टूडेंट्स ने, जिनमें लड़कियाँ भी शामिल थीं, वाइस चांसलर ए.के. अग्निहोत्री को मेमोरेंडम भी दिया, जिसमें माँग की गयी थी कि सापाम को हवाई जहाज़ से इम्फाल भेजा

जाये और उन अपराधियों को गिरफ़्तार किया जाये, जिन्होंने उसके साथ लूट–पाट और मारपीट की थी।

वाइस चांसलर ने दूसरी माँग के बारे में आश्वासन दिया कि वे पुलिस को सम्पर्क करेंगे और जहाँ तक लाश को हवाई जहाज़ से मणिपुर भेजे जाने का सवाल है, तो यूनिवर्सिटी वेलफेयर फंड में इतना रुपया नहीं है।

इन्हीं तारीख़ों में प्रवीण के कमरे में एस। एम.टी.एफ. की बैठक हुई, जिसमें लड़कों के चारों हॉस्टल–अरविन्द, रमण, टैगोर और देसाई के उन कमरों को, जिनमें स्पेशल मिलिटेंट टास्क फोर्स की कोर कमिटी के सदस्य लड़के रहते थे, सीमित फ्रीक्वेंसी के ट्रांसमिशन से जोड़ने का निर्णय लिया गया। कुल लागत सिर्फ़ आठ सौ रुपयों के आसपास थी, जो चन्दे के द्वारा तीन घण्टों के भीतर–भीतर इकट्ठा कर ली गयी। मधुसूदन, हेमन्त और प्रवीण ने मिलकर चारों हॉस्टल के दो–दो कमरों में स्पीकर्स फिट किये। तीन माइक किट थे जो राहुल, प्रताप और कार्तिकेय को मिले। तीन बार रिहर्सल के ज़रिये यह तैयारी कर ली गयी कि मौक़ा आते ही दस–बारह मिनट के भीतर–भीतर स्टूडेंट्स की ओर से एक्शन शुरू हो जाये। चारों हॉस्टल के लड़कों से यह सूचना भी इकट्ठी कर ली गयी कि किसके घर से कितने का मनीऑर्डर या ड्रॉफ्ट आया है या आने वाला है। गुंडे अक्सर उन्हीं लड़कों को अपना टारगेट बनाते थे जिनके पास ज़्यादा रुपया आता था।

डी. गोपाल राजुलु, अखिलेश रंजन और नवकान्त झा–ये वे तीन लड़के थे, जो इस बार सूची में टॉप पर थे। सर्दियाँ आ रही थीं इसलिए गर्म कपड़े ख़रीदने के लिए उनके घरवालों ने ज़्यादा रुपये भेजे थे। गोपाल राजुलु के भाई डॉक्टर थे। राजुलु कई वर्षों से एक कैमरा ख़रीदना चाहता था। एक्सकर्शन टूर में उसे कलकत्ता जाना था, इसलिए उसके पहले उसके भाई ने वर्जीनिया से उसे बीस हज़ार रुपये भेजे थे।

तो हिटलिस्ट में सबसे ऊपर था–डी. गोपाल राजुलु। दूसरे नम्बर पर अखिलेश रंजन। और तीसरे पर नवकान्त झा। एक आन्ध्र–प्रदेश और दो बिहार से यहाँ आये हुए स्टूडेंट्स।

लेकिन इन्हीं तारीख़ों में अंजली भी तो मौजूद थी!

यह एक ऐसा समय था, जिसकी ज़्यादातर तारीख़ों के भीतर किसी तीसरे दर्ज़े के सड़क छाप, सस्ते, घटिया उपन्यास या बॉलीवुड की फ्लॉप–हिट फ़िल्मों जैसा टुच्चा यथार्थ था। उनकी पटकथा ऐसी थी, जिसमें घटने वाली घटनाओं का कोई तर्क नहीं था। वे संयोगों और तमाम तरह की आकस्मिकताओं से भरी हुई थीं। असंगत, बचकाना, घटिया लेकिन सनसनीखेज़। हिंसा, ग्लैमर, सेक्स, साज़िश, फूहड़ 'स्पेशल एफेक्ट्स', आँसुओं, चीख़–पुकार और दिल को छू लेने वाले 'सिचुएशंस' और गानों से भरपूर।

लगता था जैसे इस समय की पटकथा किसी संवेदनशील सट्टेबाज़ ने लिखी है, जो हर बार एक नया दाँव लगाता है और फिर अपने उसी दाँव की परिणति से डरता रहता है।

लेकिन इन्हीं तारीख़ों में कुछ ऐसा भी घट रहा था, जो सुबह–सुबह पत्तियों पर गिरने वाली ओस जैसा शीतल, पारदर्शी और सुन्दर था।

राहुल क्लासरूम से निकलकर गलियारे में खड़ा था कि पीछे से आकर कोई उससे टकराया। राहुल ने घूमकर देखा। वह अंजली थी। अपनी हँसी के साथ।

राहुल लाइब्रेरी में बैठा, डेस्क पर झुका हुआ, कुछ नोट्स ले रहा था कि अचानक उसके कान में किसी ने फूँक मारी। 'फूऽहऽ...ऽ।' हवा इतनी तेज़ थी कि कान के भीतर खुजली होने लगी। अंजली ही थी।

वह चला जा रहा था कि पीछे, उसकी गर्दन पर, एक ठण्डी, नुकीली चीज़ चुभने लगी। उसने घूमकर देखा। अंजली अपनी बन्द छतरी के साथ हँस रही थी। नोक को उसकी ओर ताने हुए। डराने की कोशिश में।

लाइब्रेरी में ही, बुक शेल्व्स के बीच की संकरी जगह में खड़ा वह किताबें देखने में लगा था कि किसी कन्धे ने उसे धक्का दिया। वह कन्धा अंजली का ही था।

राहुल शैलेंद्र जॉर्ज और शालिगराम के साथ कैंटीन जा रहा था। सामने से चन्द्रा, शुभा मिश्रा और शर्मिष्ठा के साथ अंजली आ रही थी। लोकल लफूटों का कुख्यात गैंग सड़क के किनारे, कुछ ही मीटर की दूरी पर खड़ा था। इसमें लक्खू भी था, जिसने उस दिन पहले राहुल को और फिर आभा को ढेला मारा था। 'तुम्हाई तो बऊ की।' राहुल डर रहा था कि कहीं अभी उनमें से कोई उसे आवाज़ न मार दे। 'अबे ओ हीरो! स्साले हमाए हत्थे पै चढ़ा तो तुमखों राहुल राय से अनुपम खेर बना देंगे...' अंजली अपने झुण्ड में से उसी की ओर देखती हुई चली आ रही थी। वही मुस्कराती हुई आँखें, जो अचानक दो नन्हीं–नन्हीं चमकीली मछलियाँ बनकर उसके भीतर की लाल नदी में तैरने लगती हैं।

दोनों झुण्ड जब सड़क पर एक–दूसरे को पार करने लगे, तभी अचानक अंजली ने लड़खड़ाते हुए अपनी साइड बदल ली। कुछ इस तरीक़े से, जैसे उसकी सैंडिल की हील किसी पत्थर पर फिसल गयी हो और उस सोची–समझी, झूठ–मूठ की लड़खड़ाहट के बीच, एक झटके में, एक चिकोटी राहुल की पीठ पर, पल भर को, चिपक गयी। 'उक्ख...!' राहुल के गले से निकला। फिर उसके कानों में सुनाई पड़ा–'ततैया।'

शिकारी बाज़ों का गिरोह कुछ ही फुट दूर था और उनकी घाघ आँखों के ठीक सामने वह चालाक चिड़िया अपना खेल खेल गयी थी। और अब वह अपने झुण्ड में हँसती हुई चली जा रही थी, किसी दूसरी ही बात पर।

ओह! बहुत ब्रिलियंट हैं आप। दिस इज़ दैट आई लव यू। मैं तो एक मूर्ख–सा घुग्घू हूँ। लेकिन मैडम, एक दिन अपनी पीठ पर बिठाकर मैं आपको आसमान में ले जाऊँगा। पक्का! कभी घुग्घू का गाना सुना है आपने?

'दिल का भँवर करे पुकार...
प्यार का गीत सुनो...प्यार का गीत सुनो...रे...ऽ
हूँ...ऊँ–ऽ हूँ...ऊँ...ऽ हूँ...ऽऽ हूँ!'

अगर हेमन्त बरूआ, कार्तिकेय या ओ.पी. होते, तो फ़ौरन भाँप जाते कि अभी–अभी यहाँ 'कुछ' हुआ है। लेकिन राहुल के साथ तो हिन्दी साहित्य, एम.ए. प्रीवियस के साथी थे। शालिग्राम ने कहा, ''राहुलजी, आपने वास्तव में अत्यन्त सुरीला कण्ठ पाया है। बहुत बढ़िया गाते हैं आप।''

'अरे नहीं! ये तो बस यूँ ही।' राहुल ने झेंपते हुए कहा।

अंजली इन दिनों हर ऐसे मौक़े की ताक में रहती, जिसमें वह राहुल को छू सके। और राहुल भी इसी फेर में रहता।

अंजली लड़कियों के साथ लंच आवर में क्लासरूम से बाहर निकल रही थी। राहुल ने चुपके से उसकी सबसे छोटी कानी उँगली दबा दी। लाइब्रेरी में एक बार उसकी चोटी खींची, दूसरी बार उसका कान खींचा, तीसरी बार उसकी गर्दन पर हल्के से उँगलियाँ धँसायीं और चौथी बार उसकी हथेली को अपनी हथेली में कुछ सेकेंड्स के लिए भर लिया।

यह एक नयी भाषा थी, जिसे उन्होंने अपने–अपने जीवन में पहली बार जाना था। इस भाषा के वाक्य अलग थे, उनका सिंटैक्स भिन्न था। वे उसके अनोखे व्याकरण को धीरे–धीरे, हर रोज़ सीख रहे थे। यह सीखना इतने आश्चर्यों, सुखों, कौतुकों और साँस तक को रोक देने वाली बेचैनियों से भरा था कि वे उन पलों में अवाक्, हतप्रभ और अवसन्न रह जाते। वह अनुभव उनकी चेतना और देह को अपने इन्द्रजाल में बाँधकर जड़ कर

देता और उन्हें लगता इस समूचे बह्माण्ड में वे दोनों बिल्कुल अकेले हैं।

इस भाषा में ऐसे शब्द थे, जिनका ध्वनियों में उच्चारण नहीं होता था। उनको लिखने के लिए लिपियों की, वर्ण की ज़रूरत नहीं थी। यह एक ऐसी भाषा थी, जिसके भीतर विद्युत और चुम्बकीय तरंगें थीं। इलेक्ट्रोमैग्नेटिक करेंट्स। इस भाषा में कोई भी अभिव्यक्ति एक–दूसरे को छूकर ही सम्भव होती थी। और ऐसा करते ही अचानक जैसे किसी सम्मोहक ऊर्जा से भरी किसी तेज़ आँधी या प्रचण्ड नदी में उनका शरीर अवसन्न होकर तिनके–पत्ते–सा उड़ने–बहने लगता था। असहाय।

उदाहरण के लिए, उस दोपहर, जब लाइब्रेरी में, बुक शेल्व्स के बीच की सँकरी–सी जगह में, जहाँ पुरानी होती किताबों की धूल और नमी में लिथड़ी गन्ध थी, राहुल ने जब अंजली की हथेली को अपनी हथेलियों में लिया, तो उसके शरीर के भीतर बिजली और चुम्बक से भरी इतनी तेज़ आँधी पैदा हुई और बिना कुछ बोले इतनी ज़्यादा मात्रा में अभिव्यक्ति हुई कि उसने साफ़–साफ़ देखा कि अंजली का गोरा चेहरा उस ऊर्जा में दहक कर ताँबे की तरह धूमिल होता जा रहा है। उसकी आँखों में एक तरह की कातरता–सी झलकने लगी और लगा वह अभी फ़र्श पर या उसकी छाती पर ढह जायेगी। स्वयं उसे लगा कि उसकी देह की शिराओं में बहने वाला सारा रक्त अचानक द्रव की तरल अवस्था छोड़कर भाप या ऊर्जा जैसी किसी और ही चीज़ में बदल गया है और अंजली की हथेली ने एक पल में उसे पी लिया है। उसे ख़ुद अपने ही घुटने काँपते–से लगे। वह अशक्त हो गया था। किसी कमज़ोर पौधे की तरह उस तेज़ अन्धड़ में थरथराता हुआ।

क्या 'रेइकी', जिस पर राहुल कभी विश्वास नहीं करता था, वास्तव में हुआ करती है? जापानी स्पर्श चिकित्सा विज्ञान; जो कहते हैं, भारत से ही कभी कोई बौद्ध संन्यासी सदियों पहले अपने साथ जापान ले गया था।

जो भी प्यार करने लगता है वह बौद्ध भिक्षु बन जाता है, अ बुद्धिस्ट मांक। और जिसको भी वह छू देता है, उसके सारे रोग ठीक हो जाते हैं। मैं एक दिन आपको ठीक करूँगा और आप भी मुझे एक दिन ठीक कर दीजिएगा, प्लीज़! क्योंकि आप भी तो एक बौद्ध भिक्षुणी हैं। राइट?

कितनी विचित्र थीं ये तारीख़ें, जिनमें एक तितली ने तीस सेकेंड्स के भीतर–भीतर, एक अनोखे जादू द्वारा, छतरी का रूप धारण कर लिया था और अब सारी दुनिया को चकमा देते हुए राहुल की समूची चेतना और अस्तित्व को अपने नीचे घेरती जा रही थी।

और इन्हीं तारीख़ों में वह खाऊ, तुंदियल, भोगी, अमीर, कामुक, लुच्चा, मोटा आदमी भी मौजूद था, अपने बाज़ार और अपनी सत्ता के साथ। और वे 'क्रिटर्स' भी, जिनकी हिंसा, लूट, अनैतिकता और व्यभिचार के कारण आज का समूचा यथार्थ लहूलुहान था।

विडम्बना यह थी कि यही 'क्रिटर्स' एक बहुत बड़ी, डरावनी संख्या में उस भाषा के भीतर भी मौजूद थे और उन्होंने उसे अधिगृहीत कर डाला था, जिस भाषा के साथ अब राहुल ने अपने जीवन को जोड़ लिया था। एंथ्रोपोलॉजी छोड़कर।

यानी हिन्दी।

12 सितम्बर की रात। दस बजकर तेरह मिनट, बाइस सेकेंड्स।

लड़कों के चारों हॉस्टल्स के उन कमरों में, जिनमें एस.एम.टी.एफ. (स्पेशल मिलिटेंट टास्क फोर्स) की कोर कमिटी के सदस्य लड़के रहते थे, दीवार पर लगे स्पीकर्सपर कार्तिकेय काजले की आवाज़ गूँजने लगी।

'हेलो...हेलो! गेट रेडी। क्विक। जीप सी.वी. रमण हॉस्टल के गेट से अन्दर आ गयी है। गेट होल्ड ऑव एवरीथिंग यू हैव! ओ.के. वेट फ़ॉर द नेक्स्ट कॉल! ओ.के. एंड ओवर!...ओवर!'

निकेतन, प्रवीण, मसूद, मधुसूदन, कण्णन, ओ.पी., रवि, दिनेश, इमरोज़, परवेज़, हेमन्त बरुआ, दिनमणि, रमेश अटलूरी, गुलाब केसवानी समेत चारों हॉस्टल्स के 25 लड़के फटाफट हॉकी की स्टिक्स, सरिया, खुखरी, डण्डे, रामपुरी, साइकिल की चेन और कट्टों से लैस हो गये। देखते–देखते दूसरे लड़कों ने एक रूम से दूसरे रूम तक, दौड़कर यह सूचना हर स्टूडेंट तक, एक छोर से दूसरे छोर तक, पहुँचा दी। मोलोतोव, ईंट–पत्थर, पटकने वाले हथगोलों के साथ कुछ लड़के सी.वी. रमण हॉस्टल की छत पर पहुँच गये थे, जिसके नीचे गुंडों की जीप खड़ी थी।

डी. गोपाल राजुलु। रूम नम्बर 112 और नवकान्त झा रूम नम्बर 148। आन्ध्र प्रदेश और बिहार से यहाँ आने वाले स्टूडेंट्स। सी.वी. रमण हॉस्टल के यही दो लड़के थे, जो 'हिटलिस्ट' की सूची में टॉप पर थे। राजुलु के पास बीस हज़ार रुपये का और नवकान्त झा के पास साढ़े आठ हज़ार का ड्राफ्ट आया था।

उस गंजियल, खुर्राट, फटीचर अधेड़ डाकिये ने इस बार फिर कमीशन के लालच में मुखबिरी की थी। लेकिन इस बार फ़र्क़ यह था कि स्टूडेंट्स ने उसकी सूचना को 'इंटरसेप्ट' कर लिया था और अपराधियों के इस दाँव की काट पहले से तैयार कर ली थी।

बीस मिनट बाद एक साथ घटनाएँ घटने लगीं। एस.एम.टी.एफ. का एक्शन शुरू हो गया था।

धड़...धड़...धड़ाक्!

लात मारकर रूम नम्बर 112 का दरवाज़ा खोल डाला गया और किसी अंधड़ की तरह लड़के राजुलु के कमरे में घुस गये। ठीक इसी पल बिजली का मेन स्विच ऑफ़ हुआ और चारों हॉस्टल्स अँधेरे में डूब गये।

तड़...तड़...तड़...! तड़ाक्...तड़ाक्।

लाठियाँ, छड़ें और हॉकी की स्टिक्स अँधेरे में चल रही थीं। अचानक कहीं धमाका हुआ। किसी ने कट्टे से फायर किया। काँच टूटने की आवाज़ आयी।

शहर का नामी–गिरामी हिस्ट्रीशीटर और कुख्यात गुंडा लच्छू गुरु अपने चार शागिर्दों के साथ रूम नम्बर 112 की फ़र्श पर लहूलुहान तड़प रहा था। उसका कट्टा छीन लिया गया था। एक–एक मिनट पर पचासों चोटें उस पर पड़ीं थीं।

पाँचों गुंडे लस्त–पस्त थे। उन्हें गलियारे में घसीटा जा रहा था।

'बी, केयरफुल। मरना नहीं चाहिए। टेक देम डाउन...' राहुल कह रहा था। उसकी बाँहों की मछलियां सख़्त थीं। छह फुट तीन इंच का सींकिया कंकाल ओ.पी. सेंटर फॉरवर्ड खेलता हुआ अपनी हॉकी की स्टिक से अब तक लच्छू गुरु की खोपड़ी में कई गोल दाग चुका था। प्रताप और कार्तिकेय गम्भीर थे।

अट्ठारह साल का निकेतन, जिसने इसी साल फर्स्ट ईयर में एडमिशन लिया था और जिसके होंठों के ऊपर के रोयें अभी

ठीक से काले भी नहीं हो पाये थे, वह भी अपना बेल्ट लहराता हुआ, ब्रूस ली बना, गुंडों को बीच–बीच में 'सटाक्–सटाक्' मार रहा था।

मेन स्विच फिर ऑन हुआ। चारों हॉस्टल्स से एक साथ समवेत शोर उठा। हो...हो...हुर्रेऽ...! रोशनी फिर लौट आयी।

यह एक बहुत बड़ी कामयाबी थी। कुछ लड़के उत्तेजना में गुंडों की जीप को जला डालना चाहते थे, उस पर पेट्रोल छिड़क भी दिया गया था और अब बस या तो छत से मोलोतोव फेंकने की देर थी, या फिर एक छोटी–सी तीली दिखाने की। लेकिन प्रताप और मसूद ने किसी तरह उनको समझाकर रोक लिया। हालाँकि, गुंडे जीप से भाग न जायें, इस सम्भावना को ख़त्म करने के मक़सद से उसके चारों पहियों की हवा पहले ही निकाली जा चुकी थी।

गुंडों को सीढ़ियों से घसीटते हुए रमण हॉस्टल के मैदान में लाया गया। देखते–देखते तीन सौ से ज़्यादा स्टूडेंट्स की भीड़ वहाँ इकट्ठी हो गयी। जीत के गर्व और सफलता की ख़ुशी में उनके चेहरे दमक रहे थे।

'हिप...हिप हुर्रे...ऽऽ'

हिप...हिप...हिप...हिप...

'अभी तो ये अँगड़ाई है, आगे और लड़ाई है।'

'नहीं चलेगी, नहीं चलेगी।

गुंडागर्दी नहीं चलेगी...'

उस भीड़ में से कहीं से अजय देवगन ऊँची छलाँग लगाकर सीधे गुंडों की पीठ पर अपने बूटों के साथ टपकता था, कभी ब्रूस ली 'हो...शू...शू...ऽऽ ओच्च...ओच्च...शूऽऽ' करता हुआ, कराटे–जूडो के दाँव दिखाता अपनी बेल्ट 'साँय...साँय...सटाक्' लहराता था। अपनी शर्ट उतारकर खूंख्वार तरीक़े से चलता हुआ 'टर्मिनेटर' का अर्नाल्ड श्वात्जेनेगर उन पस्त पड़े गुंडों को कॉलर पकड़कर ऊपर उठा लेता था और ठीक इसी वक़्त कहीं से एक महावानर

आकर उस गुंडे के थोबड़े पर मुष्टिका प्रहार करता था और एक–साथ जय घोष गूँजता था।

'बोलो, बजरंग बली की...जय!'

राहुल जेम्स बांड का पियर्स ब्रॉसनेन बना हुआ था और लच्छू उस्ताद को अपनी टाँगों पर खड़ा होने में मदद देते–देते लँगड़ी मार देता था और इसके बाद ठहाके लगने लगते थे।

इसी बीच अचानक कहीं से जॉनी लीवर और 'मास्क' के जिम कैरी निकलकर आये, दोनों जोकरों ने अपने–अपने दाँत चमकाए और उछल–उछलकर गाने लगे।

'मार दिया जाय, कि छोड़ दिया, बोल तेरे साथ...'

'मैं हूँ डॉन, मैं हूँ डॉन...मैं... /मैं... /मैं... /' छह फुट तीन इंच लम्बा शुतुरमुर्ग सुपर स्टार अमिताभ बच्चन बना, नाचता हुआ, अपनी पतली टाँगें हवा में फेंक रहा था।

'अब तेरा क्या होगा रे कालिया'...ऐं?' गब्बर सिंह और सांभा लहूलुहान और मिमियाते गुंडों से पूछ रहे थे।

राहुल के कन्धे पर किसी ने हाथ रखकर दबाया। वह दिनमणि था। मणिपुर से जियोलॉजी में पोस्ट ग्रेजुएशन करने के लिए आया हुआ छात्र।

'ही इज़ द मैन! नाउ आई कैन मेक आउट। सापाम के साथ इनोंने ही मारा–पीटी किया था। मैं पैचानता है उसको। एकदम कनफर्म्ड। आई टेल यू।'

राहुल को ओ.पी. और कार्तिकेय ने पकड़ रखा था। वह घायल तेंदुए की तरह छूटने के लिए तड़प रहा था। 'आई विल किल हिम...!'

'कंट्रोल...कंट्रोल योरसेल्फ़...राहुल! राऽहुल' कार्तिकेय चीख़ रहा था।

जीप में उन गुंडों को पीछे लाद लिया गया और लड़के, उसमें जहाँ कहीं भी जगह थी, हर जगह लद गये। बोनट, फुटबोर्ड से

लेकर स्टेपनी और हुड की रॉड तक। बिना हवा की पंक्चर जीप धीरे–धीरे वायस चांसलर अशोक कुमार अग्निहोत्री के रेजिडेंस की ओर चलने लगी और पीछे–पीछे लड़कों का झुण्ड।

राहुल ने देखा कि जीप के पीछे–पीछे नाचते–कूदते हुए लड़कों की उस भीड़ में चुपचाप, सापाम और उसका भाई भी चल रहे थे। राहुल की आँखें एक पल को सापाम से मिलीं फिर उसने उसके भाई को देखा। उसकी कनपटी से अब भी ख़ून बह रहा था। यह वही जगह थी, जहाँ पुलिस ने उसे आतंकवादी समझकर इम्फाल में उस वक़्त गोली मारी थी, जब वह बच्चों को पढ़ाने स्कूल जा रहा था।

'एक बड़ा, बहुत बड़ा और बिना किसी स्वार्थ का सामूहिक स्वप्न या यूटोपिया हर सभ्यता के पास ज़रूर होना चाहिए। इतिहास बताता है कि कोई ऐसी मानव सभ्यता नहीं हुई, जिसमें किसी लक्ष्य को लेकर उन्माद या जुनून या क्रेज़ नहीं रहा।' किन्नू दा ने कहा था।

'तुमने मिशेल फूको को पढ़ा है? पन्द्रहवी–सोलहवीं सदी में कोढ़ियों और अश्वेत आदिवासियों के प्रति जो भय और घृणा पश्चिमी सभ्यता में थी, वह कुछ नहीं एक उन्माद, एक पागलपन...एक कलेक्टिव न्यूरॉटिक डिसऑर्डर हो था। विचारधाराओं, धर्मों, दर्शनों या राजनीतिक सिद्धान्तों की महानता या उनका घटियापा इस पर निर्भर करता है कि वे ऐसा कौन–सा यूटोपिया या उन्माद या स्वप्न अपनी सभ्यता के मनुष्यों के सामने पेश करते हैं, जिसमें कम–से–कम घृणा, हिंसा, भय और तोड़–फोड़ हो। बुद्ध या गाँधी इसीलिए महान् थे कि उनके स्वप्न में कहीं हिंसा और घृणा की जगह नहीं थी। जब कि पश्चिम में पैदा होने वाले ज़्यादातर '*कांस्ट्रक्ट्स*' बिना हिंसा और बिना घृणा के पूरे ही नहीं होते थे।'

किन्नू दा की आवाज़ राहुल के कानों में गूँज रही थी।

'राहुल, पश्चिम ने गाँधी को परास्त कर डाला है। मुझे डर

लगता है कि हम बहुत जल्द लहूलुहान होकर टुकड़ों–टुकड़ों में टूट जायेंगे।'

राहुल ने सापाम और उसके भाई को देखा। फिर उसे नीम के पेड़ के नीचे खड़े क्षत–विक्षत चैतन्य महाप्रभु दिखायी पड़े। उनकी फूटी हुई ढोलक और मंजीरे। फिर उसने देखा कि उसके उस देश का नक़्शा कई टुकड़ों में टूट–टूटकर बिखरता हुआ उस स्याह अँधेरे में ग़ायब हो रहा है, जिसे वह बेतहाशा प्यार करता है।

'मैं बाज़ार का विरोधी नहीं हूँ। लेकिन मार्केट कोई 'कलेक्टिव ड्रीम' नहीं है। यह कोई यूटोपिया नहीं है। इसमें कोई स्वप्न नहीं देखा जा सकता। इसमें ऐसा कुछ नहीं है जो उदात्त, विराट और नैतिक हो। मुनाफ़ा, नगदी, लाभ, घाटा...इसके सारे 'इनग्रेडिएंट्स' घटिया, क्षुद्र और छोटे हैं। यह लालच, ठगी, होड़, स्वार्थ और लूट–खसोट के मनोविज्ञान से परिचालित होता है।' किन्नू दा की आवाज़ गम्भीर और उदास थी।

'क्या तुम अपनी आँख से नहीं देख सकते कि यह मार्केट जहाँ–जहाँ, जिन–जिन देशों में आया है, उसने उन्हें टुकड़ों–टुकड़ों में तोड़कर, उन्हें रक्तपात और हिंसा के हवाले कर डाला है।'

राहुल की आँखों के सामने उन महादेशों, महासंघीय गणतन्त्रों के दृश्य घूम गये, जिन्हें बाज़ार ने तहस–नहस कर डाला था। कोसोवो, सर्बिया, यूगोस्लाविया, सोवियत संघ...

अमेरिका और यूरोप के कुछ अमीर देश ऐसे थे, जो व्यापारी देशों में बदल गये थे और तीसरी दुनिया के समाजों को उन्होंने अपनी मण्डियों में तब्दील करके उन्हें उथल–पुथल, विघटन, हिंसा और अपने दलालों से भर दिया था। एक–एक कर उन समाजों और अतीत के उन सार्वभौम देशों के सारे पुर्जे, सारे अंग, सारे अवयव विखण्डित होकर एक–दूसरे से टकरा रहे थे। बिखर रहे थे।

आश्चर्य यह था कि टेलीविज़न और अख़बारों में सिर्फ़ शेयर

बाज़ार के मूल्य सूचकांक का उतार–चढ़ाव दिखाया जा रहा था, वह विघटन और हिंसक टकराहटें नहीं, जो लगातार जारी थीं। चारों ओर। हर तरफ़।

क्या अब हमारी बारी है?...कौन है इस बाज़ार का एजेंट? कौन है इस देश का असली दुश्मन? क्या वही, रावण की वे सन्तानें, जिन्हें पुलत्स्य ने समुद्र में फेंक दिया था? क्या वे लौट आये हैं और अंग्रेज़ों ने सत्ता दरअसल उन्हीं को हस्तान्तरित की थी?

राहुल, ओ.पी., कार्तिकेय, परवेज़, इमरोज़, हेमन्त जीप के हुड के साथ सटकर खड़े थे। उन्होंने एक–दूसरे का हाथ थाम रखा था और वे गा रहे थे...

'...वक़्त आने दे तुझे, बतलाएंगे ऐ आसमाँ
हम अभी से क्या बताएँ, क्या हमारे दिल में है...
सरफ़रोशी की तमन्ना...'

काफ़ी देर तक नारे लगाने के बाद वाइस चांसलर अशोक कुमार अग्निहोत्री अपने रेजिडेंस से बाहर निकले। उन्होंने पुलिस को फ़ोन किया। थोड़ी देरमें पुलिस की गाड़ियाँ आ गयीं और लच्छू गुरु और उसके चारों घायल साथियों को ले गयीं।

वाइस चांसलर ने वायदा किया कि यूनिवर्सिटी और हॉस्टल की सिक्योरिटी बढ़ा दी जायेगी। लड़के क़ानून को अपने हाथ में न लें। उन्हें जानकारी मिली है कि हॉस्टल के कुछ कमरों में हथियार इकट्ठा किये गये हैं। यह ग़ैर क़ानूनी है। उन्होंने अपने प्रभाव का इस्तेमाल करके रोक रखा है, वरना सुपरिटेंडेंट ऑफ़ पुलिस उनसे कई बार हॉस्टल के कमरों की तलाशी लेने और 'रेड' करने की बात कर चुके हैं।

वाइस चांसलर अग्निहोत्री ने कहा कि कुछ स्टूडेंट्स के बारे में उन्हें ऐसी जानकारियाँ मिली हैं, जो ठीक नहीं हैं। स्टूडेंट्स को अपना सारा ध्यान अपने करियर पर लगाना चाहिए। सच पूछिए तो मैं तो ऐसे हायर एजुकेशन के भी ख़िलाफ़ हूँ, जिसका

कमाई या 'अर्निंग' से कोई सम्बन्ध न हो। इतना अच्छा समय आया है, इतनी करियर अपार्च्युनिटीज़ हैं। शॉर्ट टर्म कोर्सेस चल रहे हैं। आप फालतू चीज़ों में अपना वक़्त क्यों बर्बाद कर रहे हैं? टेक अ डिप्लोमा एंड फ्लाई टु स्टेट्स। वाइस चांसलर ने हँसते हुए कहा।

'सर, अबी–अबी जिस क्रिमनल को पकड़ा है, ये वही है जिसने सापाम तोंबा के साथ लूट–पाट की थी...'

'और उसे 'सोडोमाइज़' करने की कोशिश की थी...हीटर पर उससे 'पिस' कराया था, जिसके करेंट से...'

राहुल और दिनमणि ने वी.सी. को टोककर बताने की कोशिश की। 'वही सापाम तोंबा सर, जिसने स्यूइसाइड किया था!'

'ओह!' अशोक अग्निहोत्री गम्भीर हो गये। 'आई विल लुक इन टु इट। वैसे वह बहुत बुरा हुआ। मुझे उसके फादर से बड़ी सिंपैथी है। पुअर चैप...मैंने मणिपुर के गवर्नर और चीफ़ सेक्रेटरी को फ़ोन किया...उसके फादर तक सूचना भिजवाई...मालूम है, उसी की वजह से हमने यूनिवर्सिटी में दस सितम्बर को होने वाला फैशन शो और कल्चरल प्रोग्राम पोस्टपोन किया...इसमें यूनिवर्सिटी को आठ लाख का घाटा हुआ। हमने 'स्पांसर्स' से बात की थी। एक अच्छा ख़ासा 'रेवेन्यू' हमें मिलता। मेरी बड़ी अच्छी योजनाएँ हैं। मैंने सोचा है, हमें ख़ुद 'एक्स्ट्रा फंड जेनरेट' करना चाहिए। यू.जी.सी. से हमें क्या मिलता है? सब कुछ तो स्टाफ की सैलेरी में ख़त्म हो जाता है। मैं यहाँ पार्क डेवलप करना चाहता हूँ। एडमिनिस्ट्रेशन को पूरी तरह कम्प्यूटराइज़्ड कर देना चाहता हूँ। बहुत नॉमिनल फ़ी पर सारे हॉस्टलर्स को ट्वेंटी फ़ोर आवर्स नेट सर्फिंग की सुविधा देना चाहता हूँ...'

'आपके सिक्योरिटी ऑफ़िसर्स यहाँ के लोकल गुंडों और क्रिमिनल्स से मिले हुए हैं सर!'

'और वह पोस्टमैन सारी इनफॉर्मेशन उन्हें देता है कि किस स्टूडेंट के पास कितना मनीऑर्डर या ड्राफ्ट आया...'

'हॉस्टल के वार्डेन बहुत बंगलिंग कर रहे हैं, सर!'

'एडमिशन में बड़ी धाँधली है, सर।'

'मेस का खाना कुत्ता भी नहीं खा सकता सर!'

'डिस्पेंसरी में न तो डॉक्टर है, न दवा...'

'हिन्दी डिपार्टमेंट, ब्राह्मणवाद का अड्डा है सर।'

'टीचर्स क्लास नहीं लेते और बार–बार स्ट्राइक करते हैं। स्टूडेंट्स का बड़ा लॉस होता है सर!'

सबने देखा, वाइस चांसलर अशोक कुमार अग्निहोत्री के चेहरे की हँसी अचानक ग़ायब हुई। चिढ़ और गुस्से ने अपनी जगह बनायी और वे अपने चारों सिक्योरिटी गार्ड्स के साथ अपने बंगले के अन्दर चले गये।

'मैक्स कम्प्यूटर सेंटर' में वाइस चांसलर अशोक अग्निहोत्री की 'डि–फैक्टो फाइल' में जो सूचना अंग्रेज़ी में 'फीड' की गयी थी, उसका हिन्दी में तर्जुमा यों था :

'वित्तीय और रुपये–पैसे की हेरा–फेरी और उनके मनचाहे दुरुपयोग में तकनीकी तौर पर इतना दक्ष और शातिर वाइस चांसलर कि उसे आर्थिक–भ्रष्टाचार के मामले में नहीं पकड़ा जा सकता। लेकिन अपने कुलपतित्व के कार्यकाल में उसने सिर्फ़ अपने चापलूसों, रिश्तेदारों और प्रेमिकाओं आदि को ही प्रोमोट किया है। विश्वविद्यालय अनुदान आयोग के निर्धारित नियम–क़ायदों को पूरी तरह दरकिनार करते हुए श्री अशोक कुमार अग्निहोत्री ने बिना पदों को विज्ञापित किये, बिना किसी तरह की शैक्षणिक या अन्य योग्यताओं को आधार बनाये, मनमाने तरीक़े से अपने चाटुकारों और नाते–रिश्तेदारों को विभिन्न पदों पर नियुक्त किया है, उन्हें विभिन्न परियोजनाओं में लगाया है, अनुदान और फ़ेलोशिप प्रदान किये हैं, विदेश भेजा है। विश्वविद्यालय के प्रकाशन विभाग में जिस व्यक्ति की नियुक्ति अंग्रेज़ी के सम्पादक पद पर हुई है, उसके पास हिन्दी की डिग्री है और उसे अंग्रेज़ी का एक

वाक्य लिखना नहीं आता। जिसे मनोविज्ञान का प्रोफ़ेसर बनाया गया है, उसके पास पन्तनगर कृषि विश्वविद्यालय से बागवानी (हॉर्टीकल्चर) की डिग्री है। जिसे गणित का प्रोफ़ेसर बनाया गया है, वह बॉटनी का थर्ड डिवीज़नर है। इसके बावजूद इस वाइस चांसलर के ख़िलाफ़ मुँह खोलने की कोई हिम्मत इसलिए नहीं करता क्योंकि ज़्यादातर उसके अहसानों से दबे हुए धूर्त, चापलूस और लालची लोग हैं। इसके अलावा उसकी ताक़त का एक मुख्य आधार तमाम शैक्षणिक और सांस्कृतिक संस्थानों में उसकी गहरी पकड़ और उसका जातिवाद भी है। उसकी षष्ठिपूर्ति पर एक स्थानीय संस्था ने, विश्वविद्यालय के ही पैसे से, जो अभिनन्दन ग्रन्थ निकाला था, उसमें अग्निहोत्री जी को सम्राट अशोक, अकबर महान और सिकन्दर से भी बड़ा दिग्विजयी सिद्ध करने वाले अट्ठाइस लेखकों में इक्कीस ब्राह्मण, तीन बनिये, एक कायस्थ, दो ठाकुर और एक विदेशी था।'

'डि–फेक्टो फ़ाइल' के मुताबिक़ विश्वविद्यालय जिस पहाड़ी पर बसा हुआ था, उसके कई सौ एकड़ ज़मीन को गुप्त रूप से कुछ स्थानीय ठेकेदारों और कुछ व्यापारी कंपनियों को लीज़ पर देने के नाम पर उसने अच्छा–ख़ासा कमीशन खाया है। विश्वविद्यालय के फंड को वह अपना निजी बैंक एकाउंट मानता है और पानी पीने लन्दन और पेशाब करने अमेरिका जाता है। यह भ्रष्टाचारी वाइस चांसलर इसलिए ताक़तवर बना हुआ है क्योंकि यह सिस्टम ही पूरी तरह भ्रष्ट हो चुका है।'

'तुम देखना...अगर अभी भी कुछ नहीं हुआ तो हमारा ये देश हाइती, पनामा, कोलम्बिया या दुबई बन जायेगा। माफ़ियाओं का राज यहाँ होगा और दो अक्टूबर को राजघाट पर सिर्फ़ वही जा पायेंगे। बाक़ी नागरिकों का प्रवेश वहाँ वर्जित होगा।' कार्तिकेय काजले ने कहा।

'इस वाक्य को तुम 'फ्यूचर टेंस' में क्यों बोल रहे हो? ऐसा

तो हो चुका है, या फिर होने ही वाला है।' प्रताप ने हँसते हुए जोड़ा।

वे हँस तो रहे थे, लेकिन उस हँसी के पीछे एक गहरी विकलता थी। आने वाले दिनों का अँधेरा उनकी आँखों के सामने खड़ा था।

'मैं तो सोचता हूँ, जाकर वाइस चांसलर के पैर पकड़ लूँ और कहूँ कि ओ हमारे समय के अपराजेय शैतान, मैं तेरे पैर पड़ता हूँ, कहीं मुझे भी तू उसी तरह फिट कर दे जैसा अपनी रखैलों और कुत्तों को 'फिट' किया है...मैं डर गया हूँ, राहुल!' यह ओ.पी. कह रहा था। हमेशा का हँसोड़ और बातूनी। उसकी आवाज़ में हताशा और पराजय की स्याह परछाईं थी।

राहुल, हेमन्त, ओ.पी., कार्तिकेय, प्रवीण, निकेतन, परवेज़, इमरोज़, मसूद, रमेश अटलूरी, दिनमणि, रवि, मधुसूदन–ये सभी अट्ठारह से तेईस–चौबीस की उम्र के वे लड़के थे, जो देश के अलग–अलग राज्यों से, गाँव या छोटे क़स्बों से, यहाँ पढ़ने आये थे। उनके माँ–बाप दिल्ली–बंगलुरु–चेन्नई–कलकत्ता जैसे महानगरों में दो नम्बर की कमाई करने वाले व्यापारी, ठेकेदार, प्रॉपर्टी डीलर्स, दलाल या भ्रष्ट नौकरशाह नहीं, खेती–किसानी, छोटा–मोटा व्यापार या छोटी–मोटी नौकरी करने वाले सीधे–सादे लोग थे। हर महीने पेट काटकर या कहीं से क़र्ज़–उधार लेकर जो रुपये वे ड्राफ्ट या मनीऑर्डर से अपने बच्चों को हॉस्टल भेजते थे, वे रुपये उनके आँसुओं, पसीने और स्वप्नों से भीगे हुए होते थे।

ये वे लोग नहीं थे जिन्हें टी.वी. और अख़बारों में लगातार दिखाया जाता था। सीरियलों में जो ड्राइंग, डाइनिंग, टेरेस, कार, सेल्युलर वाला रंगीन और खाता–पीता 'इंडियन मिडिल क्लास' दिखाया जाता था, उसे वे अपनी फटी–फटी, चौंधियाई हुई आँखों से देखते रहते थे। उनके घरों की दीवारों के प्लास्टर गिर रहे होते थे, छतें दरक रही होती थीं, दरवाज़े कराहते थे

और दोपहर या रात के खाने के लिए दाल बीनते या आटा गूँथते हुए, वे लगातार बढ़ते जाते ब्याज, सूद और महँगाई का हिसाब लगाते थे। उनकी बेटियाँ दहेज के बिना घरों में कुँवारी बैठी थीं, उनके बेटे बेरोज़गार थे और शर्म के कारण दिन–दिन भर अपने घरों से ग़ायब रहते थे। रेलवे प्लेटफ़ार्म, सड़क किनारे की गुमटियों, किसी पी.सी.ओ. या किसी वीरान–उजाड़–सी जगह में इन लड़कों का झुण्ड बैठा हुआ किसी चमत्कार या संयोग के इन्तज़ार में गुम रहता था।

ये वे लड़के थे, जिनकी संख्या करोड़ों में थी। उनमें कोई भी शारीरिक या मानसिक ख़ामी नहीं थी। वे अपार क्षमताओं, सम्भावनाओं और श्रम से भरपूर नौजवान थे। चिन्ताओं ने उनकी गाल की हड्डियों को उभार दिया था। उनकी आँखों के नीचे झाइयाँ पैदा कर दी थी।

'कहीं से स्साला एक लाख मिल जाये तो मैं दिखा दूँ, बैंचो...'

'मैं तीन दिन से घर नहीं गया। स्साला बुढ्ढा मेरी रोटी गिनने लगा है...तेरे पास कुछ है यार? चाय बंद का जुगाड़ हो जाये...'

'वो गुप्ता फाइनेंस का मालिक टी.डी. गुप्ता है न...वो तुंदियल माच्चो...उसे ठिकाने लगाना है। बैंचो मेरी सिस्टर पर लाइन मारता है। पिछले महीने आठ सौ पर उसने नौकरी ज्वायन की है...'

'कुन्दनाणी मेरे को बोलता था, एक ट्रिप सिंगापुर का मार दे, दस हज़्ज़ार दूँगा।'

'पकड़ा गया तो बैंचो' जमानत कुन्दनाणी का ब़ाप देगा?'

'यार, कहीं से छोटा राजन या इब्राहीम भाई का नम्बर मिल जाता...'

'कोई ख़ाली पाँच हज़ार मुझे दे दे, क़सम से, और किसी का भी मर्डर करा ले!'

'रमाशंकर नेपाल का ट्रिप मारकर आया है। लम्बी कमाई हुई है...अगली बार मेरे को भी ले जाने को बोल रहा था।'

'वो खड्डूस बेकरी वाले की बेटी दीपा ने जब से 'ब्यूटी पार्लर' खोला है, माँ–बाप की क़िस्मत पलट गयी दिखती है...'

'ब्यूटी पार्लर...काहे का बैंचो', उसकी आड़ में धन्धा करती है। जूनियर इंजीनियर शर्मा और बिल्डर सतविन्दर जम के ले रहे हैं उसकी...'

'उसका भाई सुन लेगा रे तो स्साले बजा देगा तेरा बैंड...'

'वो क्या सुनेगा हरामी! दल्ला है, दल्ला...! ला दो हज़ार निकाल, तेरे को अभी ले चलता हूँ उसकी बहन के पास...'

'किशोर, तूने तो एम.एससी. किया था न? फिजिक्स से।'

'सब भूल गया, बैंचो।' पॉलिटिक्स का धन्धा करूँगा अब मैं। सुन, मेरा एक प्लान है। कहीं से स्साले फ़र्ज़ी नौकरी का सर्टिफ़िकेट दिखाकर मोटी दहेज लेकर शादी करूँगा, फिर एक हफ़्ता हनीमून में ठोंक–बजाकर, बीवी को बेचकर दुबई चला जाऊँगा...तंग आ गया मैं इस लाइफ़ से।'

तो यह वह समय था जब इंडिया के बाज़ारों में तरह–तरह के परफ्यूम, कॉस्मेटिक्स, सॉफ्ट ड्रिंक्स, इलेक्ट्रिकल और एलेक्ट्रॉनिक गजेट्स, वाशिंग मशीन, सेलुलर फ़ोन, डिजिटल टी.वी., हैंडी कैम अंटे पड़े थे। हर हफ़्ते आधा दर्जन कारों के नये मॉडल सामने आ रहे थे। दिल्ली में मैक्डोनल, केसीएफ और निरूलाज़ के सैकड़ों इटिंग ज्वायंट्स खुल रहे थे। राजधानी और दूसरे बड़े शहरों में नाइट क्लब्स खुल गये थे, जहाँ रात में अधनंगी मॉडल्स व्हिस्की और वाइन बेचती थीं और जहाँ मन्त्रियों–नौकरशाहों और अपराधियों की सन्तानें ऐश करती थीं। देशी–विदेशी सट्टेबाज़ खुलेआम लोगों में जुए और लाटरी की लत डालकर उन्हें करोड़पति और दस करोड़पति बनाने का स्वप्न दिखा रहे थे। एक दिन में इस देश के मन्त्री और नौकरशाह जितने का लंच कर जाते थे, सिर्फ़ उतने रुपयों से सारे गाँवों में पीने का पानी, स्कूलों में अध्यापक और ब्लैकबोर्ड, खेतों और घरों में बिजली

और झुग्गी–झोपड़ियों में रहने वालों के लिए हगने–मूतने का शौचालय लग सकता था।

लेकिन ऐसा सोचने वाला हर शख़्स पिछड़ा हुआ, दकियानूस और किसी अजायबघर का ओरंग–उटान मान लिया गया था। हर ऐसा सोचने वाले आदमी को लात मारकर इस व्यवस्था ने किसी 'जंकयार्ड' में धकेल दिया था या 'ख़तरनाक सिरफिरा' मानकर हर तरह से उसे ख़त्म करने की कोशिश की जा रही थी।

संसद और विधान सभाओं में हिस्ट्री शीटर्स, हत्यारे, तस्कर, विदेशी कंपनियों के दलाल, जमाख़ोर और नम्बर दो की कमाई करने वाले बेईमान भर गये थे। पाँच सितारा होटल गुलज़ार थे। वहाँ शराब की नदियाँ बह रही थीं। नदियाँ, पहाड़, जंगल, खेत–खलिहान, खनिज, अयस्क, औरत, बच्चे, ऐतिहासिक स्मारक, ईमान, धर्म, हवा, नदी, समुद्र सबकी नीलामी हो रही थी। प्रधानमन्त्री जेल जा रहे थे। मुख्यमन्त्रियों पर गबन, ठगी और भ्रष्टाचार के मुक़दमे चल रहे थे। जज रिश्वत खा रहा था। पुलिस अपराधियों से मिल गयी थी और इक्कीसवीं सदी की दहलीज़ की हर तारीख़ निर्दोष और ईमानदार और न्याय माँगते हिन्दुस्तानियों के ख़ून में लिथड़ी हुई थी।

अंग्रेज़ों ने एक जलियाँवाला बाग काण्ड किया था, अब हर रोज़ दर्जनों ऐसे काण्ड हो रहे थे। राम का झण्डा उठाकर रावण की हरामी सन्तानों ने समूचे यथार्थ पर अपना शासन जमा लिया था।

'हो...हो...हो...
सइयो नी...ऽ ऽ ई...ऽ...ई...ऽ
चैन इक पल नहीं, और कोई हल नहीं...
सइयो नी...ऽ ऽ ई...ऽ ऽ...ई...ऽ ऽ'

वे लड़के गा रहे थे। उनके चेहरे उस स्याह परछाईं में डूबते जा रहे थे, जो हर पल गाढ़ी और घनी होती जा रही थी। रात

इतनी रात थी, अँधेरा इतना अँधेरा था, सुनसान इतना सुनसान था कि डर लगता था।

लेकिन इसी बीहड़–उजाड़ समय की किसी पत्ती पर ओस की कुछ ठण्डी, पारदर्शी और निर्दोष बूँदें भी गिरती रहती थीं, जिनकी नमी से जीवन कभी–कभार हरा हो जाया करता था।

डॉ. राजेन्द्र तिवारी का पीरियड ख़त्म हुआ। उन्होंने विद्यापति पढ़ाया था। पयोधर, कुच, कटि, रति, मदन जैसे शब्दों का रस ले लेकर, मिचमिची आँखों में छलकती कामुकता और लम्पटता के साथ उन्होंने 'अर्थ' समझाया था। स्त्री उनके लिए कुच, कटि, पयोधर और त्रिबली थी। लड़कियों की गर्दनें नीची थीं। बलराम पाण्डे, विजय पचौरी, विमल शुक्ल, विभूति प्रसाद मिश्रा सब एक–दूसरे को कनखियों में देखकर मुस्करा रहे थे।

डॉ. राजेन्द्र तिवारी ने अपने बहनोई के 'कांटैक्ट' से, जो कि राज्यसभा के मेंबर थे, पद्मश्री का जुगाड़ कर लिया था। लड़कियों को घूरना, लाइब्रेरी में उनकी जासूसी करना और उनके पैरेंट्स को फ़ोन करना उनकी आदत में शामिल था। दो बार पिट चुके थे। अलग–अलग शहरों और क़स्बों में अपने अभिनन्दन समारोह आयोजित कराने का उन्हें शौक़ था। उनके बारे में मशहूर था कि वे जहाँ भी जाते हैं अपने झोले में एक शाल, एक नारियल, पाँच सौ एक रुपये का एक लिफ़ाफ़ा और अपनी प्रशस्ति का एक मुद्रित फ्रेम किया प्रपत्र साथ लेकर चलते हैं। 'सुप्रसिद्ध हिन्दी सेवी एवं विद्वान डॉ. राजेन्द्र तिवारी का नगर में अभिनन्दन' शीर्षक समाचार अख़बारों में अक्सर छपता रहता था। हर महीने–पखवाड़े उन्हें कोई–न–कोई सम्मान या पुरस्कार मिलता रहता था, जिसका प्रबन्ध वे स्वयं करते थे। 'कृष्ण काव्य में संयोग श्रृंगार' विषय पर उन्होंने पीएच.डी. की थी, जिसे आज तक किसी ने नहीं देखा था।

क्लास रूम के दरवाज़े पर लड़कियाँ खड़ी थीं। राहुल, शैलेन्द्र जॉर्ज और शालिगराम लाइब्रेरी के लिए निकल रहे थे। उन्हें किताबें इश्यू करानी थीं। राहुल ने निकलते हुए अंजली की

कुहनी दबायी। अंजली ने उसे देखा फिर शर्मिष्ठा के साथ वह भी पीछे–पीछे लाइब्रेरी की ओर ही आने लगी।

लाइब्रेरी की सीढ़ियों पर अंजली ने उसे बुलाया, ''राहुल! एक मिनट!''

राहुल उसके पास गया।

'मुझे कुछ बात करनी है।' अंजली ने कहा।

'नाउ?...अभी?'

'नहीं। कल। मैं सुबह जल्दी आ जाऊँगी।'

'कित्ते बजे?' राहुल का दिल धड़क रहा था। अंजली के चेहरे पर बुख़ार की आँच थी।

'एट थर्टी...साढ़े आठ बजे।' अंजली की आवाज़ काँप रही थी।

'डन! मैं इन्तज़ार करूँगा।' राहुल ने कहा। फिर दौड़ता हुआ लाइब्रेरी के काउंटर तक पहुँचा, जहाँ शालिगराम और शैलेन्द्र खड़े थे।

राहुल ने तीन किताबें इश्यू कराईं, *हिन्दी साहित्य का इतिहास*, लेखक आचार्य रामचन्द्र शुक्ल, *अनामदास का पोथा*, लेखक आचार्य हजारीप्रसाद द्विवेदी और निराला की रचनावली का पहला भाग जिसमें उनकी कविता *राम की शक्ति पूजा* मौजूद थी।

जब वह लाइब्रेरी से निकलकर डिपार्टमेंट की ओर आ रहा था तो एक पल को उसने सोचा, ऐसा क्यों है कि इन तीनों किताबों के लेखक ब्राह्मण हैं।

और अंजली?

राज्य के लोक निर्माण विभाग के मन्त्री एल.के. जोशी की बेटी? वह भी तो?

यह कैसी विडम्बना है, जो जाति उसे और उसके जैसे असंख्य लोगों को मिटा डालना चाहती है, जिसकी अनैतिकता, अन्याय और भ्रष्ट आचरण के चलते यह समूचा समय कराह रहा है, उसी जाति के लेखकों की रचनाएँ वह पढ़ रहा है और

उसी जाति की एक लड़की उसके हृदय की जैविक घड़ी में 'टिक्–टिक्...टिक् टिक्' के साथ हर पल धड़क रही है?

मेरे मस्तिष्क और मेरे हृदय पर किसकी सत्ता है? मेरी संवेदनाओं और संस्कारों पर किसका प्रभाव और आधिपत्य है? वह भाषा जिसमें मैं बोलता हूँ, सोचता हूँ, लिखता हूँ, वह किसके अधीन है?

वर्णाश्रम व्यवस्था की मुंडी बनकर समूची सामाजिक–सांस्कृतिक सत्ता को अपनी मुट्ठियों में भरकर शताब्दियों से अट्टहास करने वाले रावण की हरामी औलादो, मैं सचमुच साफ़–साफ़ ख़ुद नहीं जानता कि मैं तुमसे प्रेम करता हूँ या घृणा!

राहुल स्तब्ध था। उसके भीतर एक अजीब–सा युद्ध चल रहा था। जैसे कोई एंटीबायेटिक रक्त के भीतर रोग फैलाने वाले वायरस के ख़िलाफ़ उसी प्रजाति के दूसरे जीवाणुओं को उसी रक्त में जन्म दे रहा हो। उसका अपना मस्तिष्क एक ऐसे यातनाघर में बदल गया था, जिसके भीतर एक उत्कट संघर्ष चल रहा था।

उसके अपने रक्त के भीतर रोग और औषधि, व्याधि और निदान की यह लड़ाई विकट थी।

राहुल ने 'निराला रचनावली' को खोलकर देखा।

'है अमा निशा; उगलता घन अन्धकार
खो रहा दिशा का ज्ञान, स्तब्ध है पवन चार,
अप्रतिहत गरज रहा पीछे अम्बुधि विशाल,
भूधर ज्यों ध्यान मग्न; केवल जलती मशाल
स्थिर राघवेन्द्र को हिला रहा फिर–फिर संशय
रह–रह उठता जग जीवन में रावण–जय–भय...'

ये पंक्तियाँ 'राम की शक्ति पूजा' की थीं। आश्चर्य यह था कि राहुल ने जब किताब खोली तो यही पन्ने अपने आप उसकी आँखों के सामने खुले।

तो? इसका मतलब हुआ...कोई है, जो मेरी चेतना के भीतर के इस युद्ध को देख रहा है। चुपचाप। अदृश्य।

थैंक यू...थैंक यू...

नीम के पेड़ की ओर से एक ख़ूब ठण्डी हवा का झोंका आया। राहुल को शान्ति मिली।

'क्या हो गया राहुलजी? आप कहीं खो गये लगते हैं?' शालिगराम ने कहा।

राहुल ने शैलेन्द्र जॉर्ज के कन्धे पर हाथ रखा और हँसते हुए बोला : 'नहीं शालिगरामजी,...*वो तो मैं नशे में टल्ली हो गया ...की करिए...की करिए...!*

'तुम मज़ेदार आदमी हो यार राहुल भाई!' शैलेन्द्र जॉर्ज ने उसकी गर्दन में बाँहें डाल दीं।

सुबह राहुल हॉस्टल के अपने रूम नम्बर 252 की खिड़की के पास खड़ा ब्रश कर रहा था। मुश्किल से साढ़े सात बजे थे। ओ.पी. बाथरूम में नहा रहा था। तभी उसने घाटी के नीचे, प्ले ग्राउंड को तीन ओर से घेरने वाली अर्द्ध–वृत्ताकार सड़क को देखा।

वह पीला रंग धीरे–धीरे रिहायशी कॉलोनी की ओर से रेंग रहा था। राहुल ने चौंककर दीवार पर टंगी घड़ी देखी। सात बजकर बत्तीस मिनट। ऐसा कैसे हो सकता है? उसे तो साढ़े आठ बजे आना था!

उसने खिड़की के काँच को हथेलियों से पोंछकर ग़ौर से देखा। यह वही पीली तितली थी, जो उस दिन छतरी बन गयी थी। कोई सन्देह नहीं। पक्का। उसकी नसों में दौड़ते ख़ून ने रफ़्तार पकड़ ली। उत्कण्ठा ने उसे घेर लिया। उसके कान उसके अपने ही दिल के स्पन्दन सुनने लगे। धक...धक्। धक...धक्!

'ये वही है! वही! श्योर!' उसके मुँह से निकला। तुरत उसने पैंट चढ़ायी। तौलिये से मुँह पोंछा, जूते पहने और भागा। तीन–तीन सीढ़ियाँ एक–साथ फलाँगते हुए।

अंजली एक दम फ्रेश दिख रही थी। सफ़ेद सलवार, बादामी और हल्के हरे रंग का एब्सर्ड छीटों वाला कुर्ता। हल्के हरे रंग की चुन्नी। उसके बाल धुलकर चमक रहे थे। सूखे हुए, हवा के हर झोंके के साथ इधर–उधर बिखरते हुए।

उसने राहुल को देखा। 'बाप रे! तुम्हें कैसे पता चला? तुम इतना हॉफ रहे हो।'

'मैं अपने रूम की खिड़की पर खड़ा था।'

'वहीं खड़े रहते हो क्या आजकल?' अंजली ने गर्दन घुमाकर चारों ओर देखा। वह कुछ घबराई हुई–सी लग रही थी। दूर–दूर तक सुबह की धूप थी। प्ले ग्राउंड में घास पर अभी तक ओस की नमी थी।

'हम सड़क की बजाय इस मैदान से होकर चलें?' राहुल ने अंजली की कुहनी को छू लिया।

'तुम तो एट थर्टी पर आने वाली थीं?' राहुल ने अपना कन्धा धीरे से उसके साथ सटाया। अंजली के शरीर और कपड़ों की ख़ुशबू से उसकी साँसें भर गयीं।

'मैं बोर हो रही थी। पापा हैं नहीं। एसेंबली सेशन चल रहा है। भइया रात में तीन बजे तक जागते हैं और फिर दिन में 12 बजे तक सोते हैं।'

'डु यू थिंक एवर अबाउट मी। कभी–कभी।' राहुल ने उसकी बाँहों को छुआ। अंजली रुक गयी। उसकी आँखों में पीड़ा और कातरता थी। उसने राहुल को इस तरह देखा कि उसकी तकलीफ़ से वह भीतर तक सिहर उठा।

'व्हाई कभी–कभी...?' कुछ देर की चुप्पी के बाद जैसे उसने अपनी आवाज़ को खोजा, जो कहीं खो गयी थी, "ईच एंड एवरी मोमेंट, राहुल!"

राहुल सिहर गया। वह धीमा बुख़ार, जिसमें एक कोई धुन कहीं दूर गहराई में डूबी हुई बहुत मुश्किल से कान देने पर सुनाई देती, धीरे–धीरे चढ़ना शुरू हो गया था। ऐसा क्यों था? राहुल ने सोचा। अंजली के पास आते ही, उसको देखते ही उसके शरीर के भीतर जो एक रहस्यभरी हलचल शुरू होती है, एक तरह की रासायनिक क्रिया, जो धीरे–धीरे उसकी चेतना को घेरने लगती है और उसकी साँसें बढ़ जाती हैं, ऐसा पहले कभी क्यों नहीं होता था?

यह मेरा ही जीवन इस तरह अपने आप बदल क्यों गया?

मैं तो जिम में जाकर एक फुर्तीला पैंथर या चीता बनना चाहता था। अपने शिकार पर झपटने को तैयार। वो शाहरुख कौन था, जो जिस लड़की से प्यार करता था उसे लहूलुहान कर देता था। उससे रेप करता था, फ़ोन पर उसे डराता था। मैं तो सोचता था कि लड़कियाँ उसी को पसन्द करती हैं, जो

उन्हें चोट पहुँचाता है। जो उनके साथ हिंसा करता है। लेकिन मेरे और अंजली के बीच तो सिर्फ़ तितली और छतरी के अलावा कुछ भी नहीं! टी.वी. में, समुद्र की रेत पर, एक नारियल के पेड़ के नीचे, वाइन पीती हुई, स्विमिंग सूट में जो लड़की धूप का चश्मा लगाये लड़के की कमर से लिपटती है, क्या वह फीलिंग भी ऐसी ही होगी, जैसा मैं अंजली के लिए महसूस कर रहा हूँ?

राहुल ने अंजली को देखा। वह उसी को देख रही थी। उसने अंजली की दायीं हथेली को अपने पंजे में भर लिया। और बस, चुम्बक और बिजली के तरंगों से भरी हुई एक आँधी, उसकी देह के भीतर से कहीं उठने लगी। सुबह की धूप को प्रत्यावर्तित करता हुआ अंजली का चेहरा धीरे–धीरे धुँधला होने लगा। ताँबे के रंग जैसा। अभी वह आँधी एक तेज़, अनियन्त्रित बवंडर में बदल जायेगी और वे तिनके–सा उसमें उड़ने लगेंगे। असहाय।

'हम उधर चलें?' राहुल ने पूछा। सड़क के पार, हॉस्टल की ओर की पहाड़ी की तलहटी पर बड़ी–बड़ी चट्टानें थीं। सेमल और बबूल के पेड़ थे। सिरकिन, लेंटिना की झाड़ियाँ थीं। वहीं पर स्टोर रूम और उसका टेरेस था, जहाँ पर खेल के सामान रखे जाते थे। वहाँ हमेशा ताला पड़ा रहता था। उस कमरे के पीछे झाड़ियाँ थीं और निर्जनता।

राहुल ने अंजली के चेहरे पर पड़े बालों को हटाया। अंजली ने उसकी हथेलियों को पहली बार ज़ोर से दबाया। अपनी सारी ताक़त लगाकर। फिर उसने मुस्कराकर राहुल को देखा।

'बस, इत्ती–सी ताक़त है?' राहुल ने कहा। 'पंजा लड़ाओगी?'

'चलो!' अंजली ने राहुल की हथेली पर अपनी हथेली फैलाकर उँगलियाँ फँसा लीं। आह! कितनी दूर थी यह लड़की पहले। पीली छतरी के नीचे चलती हुई। उस दिन भुट्टे खा रही थी, कितनी तल्लीनता से।

राहुल ने उसे अपनी ओर खींचा। अंजली पहले से ही टूटकर गिरने के लिए तैयार थी।

प्ले ग्राउंड के स्टोर रूम के पिछवाड़े की निर्जनता में, जहाँ दो चट्टानों और लेंटिना की झाड़ियों के बीच थोड़ी–सी जगह थी, दोनों एक–दूसरे के चेहरे में, किसी पागलपन के साथ, अपने होंठों से कुछ खोज रहे थे। वहाँ सिर्फ़ तेज़–तेज़ चलती साँसें थीं।

वह तितली जो सारी दुनिया को चकमा देती हुई अभी तक छतरी बनी हुई थी, उसके ऊपर कहीं से एक दूसरी तितली आकर बैठ गयी थी और शायद उसने यह रहस्य जान लिया था कि यह छतरी नहीं, असल में तितली ही है, इसलिए वह उसके कानों में अपनी भाषा में कुछ कह रही थी।

राहुल और अंजली ने एक–दूसरे को इतना ज़्यादा चूमा था कि दोनों के चेहरे गीले हो चुके थे। उनकी साँसें ज़ोर–ज़ोर से चल रही थीं। आँखों में एक तरह की विकलता, बेचैनी और उन्माद–सा कुछ था।

'आई लव यू अंजली।' राहुल ने जैसे–तैसे कहा। उसकी आवाज़ भर गयी। वह अंजली से भी यही सुनना चाहता था। लेकिन वह चुप थी। बिल्कुल ख़ामोश। राहुल ने एक बार फिर अपने होंठ वहीं रख दिये।

अंजली ने राहुल की दाहिनी हथेली को खोला और उँगली से उस पर लिखा।

'आई लव यू टू!'

'थैंक यू! थैंक यू! वेरी...वेरी...वेरी...वेरी...मच।' राहुल ने उसे फिर अपने ऊपर खींच लिया।

डेढ़ घण्टे कितनी जल्दी बीत गये, कुछ पता नहीं चला। प्ले ग्राउंड की सड़क पर अब इक्का–दुक्का लोग निकलने लगे थे। बीच–बीच में साइकिल की घण्टी बजती। कोई भैंस लेकर भी निकला। अब डर बकरी वालों का था। वे इन झाड़ियों की ओर आ सकते थे।

अंजली के कपड़ों में ख़ूब सारे तिनके–पत्ते चिपक गये थे। राहुल का भी वही हाल था। दोनों खड़े हो गये थे।

'हमारा साथ–साथ जाना ठीक नहीं। कोई देख लेगा। मैं यहीं से पहले अपने रूम पर जाऊँगा।' राहुल ने कहा।

तभी अंजली ने उससे कहाः ''राहुल, मैं एक बात बताना चाहती थी।''

'क्या ?'

'कल रात वो गुंडा, लच्छू गुरु, हमारे यहाँ आया था। भइया के साथ ड्रिंक कर रहा था। वह तुम्हारा, कार्तिकेय, ओ.पी., परवेज़ और प्रताप का नाम ले रहा था। पुलिस ने उसका कुछ नहीं किया। पापा ने भोपाल से एस.पी. को फ़ोन किया था। मुझे लगता है वी.सी. अग्निहोत्री से कहकर वे तुम लोगों को किसी केस में 'इंप्लीकेट' न कर दें। एलर्ट रहना।'

राहुल स्तब्ध रह गया। लच्छू गुरु और उसके साथियों को तीन सौ स्टूडेंट्स की भीड़ ने, वाइस चांसलर की मौजूदगी में पुलिस के हवाले किया था। दिनमणि ने वी.सी. के सामने शिनाख़्त की थी कि यही वह आदमी है जिसने सापाम तोंबा के साथ गुंडागर्दी, लूटपाट और वहशियाना हरकत की थी। क्या पुलिस और वीसी अशोक कुमार अग्निहोत्री उस रात सिर्फ़ एक नाटक कर रहे थे?

यह किसी फार्मूलाबाज़ मुम्बइया स्टंट फ़िल्म की घटना लग रही थी। तो क्या यही रियलिटी है? क्या हमारे समय के यथार्थ को सबसे अधिक प्रामाणिक और विश्वसनीय तरीक़े से बॉलीवुड का कॉर्मिशयल सिनेमा व्यक्त करता है, जिसे सब घटिया, फूहड़ और दो कौड़ी का मानते हैं?

राहुल हॉस्टल के बाथरूम में जब नहा रहा था, उसे शॉवर से निकलने वाली पानी की बौछार बिल्कुल नयी लगी। वह किसी पहाड़ी झरने से उतरता हुआ ताज़ा और ठण्डा पानी था, जो उसके शरीर पर गिर रहा था।

उसका शरीर भी तो अब दूसरा था। लग रहा था, नसों के

भीतर सितम्बर की सुबह की ठण्डी और ताज़ी हवा बहने लगी है और पूरी देह के भीतर उमंग की अनोखी सिहरन भर गयी है।

अचानक राहुल को लगा, उसके जीवन में पहली बार उसे वह अनुभव, वह सुख मिला है, जो नितान्त उसका अपना है। निजी, पर्सनल और गोपनीय। एक ऐसा खज़ाना, जिसे सबसे छुपाकर, अपनी स्मृतियों में किसी सुरक्षित कोने में सँभालकर रखना है। हमेशा के लिए।

'नाउ द हार्ट सिंग्स विद ऑल इट्स थाउज़ैंड वायसेज...

टु हियर दिस सिटी ऑफ़ सेल्स, माई बॉडी, सिंग...!'

हिन्दी विभाग का दृश्य आज दूसरा ही था। लगता था जैसे हरिद्वार या इलाहाबाद का कोई मैला–कुचैला, दकियानूस, बीमार पंडा अभी–अभी निरोग होकर किसी मसाज सेंटर से लौटकर आया हो। एकदम ताज़ा और नया। स्टीमबाथ लेकर, फ़ेशियल कराके, बालों में खिजाब और चेहरे पर ढेर सारा कॉस्मेटिक क्रीम पोतकर। रंगीन, चौख़ानेदार शर्ट में मुस्कुराता कोई रंगीन बूढ़ा महन्त।

कुछ–कुछ उस तरह, जिस तरह टॉल्सटॉय की कहानी का अमीर बूढ़ा काउंट, सज–धज कर, विग के नीचे छुपे स्प्रिंग के द्वारा अपने चेहरे की झुर्रियाँ मिटाकर, शहर की सम्भ्रान्त नाइट पार्टियों में पहुँचता था और दुर्दम्य महत्त्वाकांक्षाओं की वासनाओं में सुलगती सुन्दर, चालू और घाघ स्त्रियों के साथ चुहलबाज़ी करता था।

तो, आज हिन्दी विभाग सजा हुआ था। जगह–जगह फूलदान और गमले। प्लास्टिक के नक़ली सजावटी फूलों–पौधों के अलावा उनमें बॉटनी डिपार्टमेंट के बगीचे से लाकर गेंदा, हजारा, गुड़हल, डहेलिया, कनेर और कई तरह के मौसमी, निर्गन्ध पश्चिमी फूलों को खोंस दिया गया था। लड़कियों को माला बनाने और जल–पान की तश्तरियाँ ट्रे में सजाकर अतिथियों को सर्व करने का काम सौंपा गया था।

राहुल जब शालिगराम और शैलेन्द्र जॉर्ज के साथ वहाँ पहुँचा तो अंजली विभाग की दूसरी लड़कियों के बीच थी। वह बेले के सफ़ेद फूलों की माला बना रही थी। एक पल के लिए उसने राहुल को देखा। उस देखने में एक मुस्कराहट थी, जो छुप रही थी।

डिपार्टमेंट में कॉमन रूम के फर्नीचर को हटाकर उसे एक ऑडिटोरियम में बदल दिया गया था। चार तख़्त रखकर, सफ़ेद चादर बिछाकर, सबके ऊपर चार कुर्सियाँ रख दी गयी थीं। ये कुर्सियाँ विभागाध्यक्ष एस.एन. मिश्रा के कमरे से लाई गयी थीं। रेक्ज़ीन और फोम वाली गद्देदार बड़ी कुर्सियाँ। इनके सामने फिर एक सफ़ेद चादर के नीचे तीन मेज़ें छिपी हुई थीं, जिनके ऊपर एक बड़ा–सा गुलदस्ता रखा था। पीछे दीवार पर पीले रेशम का चमकीला बैनर टँगा था, जिस पर लाल रंग की सुन्दर देवनागरी में लिखा हुआ था :

'आचार्य त्रिभुवन नारायण मिश्र का अमिनंदन'

'अभिनन्दन' में 'भ' की जगह 'म' हो गया था, लेकिन आश्चर्य था कि इसे कोई नहीं देख रहा था। हिन्दी के अध्यापकों को प्रूफरीडिंग तक नहीं आती, राहुल ने सोचा।

शैलेन्द्र जॉर्ज ने बताया कि उन चार कुर्सियों में से एक पर कुलपति अशोक कुमार अग्निहोत्री, तीसरी पर विभागाध्यक्ष एस.एन. मिश्रा, सबसे किनारे वाली, बायीं ओर की चौथी कुर्सी पर पद्मश्री डॉ. राजेंद्र तिवारी और दाहिनी ओर की कुर्सी नम्बर दो पर, यानी कुलपति और विभागाध्यक्ष के बीच, आसीन होंगे बी.एच.यू. के भूतपूर्व प्राचार्य त्रिभुवन नारायण मिश्र। रीतिकालीन कविता के उद्भट विद्वान् और बिहारी की 'सतसई' के तथाकथित सर्वश्रेष्ठ पाठ के संकलनकर्ता। देश के समस्त विश्वविद्यालयों और हिन्दी के समस्त अख़बारों में नियुक्तियों के महाबली, तिकड़मी चाणक्य। हर इंटरव्यू कमिटी के शाश्वत सदस्य। सैकड़ों हिन्दी संस्थानों के सलाहकार।

विभागाध्यक्ष एस.एन. मिश्रा और डॉ. लोकनाथ त्रिपाठी आचार्य त्रिभुवन नारायण मिश्र को लाने, वाइस चांसलर की काली, वातानुकूलित एंबेसेडर कार से स्टेशन गये हुए थे। उनके पीछे–पीछे सीनियर छात्र और कुछ 'पटशिष्य' भी थे।

थोड़ी ही देर में डिपार्टमेंट के सामने मारुतियाँ, सैंट्रोज़, जेन

और मैटिज आ–आकर खड़ी होने लगीं। इनमें से निकलकर आ रहे थे हिन्दी के प्रोफ़ेसर, रीडर्स और लेक्चरर्स। ये कारें विश्वविद्यालय के फंड से, बहुत कम ब्याज और आसान क़िस्तों पर मिले क़र्ज़ के ज़रिये ख़रीदी गयी थीं। पच्चीस–तीस हज़ार का वेतन हर महीने पाने वाले अध्यापक, जिन्हें पूरे साल भर में मुश्किल से तीन–चार महीने पढ़ाना पड़ता था, अब कारों में घूम रहे थे। शेयर मार्केट के सर्टिफ़िकेट ख़रीद रहे थे। बच्चों को विदेशों में सेटल कर रहे थे। तिकड़म और जोड़–तोड़ से विदेश यात्राएँ कर रहे थे और आये दिन अपनी तनख़्वाह और भत्ते बढ़वाने के लिए हड़तालें कर रहे थे। अलग–अलग विचारधाराओं और राजनीतिक पार्टियों से जुड़े इन सारे अध्यापकों का एकसमान लक्ष्य था–रुपया और प्रमोशन। सारे उच्च विचार, सारी अकादमिक प्राथमिकताएँ इसी एक बिन्दु पर आकर विसर्जित हो जाती थीं।

इनमें कुछ अपवाद भी थे। उनके चेहरे अलग से पहचान में आते थे। वे मृत विचारों और आदर्शों के भूसे के किसी विशाल ढेर में धोखे से बचे रह गये अनाज के कुछ दानों की तरह थे। हर तरह से उपेक्षित। महान् भूसे के इस विराट पहाड़ में किसी लुप्त अकादेमिक प्रजाति के बचे–खुचे दाने। अब भविष्य में पुरातत्ववेत्त इन, 'कार्बोनाइज़्ड' बीजों का अध्ययन करेंगे और उनकी 'डेटिंग' करके पता लगायेगे कि ये अन्न–कण किस सदी के किन दशकों में पाये जाते थे?

दर्जन से ऊपर अध्यापक–प्राध्यापक हिन्दी डिपार्टमेंट के गलियारे और उसके बाहर काली एंबेसेडर के इन्तज़ार में खड़े थे। कक्षाएँ स्थगित थीं। एम.ए. प्रीवियस के अट्ठारह और फ़ाइनल के सोलह छात्र जमा थे। विभाग के तीनों चपरासी यहाँ से वहाँ दौड़ रहे थे।

सोलह अध्यापक। चौंतीस छात्र, जिनमें दस छात्राएँ। और तीन चपरासी। कुल मिलाकर तिरपन का मानव संसाधन। चौंतीस छात्रों में से सिर्फ़ तीन ग़ैर–ब्राह्मण। राहुल, शैलेन्द्र जॉर्ज और

शालिगराम। तीन चपरासियों में से एक यादव। सोलह अध्यापकों में बारह ब्राह्मण, दो बनिये, एक कायस्थ और एक राजपूत। यह हिन्दी विभाग की डेमोग्राफ़ी थी। जनसंख्या की बनावट। जनसांख्यिकी।

आख़िरकार ग्यारह बजकर बत्तीस मिनट पर वी.सी. की काली एंबेसेडर डिपार्टमेंट के गलियारे की सीढ़ी के पास आकर रुकी। पिछली सीट पर विभागाध्यक्ष एस.एन. मिश्रा अतिथि आचार्य त्रिभुवन नारायण मिश्र के साथ थे। डॉ. लोकनाथ त्रिपाठी अगली सीट पर ड्राइवर गुड्डन दुबे के बगल में ही कृतकृत्य थे। गुड्डन दुबे कुलपति अशोक कुमार अग्निहोत्री का रिश्ते से भांजा लगता था। फ़र्ज़ी ड्राइविंग लाइसेंस बनवाकर उसको ड्राइवर की परमानेंट नौकरी दी गयी थी।

गुड्डन ने लपककर पिछला दरवाज़ा खोला। लोकनाथ त्रिपाठी उतरकर दाँत निकाले हुए थे। गलियारे में खड़े अध्यापकों ने भी अपने–अपने दांत निकाले। हलचल और गहमा–गहमी शुरू हो गयी। विभागाध्यक्ष दूसरी ओर से निकलकर हाथ बाँधे खड़े हो गये। मन्द–मन्द–मुद मुस्कान। राहुल ने नोट किया, डॉ. श्रीवास्तव और डॉ. सिंह बहुत परिश्रम से बहुत कम दाँत निकाल पा रहे थे। उनके दाँतों में ज़रूर पसीना छूट रहा होगा।

जिधर आचार्य त्रिभुवन नारायण मिश्र थे, उसी तरफ़ विभाग की सीढ़ियाँ थीं। एंबेसेडर का पिछला दरवाज़ा खुला था। उसी से निकलकर बी.एच.यू. के भूतपूर्व प्राचार्य, रीतिकाल के उद्भट विद्वान् और फ़िलहाल 'प्रोफ़ेसर एमिरेट्स' आचार्य मिश्र को हिन्दी विभाग की सीढ़ियाँ चढ़नी थीं।

और तभी उस दृश्य का निर्माण हुआ।

काली एंबेसेडर के खुले पिछले दरवाज़े से, पहले एक फिर दूसरा इहलौकिक, इन्सानी और यथार्थवादी पैर बाहर आया। सफ़ेद खादी की धोती, काले रंग की हलकी चप्पल। छितराई हुई उँगलियाँ। साँवले रंग की चमकीली टाँगें। चिकनी, जैसे उनमें

देशी घी मला गया हो। जैसे ही उन पैरों ने धरती को छुआ, डॉ. लोकनाथ त्रिपाठी के गोल मटोल चेहरे की चंचल अधमुँदी आँखों ने 'सिग्नल' दिया। उनकी भौंहों ने माथे पर एक पल को नृत्य जैसा किया। और बस, वह दृश्य निर्मित होने लगा।

पद्मश्री डॉ. राजेन्द्र तिवारी ने सबसे पहले चरण छुये। इसके बाद डॉ. शुक्ला, फिर झा साहब, फिर पाण्डेयजी, फिर डॉ. पन्त. डॉ. वाजपेयी ने तो अपना माथा उन साँवले पंजों पर दायें–बायें ज़ोर से गनगनाते हुए रगड़ा। डॉ. अग्रवाल ने उन पैरों पर अपने गाल और नाक घिसे। डॉ. डंगवाल ने अपने जुल्फों की उन पावन पैरों की उँगलियों से कंघी की।

इसके बाद छात्रों की बारी थी, जिन्होंने वहाँ एक अतियथार्थवादी दृश्य प्रस्तुत किया।

यह इक्कीसवीं सदी की दहलीज़ पर हिन्दी साहित्य का अत्यन्त प्रामाणिक और मौलिक उत्तर–आधुनिकतावादी दृश्य था।

राहुल, शैलेन्द्र जॉर्ज और शालिगराम इस पवित्र अनुष्ठान से दूर, अलग हटकर खड़े थे। अछूत, भंगियों की तरह। यज्ञ स्थल पर पतित, शूद्र और कुत्ते शास्त्र द्वारा निषिद्ध हैं।

जब थुलथुल काया के गोल मटोल, कोसे का हलका पीला कुर्ता पहने और कन्धे पर खादी का सफ़ेद, दुनाया हुआ, अरारोट लगा, कड़क अंगोछा डाले आचार्य त्रिभुवन नारायण मिश्र हिन्दी विभाग की सीढ़ियाँ चढ़ रहे थे, तो एम.ए. प्रीवियस का छात्र विजय पचौरी आनन्द विह्वल हेकर, मीराबाई की तरह मगन नाच रहा था।

'यही हमारा देरिदा है, यही हमारा देरिदा।
बौद्रीला...बौद्रीला है, यही हमारा मिसरा!!'
यही हमारा मिसरा!...यही हमारा मिसरा!!

पचौरी ऐसा कोई उन्मत्त बाउल गीत वास्तव में गा रहा था, या नहीं, ठीक–ठीक कह पाना मुश्किल था, लेकिन जब राहुल ने शैलन्द्र जॉर्ज से पूछा, "तुमने कुछ सुना?" तो शैलेन्द्र

और शालिगराम दोनों ने एक साथ उत्तर दिया–'हाँ! हमें कुछ सुनाई–सा तो पड़ा। सम्भवतः पचौरी गा रहा है।'

'पक्का! इसका अपॉयटमेंट जल्द कहीं होगा। लिख के ले लो।' यह किसने कहा?

सबसे पिछली कतार में राहुल था। माल्यार्पण और स्वागत गान हो चुका था। पद्मश्री तिवारी ने आचार्य मिश्र का परिचय दिया था। विभागाध्यक्ष ने जिस भाषा में भाषण दिया था, उसके हिन्दी अनुवाद की सख़्त ज़रूरत थी। उसमें प्रकीर्ण, उन्मोचन, किंवा, वीक्षण, धर्षत, मुंचाल, मुदा, क्वचित, गंडस्थल, आबिभ्रद, खद्योत जैसे असंख्य शब्द जगमगा रहे थे। बीच–बीच में वे मन्त्र जैसी कोई चीज़ पढ़ते थे। भाषण के अन्त में जब उन्होंने कहा कि 'कालात्मा भगवान की कृपा से हिन्दी विभाग को आज परम आदरणीय आचार्य त्रिभुवन नारायण मिश्र से सहवास का जो सुयोग मिला है, उसकी अनुभूति मात्र से हमारा रोम–रोम पुलकित–हर्षित है।' तो कुछ लड़कों ने बड़ी मुश्किल से अपनी हँसी रोकी।

आचार्य त्रिभुवन मिश्र ने लन्दन में आयोजित विश्व हिन्दी सम्मेलन, जर्मनी में आयोजित कबीर जन्मशती समारोह और न्यूयार्क में प्रधानमन्त्री के स्वागत में आयोजित हिन्दी समारोह का संस्मरण सुनाया। फिर उन्होंने कबीर पर लिखे जा रहे अपने नये ग्रन्थ का ज़िक्र किया, जिसके अनुसार कबीर इस्लाम छोड़कर ब्राह्मण बन गये थे। इसके अत्यन्त स्पष्ट प्रमाण हैं कि वे धर्मान्तरण और ख़तना के विरोधी थे। अपनी इस स्थापना के पक्ष में उन्होंने एक पद सुनाया और उसकी व्याख्या प्रस्तुत की। इस पद में कहा गया था,

'तातै हिन्दू रहिए।'

अन्त में धन्यवाद भाषण कुलपति अशोक कुमार अग्निहोत्री ने दिया। वे आचार्य की विद्वत्ता से अभिभूत थे। उन्होंने आचार्य से आग्रह किया कि हिन्दी विभाग के पाठयक्रम को पत्रकारिता,

इंटरनेट, मीडिया, अनुवाद आदि उपयोगी क्षेत्रों से जोड़ने के लिए केन्द्रीय मानव संसाधन मन्त्री तक उनकी माँग पहुँचाएँ। आचार्य मिश्र ने बीच में ही खड़े होकर विश्वविद्यालय से तुरत बजट तैयार करने की बात कही और एक महीने के भीतर उसे 'एप्रूव' कराने का, तालियों की गड़गड़ाहट के बीच, आश्वासन दिया।

...ये विषय भी यही पढ़ाएँगे। मध्यकालीन गोरिल्ला, मुफ्तख़ोर पंडे और पुरोहित। इंटरनेट में जन्मकुण्डली, हस्तरेखा विज्ञान, राशिफल और जादू–टोना के वेबसाइट खुलेंगे। हिन्दी पत्रकारिता तन्त्र–मन्त्र, तीज–त्यौहार, यज्ञ–हवन और सत्ताधारियों की चाटुकारिता का मक्कार और चापलूस माध्यम बनेगी। अनुवाद और कुछ नहीं, अंग्रेज़ी का संस्कृतकरण होगा...

क्या विडम्बना है। एक तरफ़ पश्चिम, दूसरी तरफ़ पंडे। क्या भाषा की आज़ादी, किसी भूगोल की आज़ादी से छोटा राजनीतिक सवाल है? राहुल सोच रहा था।

'पश्चिम और पंडे, एक ही सिक्के के दो पहलू!'

'ऐं! क्या? तुमने कुछ कहा, राहुल?' शैलेन्द्र जॉर्ज ने चौंकते हुए पूछा।

'नहीं, समोसे और गुलाबजामुन की तश्तरी इधर कब आयेगी, मैं ये पूछ रहा था।' राहुल ने जवाब दिया।

उसकी आँखें लगातार अंजली को खोज रही थीं। वह सबसे अगली क़तार में कहीं बैठी थी। राहुल ने देखा था कि जब आचार्य मिश्र का भाषण चल रहा था, तब दरवाज़े से आभा, अणिमा, रेणु और सीमा भी अन्दर आयी थीं।

अंजली आख़िरकार मिनिस्टर की बेटी है। आगे नहीं बैठेगी, तो क्या पीछे उसकी क़तार में आयेगी? राहुल को एक तरह की हीनता और अवसाद ने घेर लिया। तभी चपरासी कैलाश यादव ने नाश्ते की काग़ज़ी प्लेट उसके मुँह के आगे की। गर्म समोसे ने राहुल की नाक झुलसा दी। अगली क़तारों में जलपान की तश्तरियाँ शर्मिष्ठा, लता और चन्द्रा सर्व कर रही थीं।

जब सब लोग विभाग के बाहर गलियारे में खड़े थे और कुलपति अशोक कुमार अग्निहोत्री के साथ आचार्य मिश्र काली एंबेसेडर में गेस्ट–हाउस जाने को तैयार थे, तभी एक टाटा सफारी वहाँ आकर रुकी। उसमें से सफ़ेद कुर्ते–पाजामे में एक छह–फुटा मुस्कराता मुच्छड़ उतरा। उसके पीछे तीन पैंट–शर्ट वाले और थे। मुस्कराते मुच्छड़ के एक हाथ में बुके और दूसरे में सेल्युलर फ़ोन था। उसने आगे बढ़कर आचार्य मिश्र के पाँव छुए, फिर बुके उन्हें दिया और फिर कुलपति अशोक अग्निहोत्री से हाथ मिलाया।

'लखन लाल पाँडे। लक्खू भइया।' शालिगराम ने राहुल के कान में फुसफुसाकर कहा। 'नगरपालिका के चेयरमैन।'

शैलेन्द्र ने राहुल का हाथ दबाया, ''लच्छू गुरु, यानी लक्षपति लाल पाण्डे का सगा बड़ा भाई।''

राहुल स्तब्ध था।

और तभी उन तीनों को आपस में फुसफुसाकर बात करते विभागाध्यक्ष एस.एन. मिश्रा और डॉ. लोकनाथ त्रिपाठी ने देखा।

बलराम पाण्डे की चील आँखें भी उन्हीं पर थीं।

वे ऐसी आँखें थीं, जिनकी नाक के नीचे एक डरावनी, काली तितली जैसी कोई चीज़, मूँछ की तरह बैठी दिखायी पड़ रही थी।

राहुल, शैलेन्द्र और शालिगराम तीनों सिहर उठे।

उस रात राहुल जब टैगोर हॉस्टल के रूम नम्बर 252 में अपने बेड पर लेटा हुआ था, उसने ओ.पी. से कहा, ''ओ.पी., मैंने आज वही आँखें देखीं। मुझे डर लग रहा है। आयम रियली स्केयर्ड यार।''

'क्या बोल रहा है तू? कोई सपना देखा क्या?' ओ.पी. ने कमरे की लाइट बुझा दी। अब अँधेरे में, राहुल के ठीक सिर के ऊपर वे आँखें टँगी थीं।

'वे आँखें बहुत डरावनी हैं, ओ.पी.! ...फ्यूहरर जैसी।' राहुल ने अँधेरे में कहा, ''यह सपना नहीं, सच, है।'' उसकी आवाज़

काँप रही थी। 'वे अभी भी यहीं हैं। इसी कमरे में। मेरे सिर के ऊपर।'

'तू डरा हुआ लग रहा है, राहुल!...सो जा चुपचाप! सुबह बात करेंगे।' ओ.पी. ने करवट बदल ली।

लेकिन राहुल उस रात सो नहीं सका।

यह 'इनसोम्निया' नहीं, एक ऐसा भय था, जो बीसवीं सदी के चौथे–पाँचवे दशक में संसार भर के यहूदियों के भीतर रहा होगा। तो क्या अब मेरे जैसे लोगों को गैस–चैंबर में भेज दिया जायेगा? क्या इसलिए कि संयोग से मेरे भीतर शैलेन्द्र जॉर्ज, मसूद या शालिगराम के लिए घृणा नहीं है? क्या इसलिए कि मैं धार्मिक हूँ, आस्थावादी हूँ? इसलिए कि अपने देश को, इसकी विविधता और विराटता को, इसके संविधान की मूल प्रतिज्ञाओं को मैं प्यार करता हूँ?

एक कोई उद्विग्न करने वाली फ़िल्म थी, जिसकी रील राहुल के मस्तिष्क के भीतर अटक–अटक कर चल रही थी। वह देख रहा था कि कुलपति अशोक कुमार अग्निहोत्री, हेड डॉ. एस.एन. मिश्रा, आचार्य त्रिभुवन नारायण मिश्र, डॉ. लोकनाथ त्रिपाठी, वार्डेन चन्द्रमणि उपाध्याय, राधारमण चतुर्वेदी, डॉ. डंगवाल, डॉ. पन्त, डॉ. जोशी...सबके चेहरे एक दूसरे में गड्ड–मड्ड हो रहे थे। कुलपति अग्निहोत्री का चेहरा जैसे ही पर्दे पर स्थिर होने लगता, उसके पीछे से पद्मश्री तिवारी का चेहरा निकल आता। वह स्पष्ट हो, इसके पहले आचार्य मिश्र का काला–कलूटा तिलकधारी सिर वहाँ प्रगट हो जाता। उनकी आकृति पूरी उभरते–उभरते प्रधानमन्त्री की चिरपरिचित शक्ल निकल आती। तुरन्त एक धुआँ–सा फैलता और वह मोटा, तुंदियल, खाऊ, कामुक निखलाणी किसी आइसलैंड के महँगे रिसॉर्ट या किसी समुद्र में तैरती 'सुपर फेरी' के लक्ज़री केबिन में लेटा, तीसरी दुनिया के ग़रीब देशों की विश्व– सुन्दरियों और योरोप के अमीर देशों की फैंशन मॉडल्स से मसाज कराता, महँगे स्कॉच की घूँट के साथ वियाग्रा की

गोलियाँ निगल–निगलकर अखण्ड सम्भोग और अन्तहीन भक्षण में लीन, अपने सेल–फ़ोन पर बोलताः

'हेलो...हेलो! गेट मी टु द पी.एम.! आयम निखलाणी हियर!... बेचो, सब कुछ बेचो। हम सब ख़रीदेगा साईं...इंडिया की गवर्नमेंट को प्रायवेटाइज़ करो, पण्डित। डिफेंस को प्रायवेटाइज़ करो...! हम पुलिस, फ़ौज, पैरामिलिट्री सबको ख़रीदेगा...जो ख़िलाफ़ में बोले, उसको शूट करो, माच्चो। वो नक्सलाइट है, आई.एस.आई. का एजेंट। मेरे को बी.पी. है... पण्डत, बी क्विक! जल्दी...जल्दी करो...!!'

राहुल को लगा जैसे हॉस्टल के नीचे कोई जीप आकर रुकी है...उसे कुछ पैरों की आवाज़–सी सुनाई पड़ी।

अभी दरवाज़े पर दस्तक होगी। लच्छू गरु कट्टे के साथ वहाँ होगा। नहीं, ए.के. 47 के साथ। छह फुट तीन इंच का ये प्यारा–सा शुतुरमुर्ग भी यहाँ उसके साथ मार दिया जायेगा। जहाँ सापाम की लाश है और चैतन्य महाप्रभु की फूटी हुई ढोलक और मंजीरे पड़े हैं, वहीं उसकी अपनी भी लाश होगी। गाँधीजी के चश्मे के बगल में।

यह एक डरावनी अँधेरी सुरंग थी। इसमें नींद नहीं थी। हवा भी नहीं थी। सिर्फ़ भय और आशंका थी। उसमें साँसें रुक रही थीं। हे, ईश्वर! कहीं से वह पीली छतरी आये और अपने नीचे मुझे सुरक्षित कर ले।

तुम मेरी शक्ति हो अंजली। आई लव यू रियली। मुझे बचा लो प्लीज़। किसी तरह।

राहुल को कब नींद आयी, या नहीं आयी, उसे पता नहीं चला। उसकी आँखें जब खुलीं, तो सुबह की सुनहली किरणें उसके जलते हुए माथे पर गिर रही थीं। सुबह की धूप और उसका माथा, दोनों किसी आग में जल रहे थे।

'तू रात में पता नहीं, क्या–क्या बड़बड़ा रहा था।' ओ.पी. ने कहा, "तेरी आँखें लाल क्यों हैं? कहीं बुख़ार तो नहीं? हुआ क्या है तुझे?"

ओ.पी. ने राहुल के माथे पर अपनी हथेली रखी। राहुल ने आँखें मूँद लीं। वहाँ अंजली थी। उसकी आँखें चिन्तित थीं। परेशान। घबराई हुई।

अपनी पीली छतरी से उसने राहुल को ढाँप लिया।

'तू बहुत अच्छा दोस्त है ओ.पी.!' राहुल ने कहा। उसकी आँख की कोर से पानी की एक बूँद निकलकर तकिये पर गिरी।

ओ.पी. क्रोसीन और दवाइयाँ लाने डिस्पेंसरी चला गया। इन दिनों वायरल और डेंगू ख़ूब फैला हुआ था।

पाँच दिन बुख़ार और हड्डियों के टूटने के थे। उस बुख़ार में भी राहुल अपने रूम की खिड़की पर खड़ा होकर प्लेग्राउंड की ओर देखता। वह रेंगता हुआ पीला धब्बा, या धीरे–धीरे, तलहटी से उड़ती हुई यूनिवर्सिटी की ओर आने वाली नन्हीं–सी तितली, इन पाँच दिनों में एक बार भी नहीं दिखी।

'ख़तरा डिहाइड्रेशन का है। ख़ूब पानी पियो। नमक–चीनी डाल के।' गोविन्द नेमा ने कहा। वह सी.वी. रमण हॉस्टल में रहता था और फार्मेसी में रिसर्च कर रहा था।

प्रताप, अटलूरी, निकेतन, कार्तिकेय, मधुसूदन, परवेज़, प्रवीण, मसूद सभी लड़के राहुल के रूम में आते रहे। वहाँ ताश हुआ। गाना–बजाना हुआ। बीड़ी और सिगरेट के सुट्टे–खींचे गये। एस.एम.टी.एफ. की मीटिंग भी वहीं हुई।

हिन्दी डिपार्टमेंट से शालिगराम और शैलेन्द्र जॉर्ज भी आये। राणा, मनमोहन, राजू भी। राहुल के भीतर बहुत तेज़ व्याकुलता पैदा होती कि वह सबसे अंजली के बारे में पूछे। वह कैसी है? क्या कर रही थी? उसने कुछ कहा है क्या? वह उसकी खिड़की में कभी दिखती क्यों नहीं?

तीसरे दिन हेमन्त बरुआ मुस्कराता हुआ आया और उसने एक छोटी–सी काग़ज़ की पर्ची राहुल को पकड़ायी। 'मेमैज फ्रॉम योर बर्ड। मेरे डिपार्टमेंट में आकर उसने मुझे दिया।'

वह नन्हीं–सी काग़ज़ की पर्ची हलके हरे रंग की थी और टेढ़े–मेढ़े किसी बच्चे जैसी हैंडराइटिंग में, नीली स्याही से, उसमें लिखा था–

'गेट वेल सून।'

और नीचे नन्हें–नन्हें नीले अक्षरों में साइन था–ए एन जे आई। 'एंजी'।

हेमन्त से पता चला कि अंजली इन दिनों कार से आती है। ड्राइवर के साथ। वह कुछ परेशान सी है। लेकिन हेमन्त ने हँसते हुए कहा, ''बट डोंट लूज योर हार्ट, राहुल! मैं अच्छी तरह से जानता हूँ...शी रियली लव्स यू... ।अब मैं तुम दोनों की एक ज्वायंट 'डि–फैक्टो' फ़ाइल बनाऊँगा। जो हर रोज़ 'अपडेट' होगी।'

राहुल के शरीर से इतना पसीना छूट रहा था कि बार–बार तौलिये से पोंछना पड़ता था।

'देखा! मैं जानता था कि स्साले की क्रोसीन कहाँ है।' ओ.पी. ने कहा, ''मैं फ़ालतू में डिसपेंसरी के चक्कर मारता था। इसका बुख़ार तो अब उतरा, पर्ची पाने के बाद।''

'ओह! तो इसे डेंगू नहीं था!' हेमन्त ने कहा। 'वहो था, नाना पाटेकर वाला रोग।'

'लवेरिया!' छह फुटा सींकचे शुतुरमुर्ग ने बांग दी।

'चोप्प!' राहुल ने उसे डांटा। उसे खाँसी आ गयी।

लेकिन ये तारीख़ें इतनी उजली और इतनी ख़ुश नहीं थीं। उनकी पत्तियों पर ओस की बूँदें ही नहीं गिर रहीं थीं, आग और बर्फ़ में वे झुलस भी रही थीं।

राहुल के तीन ट्यूशंस में से दो बन्द हो गये। पता चला कि जिस सेल्स टैक्स ऑफ़िसर जायसवाल की बेटी को वह पढ़ा रहा था, उनसे किसी ने कहा कि वह ठीक लड़का नहीं है। गुप्ता ट्रांसपोर्ट एंड ट्रेवल एजेंसी के एम.एल. गुप्ता को किसी ने सूचना दी कि इसके पहले राहुल को एक लड़की को ट्यूशन में 'कोकशास्त्र' पढ़ाते पकड़ा गया था और उसकी पिटाई के बाद उसे वहाँ से भगा दिया गया था। उसका तीसरा ट्यूशन भी बन्द हो जाता, लेकिन प्रताप ने अपने मामा से, जो पुलिस में थे, कहकर उसे बचा लिया था।

इसका मतलब 'क्रिटर्स' अब सक्रिय हो गये थे। अफ़वाह और झूठ का भारतीय इतिहास का सबसे बड़ा कारख़ाना उनके पास था। जिस व्यक्ति या समुदाय को वे ख़त्म करना चाहते थे, एकजुट होकर, एक साथ, वे उसके बारे में झूठ और अफ़वाह का अंबार खड़ा कर देते थे। शताब्दियों का आनुवंशिक प्रशिक्षण इसमें ख़ूब काम आता था। ब्राह्मण ग्रन्थ और तमाम पुराण इस झूठ के प्रमाण थे। कुछ ही साल पहले अयोध्या में हुए बाबरी मस्जिद काण्ड के समय के तमाम हिन्दी के अख़बार इसके प्रमाण थे। पता चला कि वाइस चांसलर अशोक कुमार अग्निहोत्री ने यूनिवर्सिटी की गवर्निंग बॉडी की मीटिंग में कहा था कि उन्हें यह जानकारी मिली है कि हॉस्टल में कुछ कम्युनिस्ट और नक्सलाइट्स लड़के हैं और वे दूसरे स्टूडेंट्स को भड़का रहे हैं। कार्तिकेय काजले और मधुसूदन, जिनका अकादेमिक रिकॉर्ड बहुत अच्छा था, उनके बारे में कह दिया गया था कि महाराष्ट्र और केरल में उनके पुलिस रिकॉर्ड्स ठीक नहीं हैं।

राहुल के बारे में डॉ. डंगवाल और डॉ. लोकनाथ त्रिपाठी ने लड़कियों को अलग बुलाकर कहा था–'उससे दूर रहना। उसका कैरेक्टर ठीक नहीं है।'

राहुल का माथा घूम रहा था। ऐसा क्यों हो रहा है उसके साथ? इसलिए कि वह मेहनत के साथ पढ़ रहा हैं? इसलिए कि वह किसी टीचर की चापलूसी नहीं कर रहा है? क्या इसलिए कि उसने और एस.एम.टी.एफ. के दूसरे साथियों ने मिलकर दूसरे राज्यों और इलाकों से आये लड़कों के साथ लूटपाट और वहशियाना हरकत करने वाले गुंडों को ऐसा करने से रोक दिया था? क्या इसलिए कि उसका शरीर और चेहरा ऐसा है, जिसे वह बिगाड़ नहीं सकता?

या इसलिए कि वह ब्राह्मण नहीं है, अज्ञात कुलशील है, इसके बावजूद हिन्दी साहित्य की इस मध्यकालीन गुफा में एक लड़की के पीछे–पीछे चलता हुआ धोखे से घुस आया है? क्या वह कोई हब्शी

है, जो किसी रोमन नगर के बीच पहुँच गया है? या चाण्डाल जिसके गले में घण्टा बँधा है; जिसे उसे ख़ुद बजाते हुए ऐलान करना है... दूर रहिए श्रीमंतो, इधर से गुज़र रहा है एक अधम शूद्र। इसकी परछाईं से स्वयं को अपवित्र होने से बचाने की कृपा करें महोदय!... आइये, आपकी इस महान वैदिक भाषा में कुछ शंबूक फिर तप कर रहे हैं, इनका शिरोच्छेदन करवाइये। किसी क्षत्रिय के द्वारा। फिर उसका सिर भी परशुराम के गंडासे से काट डालिए। उसकी पत्नी को आग में झोंकिये, उसे किडनैप कर लीजिए और अगर इसके बावजूद वह बच जाये तो उसे 'कुलटा' और 'चरित्रहीन' कहकर शहर बदर कर दीजिए।

लेकिन याद रखिये कि उस औरत को इस बार आपकी राजधानी के बाहर, किसी दलित की कुटिया में फिर शरण मिलेगी। और इस बार फिर वही दलित, जिसे आप डाकू कहेंगे, इस समय का एक और कालजयी महाकाव्य लिखेगा।

और हरामजादो, उसका नाम फिर से वही होगा—वाल्मीकि...!

हूप...हूप...हूऽऽप!

रात के ग्यारह बजे हॉस्टल में शोर—शराबा हुआ। ओ.पी. ने लौटकर बताया कि मसूद और निकेतन शहर फ़िल्म 'सत्या' देखने गये थे। वहाँ 'गणेश' टॉकीज़ में लच्छू गुरु के चमचों ने उन्हें देख लिया और घेरकर ख़ूब मारा। मसूद की दायीं आँख से ख़ून निकल रहा है। दाहिनी कलाई, रिबबोन और बायें हाथ के अँगूठे में फ्रैक्चर है। निकेतन को भी चोटें आयी हैं।

अगली सुबह 'जनवाणी' नामक अख़बार में, जो था तो 'लोकल', लेकिन 'अखिल भारतीय' होने का दावा करता था, तीसरे पेज पर ख़बर थी '*लड़की से छेड़खानी करते छात्रावास के मजनूँ की पिटायी।* इस समाचार के मुताबिक़ अल्पसख्यक समुदाय का एक लड़का 'गणेश' टॉकीज़ में एक अन्य समुदाय की लड़की को छेड़ रहा था, इससे उत्तेजित होकर भीड़ ने उसकी और उसके एक दूसरे साथी की पिटाई की। थाना प्रभारी विजय

नारायण शर्मा ने 'जनवाणी' को बताया है कि दोनों छात्रों के विरुद्ध मामला दर्ज कर लिया गया है।

मैक्स कम्प्यूटर सेंटर की 'डि-फैक्टो' फ़ाइल के अनुसार 'जनवाणी' का सम्पादक वाइस चांसलर अग्निहोत्री का रेगुलर दरबारी है और विश्वविद्यालय की ओर से, वहाँ की धाँधली और भ्रष्टाचार से सम्बन्धित सूचनाओं को छुपाने के लिए उसे 'महीना' दिया जाता है। इस अख़बार में आये दिन कुलपति अग्निहोत्री की प्रशंसा में आलेख और उनकी गतिविधियों की प्रशंसात्मक रपटें छपती रहती हैं। शहर के एकमात्र बार 'आशियाना' के 'फैमिली केबिन नम्बर दो' में इस सम्पादक को वी.सी. अग्निहोत्री के साथ किसी भी शाम व्हिस्की पीते और डकार मारते देखा जा सकता है। यह उस प्रजाति का प्राणी है जो राजनीति में 'सोशलिस्ट' और संस्कृति में 'फ़ासिस्ट' हुआ करती है। पक्का ब्राह्मणवादी।

हेमन्त बरुआ और कार्तिकेय हँस रहे थे। हेमन्त ने कहा, "मैंने 'ग्लोबलाइजेशन' की स्पेलिंग बदल दी है। 'बी' की जगह मैंने 'सी' कर दिया है।"

'क्या मतलब?' ओ.पी. ने पूछा।

'हमारे यहाँ 'ग्लोबलाइजेशन' नहीं, 'ग्लोकलाइजेशन' हो रहा है। यानी 'जी-लोकलाइजेशन।' हेमन्त ने एक ऐसे लहजे में कहा, जिसमें व्यंग्य था या गुस्सा, अन्दाज़ा मुश्किल था।

'तुम बताओ हिन्दी साहित्य के रंगरूट कि इसका हिन्दी ट्रांसलेशन क्या हुआ?' कार्तिकेय काजले ने राहुल से पूछा। वह पुणे से आया था और उसकी मातृभाषा मराठी थी।

'जी से हुआ 'घटिया'...और 'लोकलाइजेशन' से हुआ 'स्थानिकीकरण' यानी 'घटिया स्थानिकीकरण'। राहुल ने कहा। उसकी आवाज़ में विरक्ति थी।

'यही असलियत है।' कार्तिकेय ने कहा।

असलियत यह भी थी कि झूठ और अफ़वाहों का सदियों

पुराना कारख़ाना राहुल और उन लड़कों के ख़िलाफ़ धड़धड़ाता हुआ शुरू कर दिया गया था, जिनका अपराध सिर्फ़ यह था कि वे अनैतिक और भ्रष्ट नहीं थे। और यह भी कि इस सट्टेबाज़, लम्पट और जालसाज़ समय में उनकी जेबें ख़ाली थीं, वे ग़रीब थे और ईमानदार थे।

शालिगराम और शैलेन्द्र एक ऐसी सूचना लेकर आये थे, जिस पर न ओ.पी. को विश्वास हो रहा था, न राहुल को। और जब यह यक़ीन हो गया कि यह सूचना सही है तो छह फुट तीन इंच लम्बा कंकाल पहले तो ख़ुश होकर माइकेल जैक्सन की तरह नाचा फिर पी.टी. ऊषा की तरह दौड़ता हुआ, दूसरे दोस्तों को बुलाने भाग गया।

हुआ यह था कि उस दिन स्टूडेंट्स यूनियन के लिए विश्वविद्यालय के हर विभाग की हर कक्षा से काउंसलर का चुनाव होना था। हिन्दी प्रीवियस से काउंसलर के लिए बलराम पाण्डे खड़ा हुआ था। यह हर कोई जानता था कि वह डॉ. लोकनाथ त्रिपाठी का उम्मीदवार है क्योंकि वह उनके घर खाना भी बनाता था। उसके नाम का प्रस्ताव विजय पचौरी ने किया था और अनुमोदन राम नारायण चतुर्वेदी ने। लग रहा था कि वह निर्विरोध चुन लिया जायेगा।

शैलेन्द्र जॉर्ज ने हँसते हुए बताया, "मैंने तो यों ही खड़ा होकर राहुल का नाम प्रस्तावित किया। सोचा था दो ही वोट तो मिलने हैं, लेकिन पाण्डे को 'अन–अपोज़्ड' नहीं होने देंगे...शालिगराम नाम को 'सेकंड' करने के लिए खड़ा ही हो रहा था...कि..."

उधर, लड़कियों वाली सीट की तरफ़ से अंजली जोशी खड़ी हो गयी..."मैं राहुल के नाम को 'सेकंड' करती हूँ," उसने कहा..., शालिगराम उत्साह के साथ बता रहा था...

'हमने हिसाब लगाया था कि अगर सारी लड़कियों ने भी हमें वोट दे दिया, तब भी राहुल को सिर्फ़ आठ वोट मिलेंगे।

बलराम पाण्डे नौ ब्राह्मणों का वोट पाकर एक वोट से जीत जायेगा।' शैलेन्द्र ने कहा।

'हम तो हार के लिए तैयार बैठे थे। लेकिन जब काउंटिंग हुई तो राहुल को नौ वोट मिले। बलराम पाण्डे को आठ। एक वोट से वो हार गया।' शालिगराम ने ताली बजायी। 'एक कोई फूट गया, उधर से।'

'मुझे पता है, कौन था वो!' शैलेन्द्र जार्ज ने जासूस की तरह कहा, "वो था सुदीप पन्त। शर्मिष्ठा ने उसे तोड़ लिया। दोनों की चल रही है न, आजकल।"

ओ.पी. दूसरे दोस्तों के साथ आ गया था। पाँच सौ ग्राम भुनी हुई मूँगफली का लिफ़ाफ़ा लेकर। मेस में बलबीर को पटाकर दस 'कट' चाय का आर्डर भी दे दिया गया था।

चाय और भुनी मूँगफली के साथ काउंसलर के चुनाव में इस अप्रत्याशित जीत? को 'सेलिब्रेट' किया गया।

दस दिन गुज़र चुके थे। बुख़ार के दौरान ही राहुल ने आचार्य हजारी प्रसाद द्विवेदी का उपन्यास अनामदास का पोथा पढ़ डाला था। उसे बहुत मज़ा आया। शैलेन्द्र और शालिगराम से जब उसने काउंसलर के चुनाव के बारे में सुना, उस रात, ओ.पी. के सो जाने के बाद भी वह देर रात तक जागता रहा।

अनामदास का पोथा में जिस तरह जंगल में ऋषि की कुटिया में रहने वाले रैक्व ने जब अपने जीवन में पहली बार एक स्त्री को देखा था, तो उसकी पीठ में एक मीठी, अब तक के जीवन की अज्ञात खुजली होने लगी थी। ठीक वैसी ही, उतनी ही अनोखी, उतनी ही मीठी, वह अज्ञात खुजली राहुल को भी उस रात बार–बार होती रही। उसके शरीर और उसकी चेतना के उन सभी हिस्सों में, जहाँ–जहाँ अंजली ने उसे छुआ था।

'तुमने मेरे नाम को सेकंड क्यों किया। क्यों किया एंजी?' उसने उस रात फुसफुसाते हुए अकेले में कहा, "उस तरह, जिस तरह किसी पेड़ की डाल में टॅंगे किसी घोंसले में दुबकी हुई

चिड़िया रात में, ठण्डी हवा के किसी झोंके में सिहरती हुई अपने आप से, पेड़ की डाल से, या हवा से कहती है।''

उस रात राहुल यह भूल गया था कि उसका और उसके जैसे असंख्य लोगों का जीवन उन कमज़ोर पाल वाली नौकाओं की तरह है, जो इस समय के हिंसक और उन्मत महासमुद्र में, किसी तूफ़ान में फँसकर, पागल और सर्वभक्षी लहरों से किसी तरह, प्राणपन के साथ, अपने अस्तित्व की निर्णायक और अन्तिम लड़ाई में, जूझ रही हैं। उनकी नियति हर बार उनके जीवन के साथ एक जुआ खेलती है, और किसी संयोग, किसी चमत्कार या किसी अप्रत्याशित करिश्मे से उनका जीवन हर बार बच जाता है।

उस रात राहुल को यही लग रहा था जैसे वह उस जहाज़ के डेक पर निश्चिन्त और सुरक्षित सो रहा है, जो किसी 'टाइटेनिक' जैसी दुघर्टना से बाल–बाल बचकर निकल आया है और अब रातभर की निर्विघ्न यात्रा में, किसी शान्त और निरुद्विग्न समुद्र के अथाह वत्सल जल में बढ़ता चला जा रहा है। आकाश में शरत की पूर्णिमा का जो चाँद है, वह और कुछ नहीं, अंजली की ही उपस्थिति है। और वह अपनी किरणों से उसके माथे पर चुपचाप एक नये जीवन की कथा लिख रही है...

राहुल गहरी नींद में डूब जाने के ठीक तट पर था, जब उसे अपने प्रिय कवि लोर्का की कविता की पंक्तियाँ याद आयीं–

'...मेरे माथे पर
चन्द्रमा की अमरता है
मैं सोना चाहता हूँ एक पल,
एक घंटा, एक रात या एक सप्ताह, एक वर्ष
या शायद एक पूरी शताब्दी...
मैं बहुत थक गया हूँ...'

उस सुबह जब राहुल टैगोर हॉस्टल के रूम नम्बर 252 की खिड़की के पार नीचे की तलहटी में धीरे–धीरे उड़ती पीली तितली को देखकर जल्दबाज़ी में अपनी पैंट, टी–शर्ट चढ़ाकर भाग रहा था, तो पीछे से ओ.पी. ने उसकी कॉलर पकड़ ली।

'तू सोचता है, मैं ये सोचता हूँ कि तू सुबह–सुबह 'जॉगिंग' के लिए जा रहा है? इतना उल्लू हूँ मैं क्या?'

'तो मैं कहाँ जा रहा हूँ?' राहुल ने किसी अच्छे बच्चे की तरह पूछा।

ओ.पी. ने उसकी पीठ पर एक धौल लगायी। 'जा तू अपनी 'क्रोशीन' के पास। बस इतना याद रख कि कभी–न–कभी काम मैं ही आऊँगा...चल फूट।'

और राहुल तीन–तीन सीढ़ियाँ एक–एक छलाँग में फलांगता हुआ फूट लिया। बुख़ार की कमज़ोरी के बावजूद उसके शरीर में पता नहीं कहाँ से इतनी स्फूर्ति और ऊर्जा भर गयी थी।

यू आर माई पॉवर एंजी। तुम मेरी शक्ति हो!

लेकिन राहुल ने देखा कि उसे देखकर अंजली घबड़ा गयी। उसने चारों ओर नज़र दौड़ायी फिर राहुल से कहा, "इस तरह तुम दौड़ते हुए मत आया करो राहुल! थिंग्स हैव चेंज्ड नाउ... ज़ल्दी उधर चलो।"

दोनों जब घाटी की तलहटी पर बने स्टोर रूम के पिछवाड़े, दो चट्टानों और लेंटिना की झाड़ियों के बीच घिरी निर्जनता के सुरक्षित कोने में पहुँच गये तो अंजली ने अपनी छतरी बन्द करके झाड़ी के नीचे छुपा दी। उसके चेहरे में चिन्ता और बहुत

कुछ एक ही साँस में बता डालने की व्यग्रता थी। उसने राहुल की बाँह को इस तरह से पकड़ा, जैसे कोई किसी छूटती हुई चीज़ को पकड़ता है। जैसे कोई मल्लाह अचानक हाथ से फिसलकर नदी की तेज़ धार में बह जाने वाले पतवार को आख़िरी कोशिश में पकड़ने की कोशिश करता है।

अंजली ने इतना ज़ोर लगाकर राहुल की बाँह को पकड़ा था कि राहुल सिहर उठा!

अंजली की आँखों में आँसू थे।

'फ़िलहाल सब ठीक हो गया है...लेकिन हमें अलर्ट रहना है।' उसने कहा।

'हुआ क्या? टेल मी।' राहुल ने उसके चेहरे पर आ गये बालों को हटाया।

'भइया से किसी ने हमारी शिकायत की। तुम्हारे बारे में बड़ी उल्टी–सुल्टी बातें बताई गयीं...तुम ड्रग लेते हो, तुम्हारा कैरेक्टर ठीक नहीं है, तुम नक्सलाइट हो...'

राहुल दहल उठा। 'किसने कहा ये सब...?'

'यह भी कि तुम इसके पहले किसी क्रिमिनल केस में रस्टीकेट किये जा चुके हो...'

'बास्टर्ड्स!...'राहुल का ख़ून खौल उठा। '...इसमें से एक–एक चीज़ झूठ है...

'क्या मैं नहीं जानती, राहुल?' अंजली ने राहुल की हथेली अपनी गोद में रख ली।

'जो भी तुम्हें जानता है, वह इस पर यक़ीन नहीं करेगा।' ...उसने कहा, 'लेकिन, कितने लोग तुम्हें जानते हैं? जो नहीं जानते, वे तो यही मानेंगे। राइट? इसीलिए झूठ हमेशा ज़्यादा ताक़तवर होता है...'

'बाप रे!' राहुल सचमुच परेशान था। 'कार्तिकेय ने कहा था कि उन्होंने अपना कारख़ाना चालू कर दिया है।'

'कारख़ाना?' अंजली समझ नहीं पा रही थी।

'लीव इट।' राहुल ने कहा...'तुम बताओ, तुम क्या सोचती हो मेरे बारे में?'

'मैं?' अंजली के भीतर जैसे कोई तेज़ आँधी पैदा हुई। उसने राहुल को गहरी आँखों से देखा। राहुल जब तक सँभले तब तक वह उस पर झपट पड़ी। 'मैं ये सोचती हूँ ये...ये...ये...ये...!'

दो चट्टानों के बीच की उस निर्जनता में वह एक पागलपन था, या उन्माद, जो उन दो शरीरों के भीतर एक साथ, एक जैसी तीव्रता से पैदा हो रहा था और वे उसमें इधर–उधर, एक–दूसरे से टकराते हुए उड़े जा रहे थे।

दोनों के चेहरे गीले थे। कपड़ों में सिलवटें पड़ गयी थीं और सूखी हुई घास, तिनकों और पत्तियों में वे लिथड़ गये थे।

'लड़कियों ने बहुत साथ दिया। शर्मिष्ठा, लता, चन्द्रा...सबने। तुम्हारे एंथोपोलॉजी से अणिमा, आभा और नीरा दीदी भी हमारे घर आयीं।' अंजली ने लम्बी साँस लेकर कहा, ''तुम तो मज़े में बुख़ार में पड़े ऐश करते रहे।''

'मैं खिड़की के बाहर देखता रहा...तुम कार से क्यों आने लगीं थीं?'

'क्या करती? भइया ने जासूस ड्राइवर लगा दिया था।' अंजली मुस्करायी। 'अब सब ठीक है। बस, वी हैव टु बी लिटिल केयरफुल।'

'लेकिन किसने किया ये सब?' राहुल ने पूछा

'सबने! सारे ब्राह्मणों ने।' अंजली ने कहा। एक पल के लिए वह चुप हुई फिर उसने जैसे गुस्से में कहा, ''लेकिन डोंट फॉरगेट राहुल, कि तुम काउंसलर का चुनाव ब्राह्मणों की वजह से ही जीते...और तुम्हें इस बार बचाया भी उन्होंने...'

राहुल चौंक गया। यह कैसा 'कनफ्यूज़न' है? उसने सोचा। फिर उसने अंजली को खींच लिया।

और यह भी तो! हे ईश्वर! यह सब क्या है?

किन्नू दा ने कहा था, ''इस देश के इतिहास में कोई भी जाति कभी स्थिर नहीं रही है। एक एरिया में वह ऊपर है, तो दूसरे में नीचे...किसी अन्य क्षेत्र में बीच में। दीज़ कास्ट्स हैव फैशिनेटिंग मोबिलिटी...डाउन वर्ड एंड अपवर्ड। जिसने जहाँ, जिस क्षेत्र में, सत्ता पर क़ब्ज़ा जमाया, वहाँ वह समाज में ऊपर उठ गया...! कमाल की गतिशीलताएँ हैं...। इन जातियों में। इसीलिए वे उतनी कट्टर नहीं हैं...। उतनी शुद्धतावादी नहीं है...। जितनी गतिशीलता उतनी विविधता...उतनी ही उदारता और उतना ही खुलापन।

लेकिन एक जाति ऐसी है, जिसने अपनी जगह 'स्टेटिक' बनाये रखी है। बिल्कुल स्थिर। सबसे ऊपर। हज़ारों साल से... वह जाति है ब्राह्मण। शारीरिक श्रम से मुक्त। दूसरों के परिश्रम, बलिदान और संघर्ष को भोगने वाली संस्कृति के दुर्लभ प्रतिनिधि। इस जाति ने अपने लिए श्रम से अवकाश का एक ऐसा 'स्वर्गलोक' बनाया, जिसमें शताब्दियों से रहते हुए इसने भाषा, अन्धविश्वासों, षड्यन्त्रों, संहिताओं और मिथ्या चेतना के ऐसे मायालोक को जन्म दिया, जिसके ज़रिये वह अन्य जातियों की चेतना, उनके जीवन और इस तरह समूचे समाज पर शासन कर सके।

राहुल, तुमने इस्राइली कवि एमिचाई की कविता पढ़ी होगी, अ वेरी एक्टिव हेड ऑन व वेरी पैसिव ट्रंक...एक निकम्मे, अकर्मण्य धड़ पर रखा हुआ एक बेहद सक्रिय, शातिर, षडयन्त्रकारी दिमाग़। एक ऐसी खोपड़ी, जिसमें तुम सीधी–सादी कील भी ठोको तो वह स्क्रू या स्प्रिंग बन जायेगी।

किन्नू दा की आवाज़ गम्भीर हो गयी थी, 'दे आर द ग्रेटेस्ट एंड द डेडलीएस्ट पॉवर मैनुपुलेटर्स सिंस सेंचुरीज़! सत्ता को क़ब्ज़ियाने, उसे अपने शिंकजे में कस लेने वाली ऐसी मक्कार बाजीगर जाति समूचे संसार के इतिहास में और कहीं नहीं। अ वेल ऑर्गेनाइज़्ड नेक्सस ऑफ़ पॉवर मैनुपुलेटर्स। सम्पत्ति और सत्ता के लिए यह जाति कुछ भी कर सकती है...यह इस देश का दुर्भाग्य ही है, कि वे हमेशा कामयाब रहे। आज तक!'

ओह, तो यह बात थी! राहुल के दिमाग़ में उथल–पुथल हो रही थी। यही कारण था कि हिन्दी साहित्य में 'क्वीन विक्टोरिया' के लिए 'समस्या पूर्तियाँ' हुआ करती थीं। जार्ज पंचम की अगुआनी में विरूद्ध गान लिखे जाते थे।

ब्रिटिश काल में अंग्रेज़ों की प्रशंसा में लेख और कविताएँ कि आपने हमें म्लेच्छों, विधर्मियों, कसाइयों यानी मुसलमानों से बचाया। और मुग़लकाल में बादशाहों की चाटुकारिता, अवधी–ब्रज में दोहे, छप्पय, सवैया, चौपाई, सोरठे। धन्य हैं आप कि आपने हमें उद्दण्ड, उद्धत, नीच, शूद्रों, गँवारों और पतित जातियों से बचाया...

और अब इक्कीसवीं सदी की दहलीज़ पर हिन्दी साहित्य के ये शाश्वत सवर्ण चापलूस लगे हैं भ्रष्ट अफ़सरों और नेताओं की चाटुकारिता में। राहुल का मन ग्लानि, आत्महीनता और लज्जा से भर गया।

तो जो मैं एम.ए. में पढ़ रहा हूँ वह हिन्दी साहित्य है, या ब्राह्मण साहित्य? क्या जैसे बुद्ध को अपना नया और क्रान्तिकारी सन्देश देने के लिए संस्कृत छोड़कर पाली की शरण में जाना पड़ा था, उसी तरह अब किसी भी परिवर्तनकारी विचार के लिए हिन्दी को छोड़कर किसी दूसरी भाषा में जाना पड़ेगा?

इसका मतलब, अब हिन्दी में न बुद्ध सम्भव हैं, न गाँधी...अब इसमें रहेंगे आचार्य त्रिभुवन नारायण मिश्र और पद्मश्री तिवारी!

ओह! शिट्! शिट्!' राहुल के मुँह से निकला।

अंजली ने चौंककर उसे देखा, "क्या हुआ?...तुम कुछ परेशान लग रहे हो।"

'नहीं...' राहुल ने उसके माथे को चूम लिया, "आई लव यू टू मच! मैं तुमसे किसी पागल की तरह प्यार करता हूँ...' वह एक पल के लिए रुका फिर उसने अंजली को ऐसी आँखों से देखा, जिसमें एक अव्यक्त क़िस्म की पीड़ा थी। अंजली ने भी इसे जाना। राहुल का चेहरा मुरझा रहा था।

'मेरा विश्वास करो प्लीज़, मैं सचमुच तुम्हें प्यार करता हूँ, मिस जोशी!' राहुल ने कमज़ोर–सी आवाज़ में कहा।

'धुत्त...!' अंजली ने राहुल के गाल पर एक थप्पड़ लगाया। लेकिन अंजली ने जिस 'मिस जोशी' के 'मज़ाक़' पर प्यार से थप्पड़ मारा था, वह मज़ाक़ नहीं था। वह थी एक गहरी यन्त्रणा।

अलग–अलग दिशाओं से आकर, एक दूसरे को काटती और टकराती हवा का एक तेज़ बवंडर अचानक वहाँ उठा। अंजली ने अपनी छतरी कसकर पकड़ ली। गनीमत थी कि वह खुली नहीं थी, वरना उसी तरह उड़ने लगती, जैसी तमाम सूखी पत्तियाँ, तिनके, काग़ज़ और पॉलीथिन के लिफ़ाफ़े इस बवंडर में उड़ रहे थे।

''हमारे गाँव में इसे 'रकसा' कहते हैं। 'रकसा' यानी हवा का 'राक्षस'। कहते हैं, इसमें जो पहली पत्ती उड़े, अगर तुम उसे किसी तरह पा जाओ और उसे अपने दाँत में दबा लो, तो तुम ग़ायब हो जाओगे। बिल्कुल अदृश्य। फिर कोई तुम्हें नहीं देख पायेगा।'' राहुल ने कहा।

'अच्छा!' अंजली ने कहा, ''चल के खोजें, वो पहली पत्ती?''

'एक तो इतने सारे उड़ते हुए कचड़े में वह मिलेगी नहीं और मिली भी तो एक पत्ती से दो–दो लोग कैसे ग़ायब होंगे?' राहुल का मन हलका हो रहा था।

'हो जायेंगे ग़ायब दो लोग...' अंजली ने कहा।

'एक ही पत्ती से?' राहुल असमंजस में था।

'हाँ!' अंजली मुस्करा रही थी।

'कैसे?' यह राहुल की उलझन थी।

'हो जायेंगे ग़ायब! मैंने कह दिया न। कैसे का क्या मतलब?' अंजली ने ज़ोर देकर कहा।

'लेकिन...!' राहुल की समझ में वह तकनीक अब भी नहीं रही थी। 'कैसे?' उसने फिर दोहराया।

'ऐसे...!...ऐसे।' अंजली ने कहा। वह राहुल से ज़ोरों से

लिपट गयी। अपनी पूरी ताक़त के साथ। राहुल को लगा, वे सचमुच ग़ायब हो गये हैं। अब उन्हें कोई नहीं देख सकता। लेकिन वे सबको देख सकते हैं। सारी दुनिया को। समूचे शहर और आकाश को।

उस प्ले ग्राउंड के एक छोर पर बने स्पोर्ट्स स्टोर रूम के पिछवाड़े, पहाड़ी की तलहटी पर, दो ख़ूब सलेटी चट्टानों के बीच की निर्जनता और एकान्त में, वे अदृश्य हो चुके थे। वहाँ सिर्फ़ अंजली की पीली छतरी रखी हुई थी। वह भी बन्द थी। लेंटिना की झाड़ी के नीचे छुपी हुई।

लेकिन वह भी छतरी कहाँ थी?

वह तो तितली थी, जो एक दिन अपना रूप बदलकर अब सारी दुनिया को चकमा दे रही थी।

सबकी आँखों के सामने खुलेआम। दिन–दहाड़े।

'तूने जिम में जाना छोड़ दिया क्या?' ओ.पी. ने पूछा। 'इन दिनों तू बहुत कमज़ोर लग रहा है।'

राहुल थोड़ी देर चुप रहा, फिर उसने कहा, ''पता नहीं क्यों ओ.पी., मुझे डर–सा लगता रहता है...मैंने हिन्दी में एडमिशन लेकर ठीक नहीं किया यार।''

'अब आयी न बात समझ में।' हेमन्त बरुआ ने हँसते हुए कहा। 'अभी भी कुछ नहीं बिगड़ा। टु हेल विद हिन्दी। तू 'जैप' या 'निट' का शॉर्ट–टर्म कोर्स कर ले और निकल आ उस नरक से।'

'उर्दू का भी हाल यही है।' परवेज़ ने कहा, ''हिन्दी नरक है, तो उर्दू में भी दोज़ख़ है। शाहिद ने तो प्रीवियस भी पूरा नहीं किया। फ्रिज़ और टी.वी. रिपेयर की दुकान खोलकर बैठ गया। कहता है दुबई चला जाऊँगा।'

'मैं कहीं नहीं जाऊँगा। मैं इसी में रहूँगा। इसी में लडूँगा और इसी में मार दिया जाऊँगा।' राहुल हँसा। वह हँसी बहुत सरल नहीं थी।

'हाँ, स्साले तू क्यों निकलेगा उस गटर से। तेरी क्रोसीन, तेरी छतरी, तेरी तितली, तेरी चिड़िया–सब तो उसी हिन्दी में है।' शुतुरमर्ग ने फिर बांग दी और फिर भयानक बेसुरे ढंग से गुनगुनाया... 'जीना यहाँ, मरना यहाँ, इसके सिवा...'

'चोऽप!' राहुल ने चिल्लाते हुए कहा। सब हँस पड़े।

राहुल जितनी बार अंजली से मिलता था, उसकी प्यास और बढ़ती जाती थी। उसे लगता था कि उसके भीतर एक ऐसा समुद्र है, जो अंजली के निकट होते ही इस तरह बेचैन हो उठता है

जैसे वह समूची पृथ्वी को, पहाड़ों, शहरों, आबादियों समेत अपने भीतर डुबा लेगा।

जितनी भी बार वह अंजली से मिलकर लौटता, उसे लगता कि उसके भीतर के समुद्र की पागल, प्यासी और उत्ताल लहरें कहीं किसी तट के चट्टानी पहाड़ से पछाड़ खाकर निराश वापस लौट आयी हैं। पराजित और व्यग्र।

अधूरा उदास और हर बार उतना ही अकेला रह जाता समुद्र।

आज अंजली ने नीली डेनिम की पैंट और एक ढीली–सी सफ़ेद टी–शर्ट पहन रखी थी।

इस बार यह लाइब्रेरी की तीसरी मंज़िल थी। दक्षिणी छोर की दीवार का कोना। वहाँ वर्षों से बन्द पड़ी मटमैली, धुँधली काँच वाली एक खिड़की थी, जिसमें से बाहर की रोशनी बहुत मुश्किल से पार हो पाती थी। किताबों की आलमारियों की कतारें ही कतारें।

उसी कोने में, किताबों के दो रैक्स के बीच की सँकरी जगह में, वे दोनों अदृश्य होने के फेर में थे। पुरानी होती किताबों की गन्ध, मटमैली खिड़की से किसी कदर आती हुई धुँधली–सी रोशनी, दीवारों से निकलती नमी और बहुत महीन धूल...वे दोनों इतनी ताक़त और व्याकुलता के साथ एक–दूसरे से लिपट रहे थे कि लगता था उनकी इच्छा को पूरा होने के लिए पूरी पृथ्वी–भर का विस्तार चाहिए। किताबों की दो आलमारियों के बीच की यह जगह बहुत सँकरी थी।

यह पहली बार था, जब राहुल ने भींचकर अंजली को ऊपर उठाया और अंजली ने अपनी जँघाएँ उसकी कमर पर दोनों ओर लपेट दीं। वे पल जैसे अचानक किसी धुँधले अँधेरे में घिर गये। दोनों की साँसें बीच–बीच में टूटने–सी लगीं। राहुल ने आधी नींद में मुँदती अपनी आँखों को खोलकर किसी तरह अंजली के चेहरे को देखा। अंजली का चेहरा बिल्कुल बदल चुका

था। वहाँ कोई एक फूल था, जो किसी आग में जल रहा था। और काँप रहा था। किसी सम्मोहक विष में कुम्हलाता हुआ।

फिर राहुल को उस धुँधले पल में अंजली की आँखें दिखायी पड़ीं। कैसी थीं वे आँखें! वे किसी दूसरी दुनिया का स्वप्न देख रही थीं। उनकी पुतलियाँ स्थिर थीं, लेकिन जो कुछ वे देख रही थीं, वह कहीं बहुत दूर, किसी दूसरे समय और दूसरे लोक का दृश्य था। उनमें एक तरह की मूर्च्छा थी।

क्या वे दोनों नदी की किसी तेज़ धार में तैरती हुई दो मछलियों की तरह थे, जो एक–दूसरे से मिल तो चुकी थीं, लेकिन अब भी उनकी नन्हीं–सी देह में एक–दूसरे के लिए इतनी व्याकुलता भरी थी कि वे फिर भी तैरती हुई, एक–दूसरे के आर–पार हो जाना चाहती थीं। एक–दूसरे के शरीर के भीतर से निकलने की असम्भव–सी, अबोध चेष्टाएँ। बार–बार।

राहुल के हाथ अंजली की जींस की जिप की ओर बढ़े।

'नो...नो...! क्या कर रहे हो?' अंजली का वाक्य अँधेरे में बिखर रहा था। अर्द्धमूर्च्छित प्रतिरोध।

'लेट मी...! प्लीज़!' राहुल के शब्द हवा की फुसफुसाहट में थरथराये।

'नहीं! यहाँ नहीं।' अंजली ने उसे और ज़ोरों से भींच लिया।

'तो कहाँ?' यह वाक्य किसी तरह ऊपर तक तैरकर आया।

एक हल्का–सा खटका हुआ। जैसे किसी ने शेल्फ से कोई किताब निकाली हो...वे दोनों जड़ हो गये। किसी मूर्ति की तरह। उन्होंने अपनी साँसें तक रोक लीं।

पद्मश्री तिवारी और बलराम पाण्डे हाल के मुख्य दरवाज़े के साथ लगी हुई आलमारी में कुछ खोज रहे थे। कोई किताब।

राहुल ने अंजली को धीरे–से नीचे उतारा और दोनों सिर झुकाकर शेल्फ के नीचे छुप गये। उन्होंने अपनी–अपनी बढ़ी हुई साँसें नियन्त्रित कीं।

जब पद्मश्री तिवारी और बलराम पाण्डे बाहर चले गये,

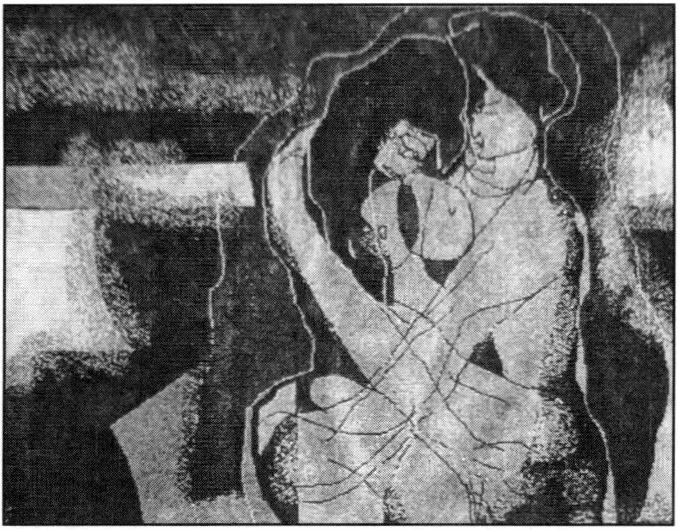

तब राहुल ने साँस ली। उसने देखा कि जिस रैक के पीछे वह अंजली के साथ छुपा था, उसके शेल्फ में, किताबों की क़तार के बीच झाँक रहा था, यान ओत्चेनासेक का उपन्यास *'रोम्यो, जूलियट एंड डार्कनेस।'*

नात्सी फ़ौजों की बूटों और बन्दूक़ों की आवाज़ों के बीच, एक वर्ष से बन्द कमरे में छिपे हुए दो अबोध, निर्दोष और असहाय, वयः सन्धि के बच्चे। एक लड़का और एक लड़की। हर पल मृत्यु के भय और एक–दूसरे के प्रति प्यार के बीच वयस्क होते दो बच्चे।

इस उपन्यास को राहुल ने पिछले महीने ही पढ़ा था। हिन्दी में। निर्मल वर्मा का सुन्दर, किसी कविता जैसा अनुवाद।

चारों ओर हर पल पसरते जाते भय और हिंसा के बीच किसी विडम्बना की तरह, किसी भी वक़्त ध्वस्त कर दी जाने वाली इमारत की एक कमज़ोर–सी दीवार के एक कोने में धीरे–धीरे उगता पनपता हुआ एक बहुत कोमल पौधा।

पाप के अँधेरे में किसी पुण्य की तरह खिलने के जोख़िम

भरे प्रयत्न में जूझता हुआ इस पिशाच समय का कोई सबसे पवित्र आदिम फूल।

राहुल ने अंजली की हथेली को चूम लिया।

'तो बताओ। कब? टेल मी।' उसने पूछा। उसकी आवाज़ में उसी समुद्र की व्याकुलता और अकेलापन था।

'थर्सडे को।' लगा जैसे अंजली ने पहले से ही इस दिन को कहीं से खोज निकाला हो

'थर्सडे को ही क्यों? वो तो अभी सात दिन दूर है। कल क्यों नहीं?' राहुल व्यग्र था।

'पागल। उस दिन बस दो ही क्लासेज़ तो होती हैं।' अंजली ने कहा।

'हाँ, वो डॉ. लोकनाथ त्रिपाठी का भक्तिकाल और डॉ. राजेन्द्र तिवारी का विद्यापति...' राहुल ने कहा। 'यूऽ...ब्रिलियंट।'

अंजली अपने कपड़े ठीक करने के बाद, पर्स से ब्रश निकालकर बाल ठीक कर रही थी।

'लेकिन कहाँ?' राहुल को फ़िक्र हुई।

'मुझे नहीं पता।' अंजली ने जवाब दिया और चली गयी।

राहुल उस रैक के बीच की सँकरी जगह में देर तक खड़ा हुआ यों ही किताबें निकाल–निकालकर उनके पन्ने पलटता रहा।

विचित्र यह था कि उन किताबों के पन्नों के पुराने पड़ते कागज़ों से सीलन और गर्द की नहीं, अंजली के शरीर की ताज़ा और ऐन्द्रिक गन्ध आ रही थी। उस गन्ध ने राहुल को चारों ओर से घेर लिया।

काफ़ी देर के बाद, वहाँ से निकलने के ठीक पहले, राहुल ने एक ख़ूब लम्बी और गहरी साँस खींची और वहाँ की हवा को अपने फेफड़ों में भर लिया।

'मुझे प्यास के पहाड़ों पर लिटा दो
जहाँ मैं एक झरने की तरह तड़प रहा हूँ...

आईनो, रोशनाई की तरह मुझे आकाश में लिखो
और मुझे पढ़ो...
आईनो,
मुस्कराओ और मुझे मार डालो
आईनो,
मैं तुम्हारी ज़िन्दगी हूँ...

शमशेर की इन पंक्तियों का अर्थ राहुल के भीतर अब धीरे–धीरे खुल रहा था। यह जीवन ही होता है, जो असल में कविता को पढ़ता है और उसकी व्याख्या करता है।

दिन बीत रहे थे। तारीख़ें बदल रहीं थीं।

इतिहास के अभूतपूर्व विरोधाभासों से भरा हुआ काल।

भू–गर्भ विज्ञान के अन्तरराष्ट्रीय ख्याति के विद्वान् डॉ. वाट्सन विश्वविद्यालय छोड़कर आस्ट्रेलिया चले गये। उन्होंने इस्तीफा दे दिया था। जाने के एक दिन पहले, शाम को, वे इन पहाड़ियों को अन्तिम बार देखने के लिए निकले थे। कार्तिकेय काजले उन्हीं के विभाग में था।

कार्तिकेय ने बताया, ''वे बहुत उदास थे। जिस पुराने कुएँ में सापाम ने आत्महत्या की थी, उसके पास वे बहुत देर तक चुपचाप खड़े रहे। कुएँ के टूटे–फूटे जगत से उन्होंने पत्थर का एक बेडौल–सा टुकड़ा उठाया। वह एक अजीब–सा पत्थर था। थोड़ा–थोड़ा पारभासक।

'वे बहुत देर तक उस पत्थर को देखते रहे। उनकी आँखों में कोई चमक–सी कौंधी। फिर जैसे अचानक पूरी घृणा के साथ उन्होंने उस पत्थर को उस कुएँ में फेंक दिया।'

कार्तिकेय ने कहा, ''मैंने नीचे झाँककर देखा। वहाँ उतना अँधेरा नहीं था...वहाँ सापाम की वह लिबर्टी वाली चप्पल अब भी तैर रही थी।

डॉ. वाट्सन ने कहा था, ''वह फॉसिल था...एक शंख। हजारों साल पुराना। जब यहाँ समुद्र या कोई मृत सागर रहा होगा, तब का शंख...वही शंख, जिसकी तुम लोग पूजा करते हो...वैष्णवों का एक पूजा प्रतीक।'

कार्तिकेय ने बतलाया कि हमने उनसे पूछा कि आप जा क्यों रहे हैं, यहाँ से?

डॉ. वाट्सन हँसे थे और उन्होंने कहा था, "क्योंकि मैं यहाँ 'सेफ़' नहीं महसूस करता। टाइम हैज़ चेंज्ड...मुझे डर लगता है।"

'मुझे भी डर लगता है, कार्तिकेय!' राहुल ने कहा। यह एक निर्बल–सी आवाज़ थी।

"कौन नहीं डरा हुआ है?...कोई 'सेफ़' है क्या यहाँ?" कार्तिकेय गुस्से में था। 'ये पश्चिम से सारी घटिया, ख़तरनाक, पतित और भोगवादी चीज़ें आयात करेंगे। जुआ, सट्टा, हथियार, केमिकल ड्रिंक्स, शराब, पोर्नोग्राफ़ी, पिज़ा, कार...मज़ा, भोग, सुख, उन्माद और हिंसा का सारा माल...ये उसके पीछे पागल हो चुके हैं। पश्चिम का सबसे निकृष्ट, सबसे पतित प्रोडक्ट इन्हें चाहिए... लेकिन वहाँ का जो सबसे उत्कृष्ट है, ये उसे मिटा डालना चाहते हैं! ये उसके हत्यारे हैं। दुश्मन।

कार्तिकेय की आँखें लाल थीं, "अमेरिका से ये गन ख़रीदेंगे और उससे क्राइस्ट को शूट कर देंगे...पश्चिम की सबसे निकृष्ट चीज़ से, पश्चिम के सबसे महान् 'कांस्ट्रक्ट' की हत्या...ये जापान से कार ख़रीदेंगे और उससे बुद्ध का सिर कुचल देंगे। इराक से ये बायोकेमिकल औज़ार लेंगे और उससे हज़रत मोहम्मद को मारेंगे। इस्राइल से मिसाइल लांचर लेंगे और उससे याहोवा के जिस्म के टुकड़े उड़ा देंगे। बर्बर शैतान!"

कार्तिकेय का दम फूल गया था।

'हम क्या करें?' किसी का यह वाक्य वहाँ तड़पता हुआ गिर गया था और अब हर किसी के भीतर छटपटा रहा था। किसी छिपकिली की कटी हुई पूँछ की तरह।

कार्तिकेय के शब्द राहुल की चेतना में गूँज रहे थे। '...वे ऋग्वेद से अग्नि लेंगे, और उसमें सारे वेदों को जला देंगे...पुराणों से वे त्रिशूल निकालकर लायेंगे और शिव और विष्णु को मार देंगे... वे बह्मास्त्र पा जायेंगे और समूची सृष्टि का विनाश कर देंगे...!'

'मानव सभ्यता के इतिहास और स्मृति की अब तक की सारी महानताओं को एक–दूसरे से टकराकर वे चूर–चूर कर देंगे।'

वे किसी दूसरे ग्रह से शैतान द्वारा भेजे गये 'क्रिटर्स' है...।

ये रावण की वे सन्ततियाँ हैं, जो समुद्र से लौट आयी हैं और अब उनके हाथ में सब कुछ है...सत्ता, पूँजी, भाषा, शब्द, अख़बार, कम्प्यूटर, टी.वी....अन्तरिक्ष तक जाते उपग्रह, परमाणु बम और इतना बड़ा बाज़ार।

यह कैसा रियलाइजेशन है? राहुल ने सोचा।

उसका मन हुआ कि वह अमेरिका के प्रेसिडेंट को ई–मेल भेजे कि 'अगर तुम अपने आपको प्रभु यीशु का अनुयाई मानते हो, तो सत्ता के इन शाश्वत दलालों से दूर हट जाओ। ये ईसा की करुणा के हत्यारे हैं।'

चीज़ें तेज़ी से बदल रही थीं। हॉस्टल्स के बाहर, मैक्स कम्प्यूटर सेंटर के बगल में कस्टम से जब्त सामानों की एक दुकान खुल गयी थी। पेप्सी, कोक, मिरिंडा के स्टाल्स थे। फास्ट–फूड की दो दुकानें हो गयी थीं, जिनमें से एक में वर्दी और नवाबी कलंगीदार साफ़े में सजे बेयरे थे। आम ढाबों या मोबाइल वैन में जो बर्गर पाँच–छह रुपये में मिलता था, वह वहाँ बीस रुपये का था। जो डोसा बाहर सात रुपये का था, वह वहाँ बाईस का था। लेकिन ताज्जुब था कि सबसे ज़्यादा वही दुकान चल रही थी। नूडल्स, पिज्जा, फ्राइड चिकेन, आइसक्रीम्स, बर्गर, मंचूरियन...खाने–पीने की नयी सूची आ चुकी थी। ग्रीटिंग कार्ड्स, केक्स और गिफ्ट आइटम्स की एक बड़ी–सी दुकान यूनिवर्सिटी के सुपर मार्केट के बगल में खुल गयी थी। सिगरेट और पान की चार दुकानें कैंपस में ही थीं। एक तो हॉस्टल्स के सामने ही। यहाँ आयुर्वेदिक औषधि के नाम पर बनने वाली भांग की गोली, 'मधुर मुनक्का' से लेकर गांजा–चरस और ब्राउन शुगर या सफ़ेद पावडर बिकने लगा था। देशी–विदेशी कंडोम, कांट्रासेप्टिव गोलियाँ बिल्कुल आम हो गयी थीं। एड्स के पोस्टर्स और नारे, अल्ट्रासाउंड और गर्भपात के विज्ञापन जगह–जगह थे।

पोस्ट ऑफ़िस के पीछे जो फ्रूट–जूस की दुकान थी, वह बोनी स्कॉट, मैकडॉवेल, डिप्लोमैट, डायरेक्टर्स स्पेशल, ओल्ड मांक से लेकर मृत संजीवनी सुरा और ठर्रे का पाउच तक रात में बेचती थी। पुलिस का 'हफ़्ता' बँधा हुआ था।

सट्टे और लॉटरी का हर जगह बोलबाला था। तीन लोकल केबल चैनल थे, जो देर रात में ब्लू–फ़िल्में दिखाते थे।

दिन में उनमें ज़्यादातर आसाराम बापू, मुरारी बापू आदि–आदि का प्रवचन चलता था। सत्संग, जागरण, प्रवचन जितने बढ़ रहे थे, उतनी ही चोरियाँ, गर्भपात, बलात्कार, हत्याएँ लूट और ठगी बढ़ रही थी। जिस अनुपात में ब्यूटी–कांटेस्ट और फ़ैशन परेड बढ़ रहे थे, उसी अनुपात में औरतों की ख़रीद–फ़रोख़्त और उन पर जुल्म भी बढ़ रहे थे।

जगह–जगह मन्दिर बन रहे थे। यह ज़मीन हथियाने और दो नम्बर की काली कमाई को ठिकाने लगाने का ज़रिया था। कुछ लोगों के बीच बेतहाशा रुपया घूम रहा था। हर सौ रुपये में पैंतालीस रुपया देश में अवैध और काला था। आये रोज़ चिटफंड कंपनियाँ खुलती थीं और रातों–रात लोगों के रुपये लेकर चम्पत हो जाती थीं। फ़र्ज़ी कंपनियाँ खुलेआम पब्लिक शेयर जारी करती थीं और सीधे–सादे नागरिकों की जि़न्दगी–भर की कमाई को चूना लगा जाती थीं। किसान, बेरोज़गार नौजवान और प्रताड़ित औरतें आत्महत्याएँ कर रहे थे। एन.जी.ओ. और पब्लिक स्कूल कुकुरमुत्तों की तरह उग रहे थे और जमकर कमाई कर रहे थे।

पता चला गर्ल्स हॉस्टल की बीस लड़कियाँ 'आशियाना' और शहर में अभी–अभी बने थ्री–स्टार होटल, 'नवरंग' में रेगुलर जाती हैं। काल गर्ल्स की तरह। उनके चेहरे हर कोई जानता था। लेकिन चुप रहता था। उनके 'सम्पर्क' बहुत ऊँचे थे। गर्ल्स हॉस्टल के पास बहुत–सी कारें आने लगी थीं। ये 'एंपावर्ड' औरतें थी। एक ऐसा 'फेमिनिज़्म' या नारीवाद आया था, जिसमें जो औरत मेहनत करती थी, वह ज़िन्दगी भर नर्स, टीचर, स्टेनो, टाइपिस्ट या घरेलू कामकाज करने वाली 'बाई' बनी रह जाती थी। या फिर 'गीता पढ़कर सीता' बनने वाली थकी–पिटी, मैली–कुचैली पत्नी। लेकिन अगर वह देह का धन्धा करने लगती थी, तो देखते ही देखते उसकी कोठी खड़ी हो जाती थी। वह कार में चलने लगती थी।

यह कैसा विरोधाभास है? स्त्री अगर बाज़ार में ख़ुद को

बेचे तो उसका कोई विरोध नहीं। लेकिन वह अगर किसी से कोई मानवीय और निजी सम्बन्ध का निर्माण करना चाहे, तो वह वर्जित है।

अंजली अगर फेमिना मिस इंडिया बन जाये तो पी.डब्ल्यू.डी. मिनिस्टर एल.के. जोशी की प्रसिद्धि बढ़ेगी। लेकिन अगर अंजली मेरे साथ कोई व्यक्तिगत मानवीय और भावनात्मक सम्बन्ध बना ले, तो उनकी प्रतिष्ठा चली जायेगी। राहुल सोच रहा था।

बाज़ार इसी तरह से नक़दी देता था। कमाई इन्हीं तरीक़ों से होती थी। अमीरी के सारे रास्ते ऐसे ही थे।

'हिन्दुत्ववाद' लगभग आ चुका था। कुछ दंगों, रक्तपात और एक मन्दिर भर बनने की और प्रतीक्षा थी।

राहुल और ओ.पी. मेस में डिनर कर रहे थे। रात के साढ़े नौ–पौने दस का वक़्त था। बलबीर लगता है आज किसी बात पर ख़ुश था। वह बिल्कुल फूली हुई गर्म रोटियाँ दे रहा था। आलू–टिंडे की सब्ज़ी थी। चने की दाल। ओ.पी. हरी मिर्चें बहुत खाता था।

अचानक बाहर हल्ला–सा होने लगा।

राहुल और ओ.पी. भी बाहर भागे। लड़कों की भीड़ इकट्ठा थी। एक घेरा–सा बना हुआ था। उसके बीच में प्रताप, कार्तिकेय, परवेज़, मसूद, प्रवीण थे।

राहुल को देखते ही प्रताप ने आवाज़ दी–"इधर आ जओ, यार! अपने 'सुपरस्टार' को भी बुला लो।"

कहने की देर थी। ओ.पी. घेरे के बीचों–बीच पहुँच चुका था।

पता चला आज हॉस्टलर्स ने लच्छू गुरु की फिर से पिटाई कर दी। वह भी शहर के बीचों–बीच। 'गणेश' टाकीज़ के सामने। यह मसूद और निकेतन के साथ घटी घटना का प्रतिशोध था।

सारी योजना कार्तिकेय और प्रताप की थी। एस.एम.टी.एफ. के दस लड़के इसमें शामिल थे। प्लान के मुताबिक मसूद और निकेतन को 'गणेश' टॉकीज़ भेजा गया था और बाहर खड़े एक टेंपो में कार्तिकेय, प्रताप, परवेज़, प्रवीण, निरंजन, अटलूरी समेत बाक़ी लड़के थे।

मसूद और निकेतन जैसे ही टिकट विंडो पर पहुँचे और पर्स जेब के बाहर निकाला, दो लोगों ने आकर उन्हें घेर लिया। हाथापाई होने लगी। मसूद कुछ ज़्यादा ही कलाबाज़ी दिखा रहा था, इसलिए उन दोनों पर वह भारी पड़ने लगा।

'गुरु...ऽ...! बैंचो' क़ाबू में नईं आ रए!' उनमें से एक चिल्लाया।

'कटुआ है...स्साला! हलाल की गऊ खा के गब्बर खाँ बन गया है...गुरु...ऽऽ' दूसरे ने भी आवाज़ लगायी।

पनवाड़ी की दुकान की बेंच पर लच्छू गुरु अपने एक और चमचे के साथ बैठे थे। वे मदद के लिए वहाँ पहुँचे।

बस, इसी मौक़े की ताक में टेंपो में बैठे लड़कों ने धावा बोल दिया। 'टारगेट' फिर से लच्छू गुरु को ही बनाया गया था।

पाँच–सात मिनट के भीतर–भीतर वे ज़मीन पर लोट रहे थे। दूसरा साथी गिड़गिड़ा रहा था। बाक़ी दो भाग गये थे।

पुलिस के दो कांस्टेबिल वहीं चाय की दुकान पर बैठे थे। उन्होंने अपनी मुंडी आसमान की ओर उठा ली थी। उधर, जिधर ऐश्वर्या राय अपनी कंजी आँखों में मस्ताई हुई मुस्करा रही थी और बाँहें उठाकर अपनी बगलें दिखा रही थी। यह विश्व सुन्दरी जब दिल्ली पहुँचती थी, तो उसकी कार में भारत का राष्ट्रीय ध्वज, तिरंगा, लहराता था। राष्ट्रपति और प्रधानमन्त्री उसके साथ फ़ोटो खिंचाते थे। अशोक स्तम्भ के तीनों–चारों शेर उसके तलवे चाटते थे। वही विश्व सुन्दरी 'गणेश' टॉकीज़ के उस पोस्टर में अपने स्तन, नाभि और बगलें दिखाती हुई नागरिकों से अपील कर रही थी–'पैसा फेंको...तमाशा देखो।'

'वो दो गुंडे, जो भाग गये थे, वे सीधे लच्छू गुरु के बड़े भाई के पास पहुँचे होंगे। नगरपालिका अध्यक्ष लक्खू भइया यानी लखन लाल पाण्डे के पास...इसलिए हम सीधे वहाँ से यहाँ आ गये।'

'ख़ूब फोड़ा हमने उन्हें...फ्यूचर में किसी भी हॉस्टलर को टच करते हुए दस बार सोचेंगे।' प्रताप जोश में था।

'ये मेसेज वीसी अशोक कुमार अग्निहोत्री और दूसरे ऑफ़िशियल्स तक भी जायेगा। अगर वे सिर्फ़ गुंडों और क्रिमिनल्स की ही बात सुनते हैं, तो उन्हें पता चलेगा कि हम भी उन गुंडों से कमज़ोर नहीं हैं।' कार्तिकेय ने कहा।

उस रात कुछ देर तक जश्न का माहौल रहा।

अगले दिन 'लोकल' लेकिन 'अखिल भारतीय' होने का दावा करने वाले अख़बार 'जनवाणी' में पहले पेज की दायीं ओर ख़बर थी। '*विश्वविद्यालय के छात्रों की गुंडागर्दी से शहर के नागरिक परेशान*।' इस रिपोर्ट के अनुसार छात्रावास में अपराधी क़िस्म के छात्र रह रहे हैं। कई कमरों में ख़तरनाक हथियार जमा किये गये हैं। विश्वस्त सूत्रों से पता चला है कि इनमें कई पाकिस्तान की खुफ़िया एजेंसी आई.एस.आई. और नक्सलवादी गुटों के सदस्य हैं। तस्करी के ज़रिये चोरी–छिपे आने वाले नशीले पदार्थों की बिक्री आदि में भी ये छात्र शामिल हैं।

इस ख़बर में रात की घटना का भी ज़िक्र था। स्थानीय सिनेमा हाल 'गणेश' टॉकीज़ में कुछ हथियार बन्द छात्रों ने वर्तमान नगरपालिका अध्यक्ष श्री लखन लाल पाण्डे के परिवार–जनों पर हमला किया। 'नगर व्यापारी संघ' के महामन्त्री श्री लक्षपति लाल पाण्डे स्थानीय चिकित्सालय में भर्ती हैं। उनकी हालत स्थिर लेकिन ख़तरे के बाहर बताई जाती है।

अन्त में कुछ 'प्रतिष्ठित' नागरिकों द्वारा विश्वविद्यालय के कुलपति श्री अशोक कुमार अग्निहोत्री तथा ज़िला पुलिस अधीक्षक श्री आर.आर. द्विवेदी से अपील की गयी थी कि वे त्वरित कार्रवाई करें तथा शहर के शान्तिप्रिय नागरिकों को बेहतर क़ानून और व्यवस्था प्रदान करें। इस रपट के संवाददाता का नाम था–राजीव शुक्ल।

अख़बार के चौथे पृष्ठ पर, जिस पर शिक्षा, संस्कृति और मनोरंजन का 'मास्टहेड' लगा रहता था, वाइस चांसलर अग्निहोत्री की प्रशंसा में डॉ. चन्द्रमणि उपाध्याय का एक लेख, उनके भाई प्रशान्त अग्निहोत्री की कविता, उनके निजी सचिव एम.एल. सोनी का यात्रा संस्मरण तथा उनके एकाउंटेंट डॉ. अग्रवाल की 'भाषा और भूमण्डलीकरण' शीर्षक टिप्पणी प्रकाशित थी।

लगता है आज इस अख़बार का चिरकुट सम्पादक 'आशियाना' के 'फैमिली केबिन नम्बर दो' में शिवाज़ रीगल

पी–पीकर धुत हो जायेगा और इतना खायेगा कि डकार तक नहीं निकलेगी।

शिट्! यह कैसा समय है? राहुल ने सोचा।

हिन्दी–विभाग में शालिगराम, शैलेन्द्र जॉर्ज और राहुल की स्थिति एक जैसी थी। तीनों लाइब्रेरी जाते और हिन्दी साहित्य के सेक्शन में जाकर किताबों के लेखकों के नाम गिनते। किस जाति के कितने लेखक। पत्रिकाओं और जर्नल्स के हॉल में जाकर उन पत्रिकाओं में छपने वाले लेखकों और सम्पादकों की जाति देखते। जिन लेखकों–कवियों को पुरस्कार दिया जाता, उनकी और निर्णायकों की जाति को वे अंडरलाइन करते। हिन्दी से जुड़ी जितनी संस्थाएँ, अकादेमियाँ आदि थीं उनके पदाधिकारियों–कर्मचारियों की सूची बनाते। अख़बारों और टी.वी. न्यूज़ चैनलों के संवाददाताओं, सम्पादकों, ब्यूरो चीफ़ और निर्माताओं के नामों पर ग़ौर करते।

सारे संसार में ऐसा कहीं नहीं होगा कि किसी एक जाति समूह ने एक समूची भाषा का ऐसा अधिग्रहण किया हो।

'यह इस देश की भाषा, संस्कृति और साहित्य का टोटल सोलर एक्लिप्स है!... सम्पूर्ण सूर्य ग्रहण। खग्रास!!'

यह वाक्य किसी ने कहा नहीं था। लेकिन ऐसा ही अर्थ देने वाला कोई भी दूसरा या तीसरा, अलग तरह का, भिन्न शब्दों से बना हुआ वाक्य, उन तीनों शैलेन्द्र जॉर्ज, शालिगराम और राहुल की चेतना में गूँजने लगा था।

राहुल की आर्थिक हालत बिगड़ रही थी। ट्यूशन का काम जैसे ही मिलता था, दो–चार दिनों में ही कोई–न–कोई वहाँ जाकर उसके बारे में ऐसी सूचना दे आता था, कि उसे मना कर दिया जाता था। मेस का बिल दो महीने से नहीं भरा जा सका था। टूथपेस्ट बहुत कम बचा था। आजकल वह कपड़े धोने के लिए ओ.पी. से साबुन माँग रहा था।

कल थर्सडे था। वही बृहस्पतिवार, जिसकी प्रतीक्षा में इतनी

उथल–पुथल के बावजूद राहुल के हृदय की जैविक घड़ी हर पल धड़क रही थी। टिक्...टिक्...टिक...टिक्।

कैसे समय में उसके जीवन में आया है यह प्यार! उसके जीवन का यह पहला अनोखा, जादूभरा अनुभव! वह पीली तितली बार–बार इस समय के अँधेरे और कोहरे में खो जाती थी।

दो दिन पहले हेमन्त बरुआ ने कैफेटेरिया में ट्रीट दिया था। वह आई.बी.एम. ज्वायन करने जा रहा था। उसने मैथमेटिक्स से एम.एससी. करने का इरादा छोड़ दिया था। 'क्या करूँगा? कौन–सा मुझे स्कॉलर या लेक्चरर बनना है?' वह बहुत खुश था। नौ लाख रुपये का सालाना पैकेज उसे मिलना था, तीन महीने की ट्रेनिंग के बाद।

'कैलीफ़ोर्निदा से मैं ई–मेल भेजूँगा।...रिप्लाई ज़रूर देना।' हेमन्त की हमेशा मुस्कराती आँखों में उदासी थी। 'पता नहीं, अमेरिकियों के पास चेस खेलने की फुरसत है कि नहीं।'

फिर उसने राहुल से अकेले में कहा था, ''राहुल! मेरी बात को सीरियसली ले। दस दिन बाद मैं चला जाऊँगा...तू इस गटर से निकल ले। मैंने शुरू से ही तुझे वार्न किया था। सारे डेटा दिये थे...इस हिन्दी में न तुझे कोई जॉब मिलेगा न तू इसमें कोई ऑथर बनेगा...तू एक निओ–रोमेंटिक आइडियलिस्ट सिंपलटन है...राजकपूर और गुरुदत्त की जेनरेशन का बचा हुआ सेंटीमेंटल जोकर...''

इसके बाद हेमन्त ने कुछ देर की चुप्पी के बाद कहा था, ''...तुझे बुरा लगेगा। सोचता हूँ, कहूँ कि नहीं!...बट आयम योर फ्रेंड एंड रियली लव यू! ...सुन, सच्चाई ये है कि जिस लड़की के चक्कर में तू अपनी ज़िन्दगी के साथ गैंबलिंग कर रहा है, ...वो लड़की भी तुझे नहीं मिलेगी।...यू विल रिमेन अ लूज़र...! मुझसे लिख के ले ले। जब चुनने का टाइम आयेगा, तो वह तुझे नहीं, अपनी कास्ट को ही चुनेगी। यहाँ से निकल ले राहुल! तू उनका टारगेट बन चुका है यार!'' हेमन्त का गला भर आया था। उसकी आँखों में आँसू थे।

उस रात राहुल की आँखों में नींद नहीं थी। ओ.पी सो चुका था। टैगोर हॉस्टल के कमरा नम्बर 252 में जिस खिड़की पर पहले माधुरी दीक्षित रहती थी, गुलेल की बंटी से चोट खाई अपनी कटावदार, मांसल और उत्पीड़ित पीठ के साथ, किसी सनकी, मस्त और मूर्ख हिरणी की आँखों से, गर्दन मोड़कर राहुल की ओर निहारती हुई...

और जिस खिड़की पर पिछले कई महीनों से एक पीले रंग का धब्बा बसने लगा था, जो तलहटी की अर्द्धवृत्ताकार सड़क पर रेंगते हुए पहले एक नन्हीं–सी, धीरे–धीरे उड़ती हुई तितली और फिर कुछ ही देर में एक पीली छतरी में बदल जाता था, उस खिड़की के पार इस समय सिर्फ़ अँधेरा था। और सन्नाटा। एक डरावना, तनावग्रस्त, निराशा से भरा, पराजित अँधेरा।

बहुत दूर, कहीं इक्का–दुक्के तारे टिमकते हुए उस अँधेरे में से निकलने की कोशिश में दिखते थे। झींगुरों के उदास और खिन्न गिटार की आवाज़ में किसी बेचैन पक्षी के गले से निकला कोई उनींदा–सा स्वर बीच–बीच में करवट लेता था।

राहुल एक गहरे द्वन्द्व से भरी यन्त्रणा से गुज़र रहा था। मेरी चेतना बदल क्यों नहीं जाती? मेरा दिल क्यों इतनी तकलीफ़ दे रहा है? किसी कोबरे की तरह बार–बार यह मुझे डस क्यों रहा है?

इसे बेडौल और ऊबड़–खाबड़ समय के इस पत्थर के भीतर, अतीत में, वर्षों पहले, फॉसिल बन चुकी किसी चीज़ को मैं फिर से जिन्दा पा जाने की इस असम्भव, मूर्ख और लहूलुहान कोशिश में क्यों लगा हूँ? मैं स्वयं ही अपनी नियति को इस तरह क्यों बिगाड़ रहा हूँ?

वह उठा। उसने टेबिल–लैंप का शेड अपनी ओर घुमाया और पन्द्रह वाट की मद्धिम रोशनी में 'राम की शक्ति पूजा' के पन्ने खोले :

'धिक् जीवन को जो पाता ही आया विरोध,
धिक् साधन, जिसके लिए सदा ही किया शोध!
जानकी! हाय, उद्धार प्रिया का हो न सका!
वह एक और मन रहा राम का जो न थका...
जो नहीं जानता दैन्य, नहीं जानता विनय...!'
राहुल की आँखें भीग गयीं। उसने पन्ने पलटे।
'...रावण, रावण, लम्पट, खल, कल्मष–गताचार...'

डबडबाई हुई आँखों ने उसकी दृष्टि को धुँधला कर दिया। जिसने इन पंक्तियों को लिखा होगा, वह क्यों विक्षिप्त हुआ... इसका आभास राहुल को अब हो रहा था।

यह उसका जीवन ही था, जो इन कविताओं को पढ़ रहा था और किसी धीमे विस्फोट के साथ हर शब्द के अर्थ खोल रहा था...!

मैं नहीं जानता, मेरे भीतर तुम्हारे लिए प्यार है या नफ़रत, मिस जोशी! लेकिन मैं सुबह तुम्हारा इन्तज़ार करूँगा।

प्लीज़, डू कम।

राहुल ने ओ.पी. को सब कुछ बता दिया था। ओ.पी. इतना ख़ुश था, जैसे राहुल से मिलने अंजली नहीं, उसकी कल्पनाओं में रहने वाली वह चिर प्रतीक्षित ठिगनी साँवली लड़की उससे मिलने आ रही हो।

'मैं बाहर से ताला लगाकर चला जाऊँगा। साढ़े चार बजे लौटूँगा। फ़िक्र मत करना, यार!' उस छह फुट तीन इंच लम्बे शुतुरमुर्ग ने अपनी ऊँट जैसी गर्दन को बड़े प्यारे ढंग से लहराते हुए कहा था।

और वह 'पैकेट' भी तो यह ऊँट ही ख़रीदकर लाया था, अपने पैसे से, जिसे ख़रीदने के लिए राहुल पिछले छह दिनों से 'केमिस्ट' की दुकान के सामने जेब में हाथ डाले देर–देर तक खड़ा रहता था और शर्म के मारे वापस लौट आता था।

राहुल ओ.पी. की गर्दन से झूल गया और लिपटकर बोला, ''मेरे प्यारे कंकाल, मेरी समझ में नहीं आता कि मैं तुझसे ज़्यादा प्यार करता हूँ या उससे!''

'मोगांबो ख़ुश हुआ। हह...हह...हह।' ऊँट भलभलाया।

अंजली को पद्मश्री तिवारी की विद्यापति वाली क्लास के ख़त्म होते ही डिपार्टमेंट से फूट लेना था। राहुल को आज डिपार्टमेंट जाना ही नहीं था। प्ले ग्राउंड को घेरने वाली सड़क से चलते हुए, स्पोर्ट्स स्टोर रूम के पीछे दोनों चट्टानों के बीच से, झाड़ियों में से निकलते हुए, अंजली को बहुत सतर्कता के साथ, छुप–छुपकर, उस पहाड़ी पर चढ़ना था।

टैगोर हॉस्टल के पीछे के दरवाज़े को, जो हमेशा बन्द रहता था, ओ.पी. को खोलना था। पीछे की सीढ़ियों से, दूसरी मंज़िल

में पहुँचकर, गलियारे की साइड वाल की आड़ लेते हुए, उन्हें रूम नं. 252 तक आना था। उतनी देर, वैसे तो सारे स्टूडेंट्स क्लास चले जाते हैं और उनके कमरों में ताला बन्द रहता है लेकिन अगर धोखे से कहीं कोई लड़का दिख जाये, तो अंजली को बिल्कुल बिना घबराये, बोल्डली, पूरे आत्मविश्वास के साथ, बेफ़िक्री का अभिनय करना था। क्योंकि ओ.पी. को उन्हें देख लेने वालों से उसे अपनी 'सिस्टर' बताना था।

पद्मश्री राजेन्द्र तिवारी की क्लास साढ़े ग्यारह बजे ख़त्म होनी थी। इस लिहाज़ से बारह बजे तक अंजली को यहाँ पहुँच जाना था।

राहुल को एक तेज़ उत्कण्ठा ने घेर रखा था। उसके भीतर कोई लट्टू घूम रहा था। या कोई जंपिंग डॉग बार–बार छलॉग मार रहा था। क्योंकि उसकी चाभी ही नहीं ख़त्म होने को आ रही थी।

राहुल का दिल ज़ोरों से धड़क रहा था। ठीक उतनी ही तेज़ी के साथ, जितनी तब, जब राहुल अपनी खिड़की से तलहटी पर धीरे–धीरे रेंगती उस पीली छतरी को देखा करता था।

उसके अपने ही कान इस समय भी, उसके अपने ही हृदय की धड़कनों को साफ़–साफ़ सुन रहे थे।

धक्... |धक्। धक्...धक्।

हालाँकि उस हृदय में अंजली के लिए क्या था, प्यार या घृणा? वह स्वयं नहीं जानता था।

और ठीक बारह बजकर पाँच मिनट पर वह आ गयी। उसका चेहरा धूप और थकान से झुलसकर ताँबई हो चुका था। उसकी साँसें बढ़ी हुई थीं। वह हाँफ रही थी।

ओ.पी. ने थर्मस में चाय भर दी थी और बिस्किट का पैकेट रख दिया था। बिना देर किये उसने मेज़ पर रखा ताला उठाया, जाते–जाते एक बार राहुल को देखकर मुस्कराया और दरवाज़ा बाहर से बन्द कर दिया।

बाहर से कुंडी बन्द करने और ताला लगाने की आवाज़ आयी। इसके बाद ओ.पी. के दूर जाते क़दमों की आवाज़।

जाते हुए वह प्यारा–सा ऊँट भयानक बेसुरे गले से गा रहा था...

'दिल दीवाना...बिन सजना के माने ना...
ये तो पगला है...समझाने से...'

राहुल ने अंजली को देखा। वह राहुल के कमरे को बड़ी उत्सुकता के साथ देख रही थी।

'तो मिस जोशी, आप आ ही गयीं...लास्टली।' राहुल ने कहा।

अंजली ने अपना बैग मेज़ पर रखा और ओ.पी. के बेड पर बैठ गयी।

'बाप रे!...कितना मुश्किल रास्ता था...! मैं तो गिरती–पड़ती आयी।' अंजली के चेहरे पर अपनी सफलता की मुस्कान थी। उसने अपनी सैंडिल पैरों से अलग की।

'टूट गयी। देखो।' उसके पैर धूल में सने थे।

फिर उसने अपनी कुहनी घुमायी।

राहुल के भीतर एक पीड़ा–सी कौंध गयी। अंजली की कुहनी छिल गयी थी। उसमें से ख़ून छल–छला रहा था।

'डिटॉल देना।' अंजली ने इस तरह कहा जैसे यह कमरा उसका अपना ही घर हो और उसे पता हो कि अलमारी के बीच वाले खाने में, दाहिनी ओर डिटॉल की शीशी रखी है।

डिटॉल लेकिन नहीं था। राहुल ने आफ्टर–शेव का स्प्रे उठाया, अंजली की बाँह पकड़ी और कुहनी पर फुहार छोड़ दी...छू...ऽ।

अंजली ने दाँत भींच लिए। ताज़ा छिले घाव पर आफ्टर–शेव की जलन से उसे तेज़ दर्द हुआ होगा।

राहुल ने उसका चेहरा देखा। उसके बाल बिखर गये थे। वह थक चुकी थी। पैर के अँगूठे में हल्की–सी खरोंच थी। कुहनी छिल चुकी थी। लेकिन कितनी अबोधता उसके चेहरे में थी। एक

ऐसी निश्चिन्तता जो किसी दुर्गम, अजनबी और भटकाव भरी यात्रा के बाद अन्ततः अपना घर पा लेने पर होती है।

'छतरी कहाँ है?' राहुल ने चौंककर पूछा।

'मैं उसी झाड़ी में छुपा आयी...'

'किसी ने उसे वहाँ देख लिया तो?' राहुल को थोड़ी–सी फ़िक्र हुई।

'कोई नहीं देखेगा।' अंजली निश्चिन्त थी।

'क्यों?'

'क्यों का क्या मतलब? मैंने कह दिया न। कोई नहीं देखेगा।' अंजली ने कहा। राहुल के भीतर हँसी की नन्हीं–नन्हीं घण्टियाँ बजीं। बिल्कुल वैसी ही है। उसने अंजली की हथेली को अपने दाहिने हाथ में भर लिया। और बस। चुम्बक और बिजली की वह आँधी उठने लगी। उसकी अपनी देह के भीतर। वे दोनों उसमें अभी उड़ने लगेंगे।

राहुल ने अंजली की आँखों को, फिर माथे को चूमा।

वह आँधी अब एक चक्रवात में बदलने लगी थी। वे दोनों एक–दूसरे के चेहरे में अपने–अपने होंठों से कुछ खोज रहे थे।

'यह ओ.पी. का बेड है।' राहुल की साँसें बढ़ गयी थीं।

'धत्त!' अंजली ने कहा। वह उठकर खड़ी हो गयी। राहुल ने उसे अपने बिस्तर पर गिरा लिया।

'यही वो खिड़की है, जहाँ से तुम...?' अंजली ने पूछा।

'हाँ! तुम्हारी पीली छतरी इसी में रेंगती है...' राहुल ने उसे ढँक लिया।

आश्चर्य यह था कि बाहर की दुनिया में, खुले आकाश के नीचे, यूनिवर्सिटी कैम्पस में, उन्होंने कभी ऐसी स्वतन्त्रता महसूस नहीं की थी। क्या बाहर की दुनिया इस छोटे से कमरे में ज़्यादा सँकरी है, जिसका दरवाज़ा बाहर से बन्द है और जिस पर ताला लगा है?

अंजली ने अपनी आँखें राहुल के चेहरे पर गड़ायी, अपनी

हथेलियाँ उसकी गर्दन में फँसाई और ऊपर उठकर उसे चूम लिया।

और ठीक इसी पल राहुल की चेतना में हेमन्त का वाक्य गूँजने लगा।

तो क्या मैं वास्तव में एक सेंटीमेंटल जोकर हूँ...मुझे कुछ नहीं मिलना। आयम आल्वेज अ लूज़र...जब फ़ैसले का वक़्त आयेगा, मुझमें और अपनी जाति में से किसी एक को चुनने का सवाल, तो ये लड़की अपनी जाति को चुनेगी। ये 'पॉवर' को चुनेगी। मुझे नहीं!

क्योंकि यह इस भ्रष्ट सरकार के एक ब्राह्मण मन्त्री एल.के. जोशी की बेटी है। वही जाति, जिसकी अनैतिक सत्ता मेरे और मेरे जैसे करोड़ों लोगों के लिए किसी अभिशाप की तरह है। वही 'क्रिटर्स' जिन्होंने शताब्दियों से अन्याय, अतिचार, भ्रष्ट आचरण और भोगवाद का अश्लील नरक यहाँ पैदा कर रखा है। उसी रावण की सन्ततियाँ, जिसने सीता का अपहरण करके राम का समूचा निर्वासित जीवन तबाह कर डाला था।

राहुल के आगे आचार्य एस.एन. मिश्रा और बलराम पाण्डे की घूरती हुई वे डरावनी आँखें टग गयीं, जिनकी नाक के नीचे एक काली तितली बैठी हुई थी। फ्यूहरर की मूँछ। वह भय, जिसने उसे उस रात सोने नहीं दिया था।

मेरे जैसे करोड़ों लोगों को मामूली खरपतवारों की तरह चुटकियों में उखाड़ फेंकने वाले षड्यन्त्रकारी शाश्वत मक्कार।

राहुल की बाँहों में मछलियाँ फड़कने लगीं। उसकी देह की शिराओं में बहने वाली लाल नदी में अभी–अभी, कुछ पल पहले तक, जो एक संगीत–सा कुछ बज रहा था और जहाँ दो नन्हीं–नन्हीं चमकीली मछलियाँ तैर रही थीं, वहाँ कोई चक्रवात–सा पैदा होने लगा।

उसने हाथ बढ़ाकर अंजली के शर्ट के बटन झटके में खोलने शुरू कर दिये।

'वेट...वेट! क्या कर रहे हो, राहुल?' अंजली ने उसकी कलाई पकड़नी चाही। यह एक कमज़ोर–सा प्रतिरोध था। अंजली की शर्ट के सारे बटन खुल चुके थे। राहुल के पंजे सख़्त थे।

'राहुल!' अंजली की टूटती–बिखरती–सी आवाज़ आयी। 'क्या कर रहे हो...! प्लीज़! व्हाई आर यू इन हरी...?'

'क्योंकि मैं राहुल नहीं हूँ! मैं एक तेंदुआ हूँ। अ पैंथर।' राहुल के हाथ उसकी जींस की जिप को खोल चुके थे।

तेंदुए ने पूरे बनैलेपन के साथ अपने शिकार पर हमला कर दिया था। अंजली ने विरोध छोड़ दिया था। वह किसी चौंकी हुई हिरणी की आँखों से अपने ऊपर लदे जानवर को देख रही थी।

'लड़कियाँ हिंसा पसन्द करती हैं न?...उन्हें शाहरुख ख़ान चाहिए...है न? वो 'डर' वाला शाहरुख ख़ान।' या वो सलमान ख़ान, जो हिरण खाता है। ब्लैक बक?

राहुल के भीतर तेज़ आँधी और किसी हिंस्र बनैले पशु की उत्तेजना एक साथ जाग उठी थी।

और अब वह पूरी ताक़त के साथ, दबी–कुचली जातियों की समूची प्रतिहिंसा के साथ, शताब्दियों से उनके प्रति हुए अन्याय का बदला ले रहा था। थप्प्...थप्प्!

उसका हर आघात एक प्रतिशोध था। उसकी हर हरकत एक बदले की कार्रवाई थी।

अंजली की आँखें अधमुँदी हो गयी थीं। उसका मुँह खुल गया था। उसका चेहरा अँगारों की तरह दहक रहा था।

आश्चर्य यह था कि जितनी गहरी प्रतिहिंसा की तीव्रता के साथ राहुल पराभूत जातियों की तरफ़ से प्रत्याघात करता, वह देखता कि अंजली की आँखें किसी तृप्ति के सुख में मुँद–सी गयी हैं और उसके होंठों पर एक हल्की–सी स्मित की रेखा खिंच गयी है...! 'आह! आह!'

राहुल की स्मृति में वह फ़िल्म, नहीं...कोएट्ज़ी के उपन्यास '*एक देश के हृदय में*' का वह अंश कौंध गया, जिसमें एक नीग्रो लड़का

अपने गोरे मालिकों की हत्या के बाद उनकी बेटी से बलात्कार करते हुए, शताब्दियों से गुलाम बना डाली गयी, दमित और पराभूत अश्वेत जाति का बदला लेता है। लेकिन उसका प्रतिशोध उस लड़की के लिए मज़े और सुख का साधन बन जाता है।

इसका मतलब, कहीं इसे भी तो...?

इसके जैविक गुणसूत्रों में तो वैसे भी महाभोगियों और कामुक आनन्दवादियों की आनुवांशिकता है। इसके डी.एन.ए. में 'हेडोनिज़्म' मौजूद है...कहीं यह इतनी दूर, पहाड़ी चढ़कर, पत्थरों पर गिरती–पड़ती, कँटीली झाड़ियों के बीच से निकलकर, इस कमरे तक सिर्फ़ मज़ा और सुख और 'किक' लेने तो नहीं आयी?

राहुल को एक अजीब–सी हीनता ने घेरा। क्या मैं उसके लिए सिर्फ़ एक मज़ा देने वाला खिलौना भर हूँ? कोई सेक्स टॉय? एक 'डिल्डो'?

राहुल की समझ में कुछ नहीं आ रहा था। तेंदुए ने अपनी समूची ताक़त अपने शरीर में इकट्ठी करके एक बार फिर से आक्रमण किया।

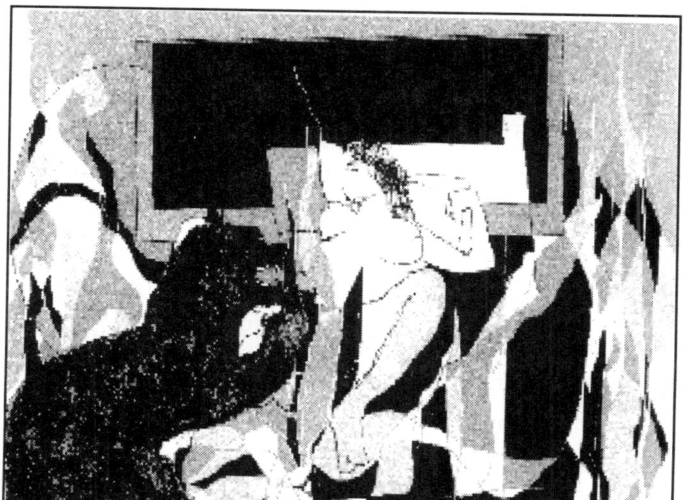

'यू आर अ रियल पागल!' अंजली ने बाद में कहा। "तुमने कहा था कि मैंने 'अरेंज' कर लिया है। अब कहीं कुछ हो गया तो?' वह राहुल को जिस तरह देख रही थी, राहुल के लिए वह एक बिल्कुल नयी अनुभूति थी। इसके पहले कभी भी अंजली की आँख में इतनी निकटता, इतना निश्छल, इतना गहरा ऐन्द्रिक अपनापन नहीं था।

तभी राहुल की निगाह बेडशीट पर पड़ी। उसमें अंजली का रक्त था। ढेर सारा। राहुल ने अंजली को देखा और उसकी सारी इन्द्रियाँ स्तब्ध रह गयीं। उसके मस्तिष्क ने सोचना छोड़ दिया। यह एक तेज़ झटका था।

अंजली एक गहरी वत्सलता, अपनेपन, कृतज्ञता और प्यार के साथ उसे एकटक देख रही थी। उसकी आँखों में किसी अज्ञात नक्षत्र की टिमटिमाहट और सजलता थी।

छिली हुई कुहनी, चोट खाये हुए पैर, टूटी हुई सैंडिल, चादर पर सना हुआ ख़ून, इतनी देर तक चलने वाली हिंसा, बाँहों और छाती पर नाख़ून की खरोचों के निशान...इस सबको चुपचाप उसने सह लिया था और एकटक, एक निःशब्द गहरी करुणा, ऐन्द्रिकता और ममता के साथ वह उसे देख रही थी।

ये आँखें कितनी निर्दोष, कितनी अबोध, किसी नन्हीं–सी बच्ची की पवित्र आँखें थीं। समय की कोई भी धूल, कालिख या कलुष उनमें नहीं था। वे कोंपलों की तरह नवजात और अक्षत थीं।

राहुल ने अंजली की गोद में सिर रख दिया। उसके भीतर ग्लानि और पश्चाताप का एक ऐसा बाँध टूटा कि वह अपने आपको सँभाल नहीं सका।

अंजली की गोद में राहुल का सिर था और वह किसी बच्चे की तरह फूट–फूटकर रो रहा था। अंजली उसके माथे को बार–बार चूम रही थी। वह उसके सिर को अपनी बाँहों में समेटकर उसे चुप कराने की कोशिश कर रही थी।

उसने अभी तक कपड़े नहीं पहने थे। उसकी जँघाएँ, पेट और स्तन राहुल के आँसुओं में गीले हो चुके थे।

आँसुओं की बूँदें बेडशीट पर फैले रक्त और वीर्य के धब्बे के साथ घुल रही थीं।

'क्या कर रहे हो? चुप...चुप्प! कोई सुन लेगा।' अंजली की समझ में कुछ नहीं आ रहा था। वह बार–बार कह रही थी। 'यू आर अ जोकर! जॉनी जोकर...! मेरे असली पागल...!'

आख़िर उसने अपनी समझ से राहुल के रोने का अन्दाज़ा लगाया और उसके माथे को चूमती हुई बोली :

'लिसेन!...मैं सच में तुमसे बहुत प्यार करती हूँ! और अब हमें कोई अलग नहीं कर सकता! प्रोमिज़!...अब चुप हो जाओ।'

'चोऽऽप!' अंजली ने ज़ोरों से डॉटकर कहा। बिना इसकी परवाह किये कि उसकी आवाज़ एक लड़की की आवाज़ है, जो आज तक इस हॉस्टल में किसी लड़के के कमरे में कभी सुनी नहीं गयी। और यह आवाज़ यहाँ से बाहर तक भी जा सकती है।

राहुल डर गया। उसने अंजली को चूमा और हँस पड़ा।

ग्लानि, पछतावे और आँसुओं में लिथड़े लाचार चेहरे की हँसी।

उस बृहस्पतिवार को चार बजे के पहले तक अंजली और राहुल ने दो बार और जो कुछ किया, उसमें किसी बेचैन समुद्र में तैरती दो मछलियों की नन्हीं–नन्हीं देह में एक–दूसरे के आर–पार हो जाने की व्याकुलता और छटपटाहट ही थी।

एक पवित्र, आदिम, शाश्वत, चिरंतन, प्राकृतिक छटपटाहट।

इसके बाद की कहानी बहुत संक्षिप्त–सी है। इसलिए कि यह किसी सुदूर अतीत में घट चुकी घटना का इति–वृत्तान्त नहीं है। यह उस आख्यान का मात्र एक अंश है,जिसकी घटनाएँ अभी, आज तक घटती चली जा रही हैं। यह एक बनती जाती, निर्मित होती, रची जाती कहानी, या अभी, इस पल तक जिये जाते जीवन का ठीक इस पल के पहले तक का बयान है।

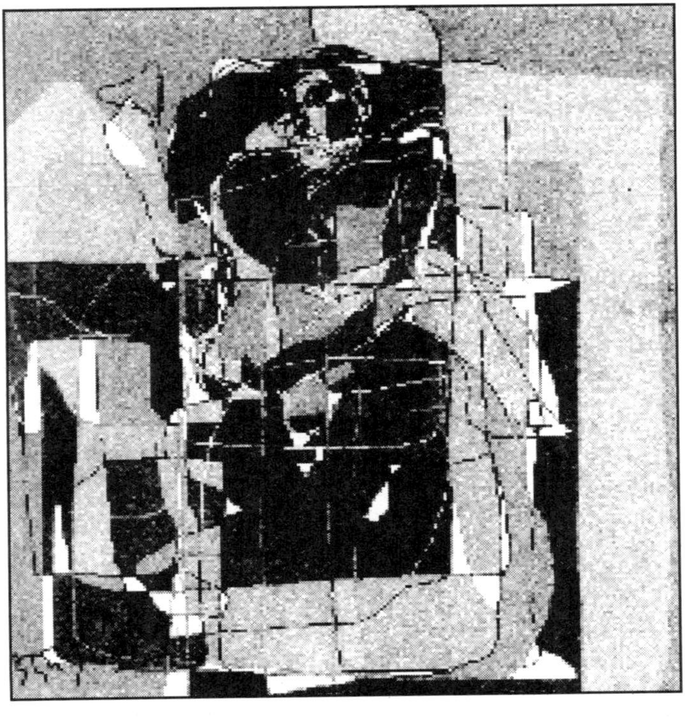

एक असमाप्त आख्यान का एक अनिर्णीत टुकड़ा। इसी समय और उसमें जिये जाते किसी जीवन का एक साधारण–सा ब्यौरा।

आने वाले एक महीने में अंजली तीन बार राहुल के कमरे में और आयी। उसी तरह गिरती–पड़ती। सबसे छुपकर। कँटीली झाड़ियों से भरी पथरीली पहाड़ी को चढ़ती हुई। देह पर खरोचों, टूटी हुई सैंडिल, फटे कपड़ों, थकान और धूप में झुलसे चेहरे और चढ़ी हुई, हॉफती साँसों के साथ।

यह उस अंजली जोशी की हालत थी, जो एक मिनिस्टर, अरबपति बिल्डर और जाति से ब्राह्मण एल.के. जोशी की बेटी थी।

क्या यह मुम्बइया फ़िल्म की घिसी–पिटी पटकथा के भीतर घटती घटना थी? अमीर और ग़रीब के बीच प्यार की पॉपुलर त्रासदी का छठे दशक का रोमेंटिक फॉर्मूला?

उसी महीने, एक रात, लगभग बारह बजे पुलिस ने हॉस्टल पर छापा मारा। छह–सात कमरों की तलाशी ली गयी। कार्तिकेय काजले, मसूद, प्रवीण, मधुसूदन, डी. गोपाल राजुलु और अखिलेश रंजन को वह अपने साथ ले गयी। राहुल के कमरे में रेड नहीं हुआ, यह एक संयोग ही था। प्रताप परिहार अपने मामा के पुलिस में होने से शायद बच गया था।

दो दिन के बाद प्रवीण, गोपाल राजुलु और मधुसूदन लौट आये। उन्हें मारपीट कर पुलिस ने छोड़ दिया था। लेकिन कार्तिकेय, मसूद और अखिलेश रंजन को गिरफ़्तार कर लिया गया।

लोकल अख़बार 'जनवाणी' के पहले पृष्ठ पर मोटी सुर्ख़ियों में समाचार छपा, ''*छात्रावास में हथियारों और नशीले पदार्थों का जखीरा बरामद : तीन छात्र गिरफ़्तार।* प्रवीण ने बतलाया कि कार्तिकेय को पहले पुलिस ने और फिर लच्छू गुरु ने थाने के भीतर बहुत बुरी तरह मारा। मसूद के घुटने तोड़ दिये गये। पुलिस ने उनके कमरों से झूठी बरामदगी दिखायी है। कट्टे तो प्रताप के कमरे में रखे थे, जिसकी पुलिस ने तलाशी ही नहीं ली थी।

मधुसूदन ने बताया कि कार्तिकेय रो रहा था। वह सिविल

की तैयारी कर रहा था। उसका पूरा करियर ख़त्म हो गया। इस सबके पीछे म्युनिसिपैलिटी के अध्यक्ष लक्खू भइया और मिनिस्टर जोशी का हाथ है। वीसी की इजाज़त के बाद ही पुलिस हॉस्टल में घुसी थी। उनको रिमांड में ले लिया गया है और नारकोटिक्स के व्यापार, अवैध हथियार रखने के अलावा आतंकवाद निरोधक दफ़ाओं के तहत उन पर जुर्म क़ायम होगा।

उस दिन एक अंग्रेज़ी के अख़बार के मुखपृष्ठ पर दिल्ली के सुप्रीम कोर्ट के सामने पुलिस द्वारा तंग किये जा रहे एक नौजवान सिख का फ़ोटोग्राफ़ छपा था। उसने अपने ऊपर पेट्रोल छिड़ककर आग लगा ली थी। उस फ़ोटोग्राफ़ में, लपटों में घिरा हुआ वह, दोनों हाथ उठाये जल रहा था। आसपास दर्शकों की छोटी–सी भीड़ थी। पृष्ठभूमि में देश के सर्वोच्च न्यायालय की इमारत थी।

उसी दिन हिन्दी डिपार्टमेंट में एक सेमिनार आयोजित था। पहले सत्र का विषय था, ''समकालीन कविता में रीतिकाल की प्रासंगिकता'' और दूसरे सत्र का विषय था, ''साहित्य की स्वायत्तता का प्रश्न।'' सेमिनार में भाग लेने दिल्ली से डॉ. हरिहर द्विवेदी, डॉ. सोहन लाल चतुर्वेदी, डॉ. मरुधर पाण्डे, प्रो. अजायब अग्रवाल और श्री के.एल. वाजपेयी आ रहे थे। इसके अलावा दिल्ली, भोपाल, पटना और लखनऊ जैसी राजधानियों से लगभग एक दर्जन कवि आये थे, जिनमें एकाध को छोड़कर सभी के नामों के अन्त में शुक्ल, तिवारी, द्विवेदी, पाण्डे, जोशी, आल–वाल, शर्मा वग़ैरह जातिसूचक सरनेम थे।

ए.सी. का किराया। टी.ए./डी.ए. और पाँच–सात हज़ार ऊपर से 'पत्रम–पुष्पम।' सरकार के संस्कृति मन्त्रालय के सहयोग से विश्वविद्यालय के हिन्दी विभाग ने यह आयोजन किया था, जिसमें लगभग पाँच लाख रुपये ख़र्च हुए थे।

सेमिनार के निमन्त्रण पत्र, ब्रोश्योर और सोवेनीर 'जनवाणी' प्रिंटिंग प्रेस में ही छपे थे।

जब चौथी बार अंजली टैगोर हॉस्टल के रूम नम्बर 252 में आयी और ओ.पी. चार बजे तक के लिए बाहर से ताला लगाकर अपनी ख़ास ऊँटों वाली स्टाइल में गाता हुआ चला गया और जब राहुल ने उसकी हथेली को अपनी हथेली में भरकर उँगलियाँ फँसायी और जब बिजली और चुम्बक की एक तेज़ आँधी दोनों के शरीर के भीतर पैदा हुई और जब वह किसी बवंडर, चक्रवात या किसी बेचैन समुद्र की उत्ताल, पछाड़ मारती लहरों में तब्दील हो गयी, जिसमें वे दोनों अपने–अपने कपड़े उतारकर एक–दूसरे के भीतर आर–पार होने की कोशिश में एक–दूसरे से टकराती दो नन्हीं–नन्हीं मछलियों की तरह तैरने लगे...

तभी एक खट् की आवाज़ हुई। राहुल और अंजली दोनों ने चौंककर ऊपर देखा।

कमरे के वेंटिलेशन में दो चेहरे लटके हुए थे।

उनमें से एक चेहरा हॉस्टल के वार्डेन चन्द्रमणि उपाध्याय के नौकर का था और दूसरा था गोपाल द्विवेदी का सिर।

वही गोपाल द्विवेदी, जिसने राहुल का एडमिशन आचार्य एस.एन. मिश्रा से कहकर हिन्दी विभाग में करवाया था। 'भ्राता समान'। राहुल सिहर गया। ये वही आँखें थीं। उनकी नाक के नीचे बीसवीं सदी के चौथे–पाँचवे दशक की एक प्रसिद्ध काली तितली बैठी हुई थी। डरावनी। किसी अपशगुन की तरह।

दोनों ने बेडशीट को ओढ़ लिया।

दोनों चेहरे वेंटिलेशन से ग़ायब हो चुके थे।

समस्या यह थी कि कुछ किया नहीं जा सकता था। दरवाज़ा

बाहर से बन्द था। ओ.पी. ताला लगाकर चार बजे तक के लिए जा चुका था।

लगभग ढाई बजे के आसपास बाहर कई लोगों के चलने की आहट आने लगी। तेज़ चलते हुए जूतों की क़रीब आती आवाज़ें। दरवाज़े पर आकर वे रुक गयीं। चाभी घुमाने, ताला खुलने और कुंडी सरकाने की आवाज़ आयी।

और दरवाज़ा खुला।

छह फुट तीन इंच लम्बा कंकाल बाहर खड़ा था। उसका चेहरा ज़र्द था। उसकी बगुले जैसी लमबी गर्दन, किसी डर में जड़ होकर तन गयी थी। उसके होंठ कांप रहे थे। उसके साथ चार–पाँच लोग और थे। वार्डेन डॉ. चन्द्रमणि उपाध्याय, अंजली के भाई डी.के. जोशी और तीन अजनबी, भारी भरकम, सपाट चेहरे के लोग।

'चलो...' किसी ठण्डे लोहे की तरह यह सपाट वाक्य अंजली के लिए उसके भाई ने बोला था।

अंजली मेज़ पर रखा अपना बैग उठाकर चुपचाप निकल गयी। राहुल कमरे के बीचों–बीच खड़ा था।

अंजली को लेकर बाक़ी लोग चले गये। दरवाज़े पर ओ.पी के साथ रह गया सिर्फ़ उसका भाई डी.के. जोशी। उसने राहुल को ठण्डी लेकिन भीतर तक भेदती हुई आँखों से देखा और कहा :

'मैं कोई 'सीन' यहाँ नहीं 'क्रिएट' करना चाहता...हमारी इज़्ज़त का सवाल है...लेकिन तुम समझदारी से काम लो...मुँह बन्द रखो। अगर कुछ भी एंड–बेंड किया तो स्साले तेरी लाश आयेगी, सिटी हॉस्पिटल में...उसी जगह पोस्टमार्टम के लिए, जहाँ उस बैंचो 'मंकी' की बॉडी पड़ी हुई थी।'

इतना कहकर वह मुड़ा और जाने लगा।

पाँच–सात क़दम चलने के बाद वह रुका और घूमकर बोला, ''दिमाग़ में घुस गयी न मेरी बात? अकल से काम लेना।'' और चला गया।

ओ.पी. बहुत गम्भीर और डरी हुई आँखों से राहुल को देख रहा था।

अब तो इस असमाप्त कथा का वही अंश बाक़ी है, जिसका विवरण किसी तरह दिया जा सकता है।

यह एक ट्रेन है। राजधानी एक्सप्रेस। ट्रेन संख्या 2002।

कंपार्टमेंट नं. एस–8 के बर्थ नम्बर 41–42 पर अंजली जोशी और राहुल हैं। यह रात है और घड़ी में ग्यारह बजकर तेईस मिनट हुए है। शताब्दी एक्सप्रेस बहुत तेज़ रफ़्तार से भाग रही है।

अंजली और राहुल की आँखों में नींद नहीं है। वे जागे हुए हैं और एक–दूसरे को देख रहे हैं। लगता है कि वे इसीलिए जाग रहे हैं क्योंकि उन्हें एक–दूसरे को देखते रहना है।

आज अंजली का जन्म–दिन है। वह मकर राशि की है। केप्रिकोर्नियन।

आभा, अणिमा, शर्मिष्ठा, नीरा दीदी, परवेज़, प्रताप, शैलेन्द्र जॉर्ज, शालिगराम, सीमा फिलिप, चन्द्रा...सभी इस षड्यन्त्र में शामिल थे, जिसके चलते अपने घर में महीने भर से नज़र–बन्द अंजली को जन्मदिन पर फ़िल्म देखने के बहाने निकलने का मौक़ा मिला और इंटरवेल के बाद आठ बजकर तीस मिनट पर, शॉल के भीतर अपना चेहरा छुपाये वह स्टेशन पहुँची। न वह अकेली थी, न पहले से वहाँ मौजूद राहुल अकेला था। षड्यन्त्रकारी दोस्तों की पूरी टीम वहाँ उनके आस–पास मौजूद थी, जिसमें वह छह फुटा शुतुरमुर्ग भी था।

किसी के भी चेहरे पर कोई डर नहीं था। उसमें खुशी, होशियारी, संकल्प मज़बूती और एक तरह की झिलमिल सहानुभूति थी।

ट्रेन ने जब प्लेटफॉर्म छोड़ा तो वे सभी हाथ हिला–हिलाकर विदा में हँस रहे थे और उछल रहे थे।

राहुल और अंजली दूर तक उन्हें देखते हुए दरवाज़े पर खड़े रहे।

राहुल उस बगुले जैसी सबसे ऊँची गर्दन पर रखे हिलते हुए मुस्कराते सिर को तब तक देखता रहा जब तक कृतज्ञता और विह्वलता के आँसुओं ने उसकी आँखों के सामने पानी की दीवार नहीं खड़ी कर दी।

यह एक अनिश्चित लेकिन उम्मीदों और उमंगों से भरी यात्रा थी।

राहुल और अंजली की आँखें एक–दूसरे को अपलक, नक्षत्रों की टकटकी की तरह देखे जा रही थीं लगातार।

घड़ी में दो बजने को तीन मिनट बाक़ी थे, जब ट्रेन में ब्रेक लगने की चीख़ती हुई आवाज़ हुई। कुछ दूर तक घिसटने के बाद ट्रेन रुक गयी।

यह कोई अनजान–सी जगह थी। अन्धकार में डूबी हुई। शायद किसी ने जंजीर खींची होगी या किसी वजह से 'स्टॉप' का लाल सिग्नल ड्राइवर को मिला होगा।

अचानक एक शोर–सा हुआ। दरवाज़ा पीटने, फिर खुलने की आवाज़ हुई। दस–बारह लोग कंपार्टमेंट नम्बर एस–8 में दाख़िल हो गये। हथियार बन्द। उनके चेहरे सपाट थे। उनमें से दो ने आकर अंजली को पकड़ लिया। एक ने झटके से उसके ऊपर काला–सा कम्बल डाला और उसे गठरी की तरह उठाकर देखते–देखते ले गये।

राहुल पर कई एक साथ टूट पड़े।

किसी ने मेन स्विच का तार खींच दिया था। पूरा डिब्बा अँधेरे में डूब गया था।

राहुल को तीन–चार लोगों ने दबोच रखा था। वह छटपटा रहा था। इसका मतलब कहीं से यह ख़बर लीक हो गयी थी।

अब सब कुछ ख़त्म था?

राहुल ने देखा कि उस अँधेरे में उनमें से एक आदमी टिन

की एक बड़ी–सी तगाड़ी लेकर आया और उसे फ़र्श पर रख दिया। फिर उसमें लकड़ियाँ डाली गयीं। उसमें घी जैसी कोई चीज़ उड़ेली गयी और फिर माचिस से उसे जला दिया गया। आग की लपटें उठने लगीं।

एक काला, माथे पर तिलक लगाये, काली तितली की मूँछ वाला वनमानुष उस लपट की रोशनी में कौंधा :

'ओम् भूः स्वाहा, इदमग्नये न मम्!

ओम् भूः स्वाहा, इदं वायवे न मम्।

ओ भूः स्वाहा, इदं ब्राह्मणे न मम्!'

वह डरावना गोरिल्ला मन्त्र पढ़ रहा था और आग में कुछ झोंक रहा था, जिससे लपटें और भी बढ़ने लगती थीं।

वे सब लोग उस जलती हुई अग्नि के चारों ओर एक घेरे में बैठ गये थे। उन्होंने बन्दूकें, छुरे, तलवार और लाठियाँ नीचे रख दी थीं और पता नहीं कहाँ से सबके हाथों में एक–एक किताब आ गयी थी।

'ओम् भूः स्वाहा...इदं...न मम्!

राहुल ने देखा कि उनमें से एक के हाथ में ऋग्वेद था, जिसका पन्ना फाड़कर उसने उस आग में डाला...स्वाहा!

दूसरे ने जिस किताब के पन्ने आग में झोंके वह मार्क्स का 'दास कैपिटल' था। ओम् भूः स्वाहा...इदं...न मम्! ...एक के हाथ में गाँधी वांग्मय था। ओम् भूः...स्वाहा...

फिर लोहिया, नरेन्द्रदेव, बौद्ध ग्रन्थ, बाइबिल, कुरान शरीफ़ ...सभी किताबों के पन्ने उस आग में झोंके जाने लगे।

...ओम् भूः

ओम् भूः स्वाहा!

स्वाहा! स्वाहा!

आग की लपटें कंपार्टमेंट की छत को छूने लगी थीं। ऊपर के बर्थ में सोये हुए लोग उतर–उतरकर भाग रहे थे।

पीछे ए.के.–47 लिए हुए कमांडोज़ खड़े थे।

आद्यन्त

धर्मवीर भारती

प्रस्तुति

पुष्पा भारती

वाणी प्रकाशन

प्रकाशन के उत्कृष्टतम 62 वर्ष

सजिल्द पहला संस्करण : 1999
सजिल्द दूसरा संस्करण : 2008
सजिल्द तीसरा संस्करण : 2025

vaniprakashan.com

वाणी प्रकाशन

4695, 21-ए, दरियागंज, नयी दिल्ली-110 002

फ़ोन : + 91 11 23273167, 23275710

शाखाएँ

अशोक राजपथ, पटना-800 004, बिहार

कॉफ़ी हाउस कैम्पस, महात्मा गांधी मार्ग, प्रयागराज-211 001, उत्तर प्रदेश

महात्मा गांधी अन्तरराष्ट्रीय हिन्दी विश्वविद्यालय, वर्धा-442 001, महाराष्ट्र

sales@vaniprakashan.in
vaniprakashan@gmail.com

Aadyant
by Dharamveer Bharti

ISBN : 978-81-7055-646-6
Poetry Collection

मूल्य : ₹ 225

जी.एस. ऑफ़सेट, दिल्ली-110 095 में मुद्रित

वाणी प्रकाशन का लोगो मक़बूल फ़िदा हुसैन की कूची से

मेरे कोबियाल !
त्वदीयम् वस्तु गोविंद
तुभ्यमेव समर्पयेत् !

भूमिका

भारती जी की पहली पुस्तक सन् 1946 में छपी थी। वह कहानी संग्रह था—'मुर्दों का गाँव' और पहला काव्य संग्रह 'ठण्डा लोहा' 1952 में छपा था। जिसकी भूमिका में उन्होंने लिखा था कि ये कविताएँ पिछले छह वर्षों में लिखी कविताओं में से चुनी गयी हैं। यानी कि रचनाकाल वही लगभग 1945-46 के आसपास का। प्रस्तुत संग्रह के पहले खंड की जो कविताएँ हैं वह उससे भी पाँच-छः वर्ष पहले लिखी गयी थीं। मोटे तौर पर यह मान सकते हैं कि सन् 1940 के आसपास यह कविताएँ लिखी गयी होंगी जब भारती जी की उम्र मुश्किल से चौदह-पंद्रह साल की थी। सन् 1980 के आसपास का समय था जब उनके यत्र-तत्र रखे कागज़ों को सँभालते रखते वक्त मुझे एक छोटी-सी डायरी मिली—जिसमें बैंगनी रंग की स्याही से मोती जैसे अक्षरों में लिखी ये कविताएँ थीं। कई बार इन्हें छपाने की बात सोची पर अन्य कामों के कारण जीवन में व्याप्त अत्यधिक व्यस्तता के कारण इनका छपना मुल्तबी होता रहा। अब जब कवि की वाणी पर पूर्ण विराम लग चुका है तो सोचा आदि और अंत के दोनों सिरों को जोड़कर एक वृत्त पूरा कर दिया जाय—सो प्रस्तुत है यह 'आद्यन्त' !

सन् 1935 में छपी थी हरिवंशराय बच्चन की मधुशाला। और देखते-देखते खूब लोकप्रिय हो गयी थी। यही वह समय था जब भारती जी का कवि मन अभिव्यक्त होने के लिए आकुल हो उठा था। पिता की मृत्यु हो चुकी थी और घनघोर ग़रीबी में दिन गुज़र

रहे थे। छोटी-सी उम्र से ही ट्यूशनें करके, वजीफ़ों के सहारे पढ़ाई चल रही थी। दो जोड़ी कपड़ों में साल गुज़ारा जा सकता था, कभी-कभी भूखे पेट सोया जा सकता था, पर किताब ख़रीदने का शौक पूरा किये बिना चैन नहीं पड़ता था। आसपास के वाचनालय तो अड्डा बन ही चुके थे—जितनी सम्भव हो सकती थीं किताबें पढ़ डाली गयी थीं और लिख-लिख कर अधिकतर फाड़ फेंकने और कुछ-कुछ चीज़ें सहेज रखने के दिन आ गये थे—उसी उम्र में लिखी गयीं ये कुछ कविताएँ बच रही थीं। बच्चन जी की भाषा और उन्हीं के जैसी भावभूमि पर कई कविताएँ लिखी गयी हैं। मधुशाला का जादू तो तब सबके सिर चढ़कर बोलता था। भारती जी की भी पहली ही कविता में 'दोनों नयनों में प्यार की शराब भर' कर बात कही गयी है। एक ओर तो बच्चन जी की रोमांटिकता मन पर छायी थी दूसरी ओर 'लाल सलाम' विवेक पर तारी था। किशोर भारती का कच्चा मन कभी इधर, कभी उधर झुकता-बढ़ता चल रहा था। लिखते हैं—'खिज़ां की डाल पर बहार सा महक उठना, चाहते हैं पर रोशनी के तीर लाल चल रहे हैं' अकेले ही नहीं जोशीली कविता के साथ साथियों का आह्वान भी करता चलता है किशोर कवि 'ज़िंदगी की रेत ख़ूं से लाल मेरे साथियो' या फिर 'ज़िंदगी की आग में सुलग रहा इंसान, लाल रोशनी से भर रहा है ये ज़हान।' उस समय के किशोर कवि भारती पर कई तरह के प्रभाव थे—एक ओर रोमांटिक रुझान, दूसरी ओर मार्क्सवाद से प्रभावित, तीसरी ओर चाँद के फाँसी अंक को गीता रामायण से बढ़कर प्यार करने वाले और चंद्रशेखर आजाद, भगत सिंह के भक्त बन चुके भारती सुभाष की भी पूजा जैसी करते थे। पतले-दुबले, डेढ़ हड्डी के तो थे लेकिन खुद भी क्रांतिकारी बनने के सपने देखा करते थे। विश्वास था मन में कि 'क्योंकि एक युग का विद्रोही, युग-युग का ईश्वर बन जाता।'

कच्ची-कच्ची कविताएँ गढ़ने वाला किशोर धीरे-धीरे एक लय पाने लगा था 'कल्पने उदासिनी न मेघदूत वेश में...' कविता तक आते-आते भाषा और भावों में अंदरूनी लय आने लगी थी और कविता में शनैः-शनैः उठान आता जा रहा था। धीरे-धीरे हाल यह

हो गया कि 'मेरे मस्तक पर नभगंगा वाणी में ललकार, मेरी ठोकर एक कि जिससे, चूर-चूर हो बिखर पड़ेंगे लोहे के संसार' कविता में हीं नहीं जीवन में भी एक नयी लय आ रही थी। गांधी जी के आह्वान पर कॉलेज की पढ़ाई छोड़ दी थी और उस समय के छात्र नेता हेमवतीनंदन बहुगुणा के नेतृत्व में छात्रों की टोली के सक्रिय सदस्य बन गये थे। मामा-मामी के पास रहते थे सो मामी के मिट्टी के चूल्हे के पीछे मिट्टी का मोखा बनाकर उसमें हथियार छिपाये जाते थे–भले ही पतली कलाइयों में हथियार थामने की ताकत भी न हो पर मन के जोश का जवाब ही नहीं था यहीं बीज छिपा था उस भारती का जो बंगलादेश युद्ध के दौरान कर्नल नागरा और ब्रिगेडियर क्लेर की सेनाओं के साथ-साथ रणक्षेत्र में गया था–युद्ध को आँखों से देखा था, पूरे विवेक से जिया और जाना था।

भारती जी की इन कविताओं में मार्क्सवाद से प्रभावित किशोरमन, देशभक्ति से ओतप्रोत, पूँजीवादी व्यवस्था के प्रति विद्रोही, ग़रीबी, भूख और गुलामी से व्याप्त कवि हृदय के साथ ही साथ उम्र के तकाज़े से जीवन में आये प्रेम के प्रति आकृष्ट युवा होते मन की आहट भी सुनाई देती है। यही वह उम्र रही होगी जब उनके प्रथम उपन्यास 'गुनाहों का देवता' की कथावस्तु भी भीतर ही भीतर आकार लेना शुरू हुई होगी। उम्र के उस पड़ाव पर निराशा बड़ी जल्दी घेरती है 'मैंने प्यार किया–ग़लती की' या फिर 'प्रीति कर पछता रहा हूँ' जैसी कविताएँ उस समय के समाज में जीते युवक की स्पष्ट तस्वीर पेश करती हैं। अजब मज़ेदार समय था वह–उस ज़माने में प्यार की हिलोरें लेने के साथ ही साथ निराशा और विरह भी मन में घर करने लगते थे और कवि हृदय लोग बड़े शहीदाना अंदाज़ में विरह और दुःख व घुटन को जीते चलते थे। 'जिस दिन से तुमसे प्यार हुआ नयनों में छाये आँसू कन, भर गया दर्द से कोमल मन !'

उस समय कितने स्तरों पर किस तरह भारती के कवि मन का निर्माण हो रहा था, यह जानने और समझने के लिए बड़ी रोचक सामग्री प्रस्तुत करती हैं यह छोटी-सी डायरी में बैंगनी स्याही से लिखी

गयी कविताएँ !

खंड दो में संकलित कविताएँ उस समय की लिखी हुई हैं जब भारती जी का कच्चापन समाप्त हो चुका था। वे अपनी उम्र से अधिक परिपक्व और बड़े व्यक्तित्व वाले बन चुके थे। अन्य अनेक कहानी, उपन्यास, कविता, समीक्षा, निबंध, एकांकी आदि की पुस्तकें छप चुकी थीं। यहाँ तक कि अंधा युग जैसी कालजयी कृति भी लिखी जा चुकी थी तब किसी विशिष्ट फ़रमाइश पर स्वरलिपि में बद्ध करके हारमोनियम बजाकर गाये जाने योग्य गीत ज़िदपूर्वक लिखवाये गये थे। धर्मवीर भारती की कलम का यह अलग-सा मीठा-मीठा जादू था जिसे इस संकलन में शामिल करने के लोभ का मैं संवरण नहीं कर पा रही हूँ। दूध की नन्ही-नन्ही दंतुली चमकाती शिशु की भोली-भोली मुस्कान सरीखी कच्ची-कच्ची कविताओं और बिल्कुल अंतिम वर्षों की प्रौढ़तम रचनाओं के बीच एक सुखद अंतराल देंगी ये कविताएँ। मुझे लगा एकदम अनगढ़ कविताओं और फिर नितांत प्रौढ़तम कविताओं के बीच इन कविताओं के पुल के सहारे आप सहज होकर पहुँच सकेंगे। तीसरे खंड में केवल चार कविताएँ हैं जो भारती जी ने जीवन के अंतिम वर्षों में लिखी थीं। 1993 में 'सपना अभी भी' छपी थी। उसके बाद बस यही चार कविताएँ लिखी गयीं। पहली 25 दिसंबर 1993 को अपने जन्मदिन पर लिखी थी उन्होंने और अंतिम कविता 1997 में मेरे जन्मदिन पर लिखी गयी। 1989 की 13 जुलाई को मृत्युद्वार की चौखट छू कर चमत्कारिक ढंग से लौट आये थे भारती जी। हृदय की धड़कन बंद हो चुकी थी, साँस थम गयी थी, नब्ज़ बुझ गयी थी, शरीर निष्प्राण, ठंडा हो चुका था। डॉक्टरों द्वारा हृदय पिंड की मालिश आदि सभी क्रियाएँ व्यर्थ साबित हो चुकी थीं पर सहसा डॉ. बोर्जेस ने ठंडे पड़ चुके शरीर पर एक के बाद एक बिजली के शक्तिशाली झटके दिये और एकाएक धनुष की प्रत्यंचा की तरह तन गया शरीर और लौट आये प्राण ! फिर तीन महीने तक सघन चिकित्सा कक्ष में हर पल मौत से जूझते हुए केवल अपनी 'उद्दाम' इच्छा-शक्ति और प्यार करने वालों की प्रार्थनाओं का बल लेकर जीवन में लौट आये भारती जी।

पर इस प्रक्रिया में शरीर एकदम जर्जर हो चुका था। लिखना-पढ़ना टूट-टूट कर ही चल पाया। छिटपुट लिखते रहे, पर जो भी लिखा अपने सर्वश्रेष्ठ स्तर की टक्कर का ही लिखा। 'कुछ चेहरे कुछ चिंतन' और शब्दिता के लेख इसका प्रमाण हैं। वही भाषा, वही शैली, वही पैनापन, वही मार्मिक गहराई ! कविताएँ कम लिखीं पर जो भी लिखीं अपनी अप्रतिम प्रतिभा के अनुकूल ही लिखीं। कभी ऐसा लगा ही नहीं कि भारती की कलम अब चुक गयी। न जीवन में न साहित्य में—उनका स्तर कभी गिरा ही नहीं, उत्तरोत्तर निखरता ही गया। आपके हाथों भारती जी की काव्य यात्रा का यह 'आद्यन्त' सौंपते हुए मैं एक विनम्र सन्तोष का अनुभव कर रही हूँ।

25.12.98

—पुष्पा भारती

अनुक्रम

खण्ड एक

रचनाकाल 1940–48

तूफानी ताकत बानी में भरकर
मैं गाता हूँ–स्वर नभ से टकराते हैं

1

जिन्दगी की डाल पर
कण्टकों के जाल पर—काश एक फूल-सा मैं भी अगर फूलता !
कोयलों से सीखता जिन्दगी के मधुर गीत
बुलबुलों से पालता हिलमिल कर प्रेम प्रीत
        पत्तियों के संग झूम
        तितलियों के पंख चूम
चाँदी भरी रातों में—
चन्द्र किरण डोर का डाल कर मृदुल हिण्डोला
कलियों के संग-संग धीमे-धीमे झूलता !
        —काश एक फूल-सा मैं भी अगर फूलता !
किरनें बन जाता मैं स्वर्णिम मधुमास में
शबनम उलझाता मैं मखमल की घास में
नेह से निथार कर
दोनों नयनों में प्यार की शराब भर
        जिन्दगी के प्यासों के सूखे होठ सींचता।
        उनके तन में बसी हुई टीस-पीर खींचता
उनके दिल का दर्द हर—उनके दिल का घाव भर
खुशी के खुमार में
मैं भी अपने दुख-दर्द की कहानी भूलता ! !
        —काश एक फूल-सा मैं भी अगर फूलता ! !

2

नये-नये विहान में
असीम आस्मान में–
मैं सुबह का गीत हूँ।
मैं गीत की उड़ान हूँ
मैं गीत की उठान हूँ
मैं दर्द का उफ़ान हूँ
मैं उदय का गीत हूँ
मैं विजय का गीत हूँ
सुबह-सुबह का गीत हूँ
मैं सुबह का गीत हूँ
चला रहा हूँ छिप के
रोशनी के लाल तीर मैं
जगा रहा हूँ पत्थरों के
दिल में आज पीर मैं
गुदगुदा के फूल को
हँसा रहा हूँ आज मैं
ये सूना-सूना आस्मां
बसा रहा हूँ आज मैं
सघन तिमिर के बाद फिर
मैं रोशनी का गीत हूँ
मैं जागरण का गीत हूँ

बादलों की ओर से मैं
छिप के मुस्कुरा उठूँ
मैं जमीन से उड़ूँ
कि आस्मां पे छा उठूँ
मैं उड़ूँ कि आस्मां के
होश संग उड़ चलें
मैं मुड़ूँ कि जिन्दगी
की राह संग मुड़ चलें
मैं जिन्दगी की राह पर
मुसाफ़िरों की जीत हूँ
स्वर्ण गीत ले
विहग कुमार-सा चहक कर
मैं खिजाँ की डाल पर
बहार-सा महक उठूँ
कण्टकों के बन्धनों में
फूल का उभार हूँ
मैं पीर हूँ मैं प्यार हूँ
बहार हूँ खुमार हूँ
भविष्य मैं महान् हूँ
अतीत हूँ, वर्तमान हूँ
मैं युग-युगों का गीत हूँ
युग-युगों का गीत
मैं सुबह का गीत हूँ ! ! !

3

मैं कब हारा हूँ काँटों से, घबराया कब तूफ़ानों से ?
लेकिन रानी मैं डरता हूँ बन्धन के इन वरदानों से !
तुम मुझे बुलाती हो रानी, फूलों-सा मादक प्यार जहाँ है
काली अँधियाली रातों में पूनम का संचार जहाँ है
लेकिन मेरी दुनिया में तो ताजे फूल बिखर जाते हैं
यहाँ चाँद के भूखे टुकड़े सिसक-सिसक कर मर जाते हैं
यहाँ गुलामी के चोटों से चूर जवानी हो जाती है
यहाँ जिन्दगी महज मौत की एक कहानी हो जाती है
यह सब देख रहा हूँ, फिर भी तुम कहती हो प्यार करूँ मैं
यानी मुर्दों की छाती पर स्वप्नों का व्यापार करूँ मैं ?
यदि तुम शक्ति बनो जीवन की स्वागत आओ प्यार करें हम
यदि तुम भक्ति बनो जीवन की स्वागत आओ प्यार करें हम
लेकिन अगर प्यार के माने तुममें सीमित हो मिट जाना
लेकिन अगर प्यार के माने सिसक-सिसक मन में घुट जाना
तो बस मैं घुट कर मिट जाऊँ इतना दुर्बल हृदय नहीं यह
अगर प्यार कमजोरी है तो विदा—प्यार का समय नहीं यह ! !

4

ये प्यासे-प्यासे होठ ठण्डी आह मेरे साथियो,
ये नहीं है जिन्दगी की राह मेरे साथियो !
आस्मान चीरकर
उतर पड़ो जमीन पर
तुम प्रलय की धार बन कर बन्धनों को तोड़ दो
बह चले फिर जिन्दगी की धार मेरे साथियो !
नाश है निर्माण का सिंगार मेरे साथियो ! !

रूप के उभार से
रंग के निखार से
कण्टकों की छोटी-छोटी जालियों को तोड़ दो
छोटे-छोटे बन्धनों के पार मेरे साथियो !
जिन्दगी का हर नया उभार मेरे साथियो ! !

प्यास हो अगर लगी
प्यास हो अगर जगी
तो एक पाँव से दबा के आस्मां निचोड़ दो
जिन्दगी है मौत का सवाल मेरे साथियो !
जिन्दगी की रेत खूँ से लाल मेरे साथियो ! !

5

गुलाब मत यहाँ बिखर
पराग मत यहाँ बिखर
यह गुलाम देश है !

ये दास भावना
ये गीले-गीले गीत औ' उदास कल्पना
हैं यही गुलाम देश की निशानियाँ
बेहयाई का महज यहाँ गुजर बसर !
यह गुलाम देश है !

ये सूने-सूने गाँव
ये भूखे-सूखे पंजरों के लड़खड़ाते पाँव
ये नहीं है जिन्दगी ये मौत की छाँव
आदमी यहाँ पिये हैं मौत का ज़हर
यह गुलाम देश है !

तू न बन यहाँ प्रसून
तेज कण्टकों का आज काम है यहाँ
टूटने से पहले चुभ कर चूस ले दो बूँद खून
है यहाँ रहम गुनाह भूल कर रहम न कर !
यह गुलाम देश है ! !

6

ये जो पैर की धमक से काँप रहा है जहां
ये जो टूट-टूट कर बिखर रहा है आस्मां
चल रहा मनुष्य है ! !
धूल जो उड़ी तो छा गया है आस्मान
मिट गये हैं आस्मान से प्रकाश के निशान
आज भूल कर विशाल स्वर्ग लोक को
भूमि के घृणा विषाद हर्ष शोक को
कुचल रहा मनुष्य है
कुचल रहा मनुष्य ! !
है मनुष्य की न प्रेरणा परम्परा
हँस दिया मनुष्य स्वर्ग बन गयी धरा
हँस दिया मनुष्य छा गया नवल प्रभात
अब रही न भूख दासता न रक्त पात
बदल रहा मनुष्य है
बदल रहा मनुष्य ! !
जिन्दगी की आग में सुलग रहा इन्सान
लाल रोशनी से भर रहा है ये जहां
औ धुआँ उमड़ के बन रहा है उफ़ान
पर निखर रहा मनुष्य स्वर्ण के समान
जल रहा मनुष्य है
जल रहा मनुष्य ! !

पैर में मनुष्य के अतीत के निशान
सामने मनुष्य के भविष्य है महान्
चीरता मनुष्य है यथार्थ वर्तमान
और दोनों हाथ में दबा के आस्मान
चल रहा मनुष्य है
चल रहा मनुष्य ! ! !

7

इस दुनिया के कणकणों में बिखरी मेरी दास्तां
इस दुनिया के पत्थरों पर अंकित मेरा रास्ता
फिर भला क्यों जाना चाहूँगा माझी उस पार मैं ! !
माना मैंने उस तरफ हरियाले कोमल फूल हैं
माना मैंने उस तरफ लहरों में बिखरे फूल हैं
माना मैंने इस तरफ बस कंकड़ पत्थर धूल हैं
किन्तु फिर क्या पत्थरों पर सर पटकता ही रहूँ !
खींच कर यदि ला सकूँ उस पार को इस पार मैं
फिर भला क्यों जाना चाहूँगा माझी उस पार मैं ! !
पैरों में भूकम्प मेरी साँसों में तूफान है
स्वर लहरियों में मेरी हँसते प्रलय के गान हैं
मौत ही जब आज मेरी जिन्दगी का मान है
फिर दबा लूँ क्यों न दोनों मुट्ठियों में कूल को
बह चलूँ खुद क्यों न बन जलधार मैं
फिर भला क्यों जाना चाहूँगा माझी उस पार मैं ! !
जिन्दगी की आस में लुटती यहाँ है जिन्दगी
जिन्दगी की आस में घुटती यहाँ है जिन्दगी
मानता आकाश से झरती वहाँ है जिन्दगी
किन्तु फिर क्या बैठकर आकाश को ताका करूँ
तोड़ कर यदि ला सकूँ आकाश को इक बार मैं
फिर भला क्यों जाना चाहूँगा माझी उस पार मैं ! ! !

8

न शान्ति के लिए मचल
जल निशा प्रदीप जल !
जल कि काली मौत वाली रात को जला !
जल कि खुद परवाना बनकर सूरज तुझ पर मँडराये
तेरी एक जलन में विहँसें सौ विहान उज्ज्वल !
जल निशा प्रदीप जल ! !

जिन्दगी की रात में मत प्रेत बन कर घूम
पतझड़ों में झूम
पीली-पीली पत्तियों के मुर्दा होठ चूम
धीमे से उन पर उढ़ा दे मौत का झीना कफ़न
किन्तु फिर उन पर सिसक कर मत तू मिट जा धूल में
जल उठ खिल उठ मेरे दीपक, जिन्दगी के फूल में
इस दुनिया की डालियों में
इन घुटती आँधी मालियों में
बन बसन्ती आग तू सुलगा दे जलती कोपलें
जिन्दगी की कोपलें
जिन्दगी है मेरे साथी—मरने की कला !
जल कि काली मौत वाली रात को जला ! ! !

9

मैं गाता हूँ स्वर नभ से टकराते हैं !
ये गीत नहीं द्रव निष्प्रभ लोचन के
ये गीत न भूखे प्यासे जीवन के
तूफानी ताकत बानी में भरकर मैं गाता हूँ स्वर नभ से टकराते हैं

ये गीत न क्षण भर के आवेशों के
ये गीत न पल के युग के देशों के
सीमा बन्धन से परे युगों से ऊपर मेरे स्वर-स्वर में युग-युग लहराते हैं

अम्बर से झाँक रही हैं सुर बालाएँ
स्वागत कर में ले इन्द्रधनुष मालाएँ
बादल की लहरों में स्वर की नौका पर, मानवता के सन्देश उड़े जाते हैं

बिजली की गति से कुचल घटाएँ काली
जब स्वर्ग लूटने जाता मैं बलशाली
विद्रोह भरे चरणों के चिन्ह अमर ये काले अम्बर में तारे बन जाते हैं

मैं गाता हूँ स्वर नभ से टकराते हैं ! ! !

10

काँप उठीं मटमैली लहरें, उस दिन मरघट भी थर्राया
जिस दिन फाँसी के तख्ते पर
वह विद्रोही जो जीवन भर
चढ़ा रहा युग के कन्धों पर
गिरा, किन्तु उठ खड़ा हुआ फिर !
जिसका मुर्दा हिलता-डुलता स्वयं चिता तक आया !

चलते-चलते उस दिन दुनिया झटका खा रुक गयी गगन में
काँप उठे उस दिन घायल हो
नभ गंगा के नील किनारे
खण्ड-खण्ड हो सूरज टूटा
चूर-चूर हो गये सितारे !
किन्तु नाश निर्माण बन गया, विद्रोही के आलिंगन में !

मचा स्वर्ग में उस दिन विप्लव काँप उठा यह सोच विधाता
यह किसका विद्रोही स्वर है
सूरज तारों से टकराता
किसने मेरी ताकत छीनी
क्या न रहूँगा मैं निर्माता ?
क्योंकि एक युग का विद्रोही, युग-युग का ईश्वर बन जाता !

11

कल्पने उदासिनी—
न मेघदूत वेश में
किसी सुदूर देश में
किसी निराश यक्ष का प्रणय सन्देश ला रहीं
न आज स्वप्न में सने
मृनाल तनु से बने
किसी असीम सत्य के रहस्य गीत गा रहीं
        आज तक उदास यों कभी दिखीं न रूपसी
        सफेद बर्फ पर बिछी मलीन खिन्न धूप-सी

गीत खो गये कहाँ ?
छन्द सो गये कहाँ ?
कहाँ गये संगीत के सजीव स्वर सुभाषिनी ?
        कल्पने उदासिनी !

कल्पना उदासिनी
ने मलीन छोर से
उदास नेत्र कोर से
अश्रु बूँद पोंछ कर कहा कि मैं गुलाम हूँ
स्वतन्त्र रश्मि पर पली
स्वतन्त्र वायु में चली

मगर सदा यही दरद रहा कि मैं गुलाम हूँ
गुलाम कल्पना कभी न जोत बन निखर सकी
न प्यास की पुकार पर आस बन उतर सकी
देखती रही हताश कल्पना उदासिनी
जवान फूल झर गये
जवान गीत मर गये !

गुलाम देश में मगर
किसी जवान लाश पर
निरीह शोक का कफ़न तानना गुनाह है
अश्रु दान भी मना
भूख प्यास भी मना
यहाँ मनुष्य को मनुष्य मानना गुनाह है !
यहाँ सदा बँधी रही कल्पना हताशिनी
बन्दिनी निराशिनी !

कल्पने निराशिनी !
मगर सुनो नवीन स्वर
सुनो सुनो नवीन स्वर
विशाल वक्ष ठोंक कर !
सुदूर भूमि से तुम्हें जवान कवि पुकारता !
लौह बन्ध तोड़ कर
बेड़ियाँ झँझोड़ कर
नवीन राष्ट्र की नवीन कल्पना सँवारता
स्वतन्त्र क्रान्ति ज्वाल में निडर बढ़ो सुकेशिनी
विनाश की सजीव नग्नता ढको सुवेशिनी
विनाश से डरो नहीं !
विकास से डरो नहीं !
सृष्टि के लिए बनो प्रथम विनाश स्वामिनी
कल्पने विलासिनी !

12

मैं विद्रोही मेरी उँगली पर दुनिया का भार
मेरी उँगली एक कि जिस पर सब दुनिया का भार
अपनी नजरों से धधका हूँ कौन उदास बुझा ध्रुवतारा
किस गिरते सूरज के कदमों को दे दूँ मैं आज सहारा
किस गीली मिट्टी की वाणी में धधका दूँ अंगारे
किस दीपक में भर दूँ जहरीले तारे
मेरी पसली में हैं केवल साँसों के दो तार
दुनिया की हर मुर्दा हस्ती
मुझसे माँग रही है मेरी साँसों का संचार—
और मौत आयी है मेरे प्राणों का विद्रोह बुझाने
सरकण्डे के तीर चले हैं आज हिमालय से टकराने
मौत कि जिसने मुझसे माँगे थे उधार तूफानी झोंके
आज चली दीवानी मुझ पर करने शर सन्धान अनोखे
मेरे मस्तक पर नभगंगा वाणी में ललकार
मेरी ठोकर एक कि जिससे
चूर-चूर हो बिखर पड़ेंगे लोहे के संसार
इन पागल मेघों से पूछो ये जो आये मुझे बुझाने
कभी समझ भी पाये हो विद्रोही पैगम्बर के माने
एक बार भी प्यार किया है जिसने वह न कभी मर पाता
मेरी तो नस-नस में इस धरती का प्यार छलकता जाता

जीवन और मृत्यु हैं मेरी साँसों के शृंगार
मेरे कदमों में शिव ताण्डव
मेरे निर्माणी चुम्बन में मनमोहन साकार–
मेरी उँगली एक कि जिस पर तूफानों का भार !

13

एक-एक कर मिट्टी में हैं मोती जिसके रहे बिखर
टूट गया है प्रेम तन्तु जिसके जीवन का दुर्बलतर
जिसको प्रतिपल जिला रही है मेरे जीवन की ज्वाला
टूटी-फूटी लो आज पड़ी बिखरी मेरी जीवन माला ॥ 1 ॥
जिसका मोल न अब तक कोई इस जग में पाया जान
भूल गये हैं सभी पारखी जिसकी कीमत की पहचान
जिसका कोई मान न बाकी अब जग के बाजारों में
जिसकी आभा बिखर रही है उसके हाहाकारों में
धीरे-धीरे मिटता जाता जिसकी आभा का उजियाला
टूटी-फूटी लो आज पड़ी बिखरी मेरी जीवन माला ॥ 2 ॥
मैं समझा जग करता होगा मानव के भावों का आदर
इससे सारे बिखरे मोती एक-एक कर चुन-चुन कर
तेरे पावन चरणों पर मैंने उनको सोल्लास चढ़ाया
पर ओ निर्मम ! तूने उनको तिरस्कार से ठुकराया !
उज्ज्वलता के दम्भी देखो निज करतूतों का फल काला
टूटी-फूटी लो आज पड़ी बिखरी मेरी जीवन माला ॥ 3 ॥

14

मैं आज न जाने क्यों उन्मन ?
ना जाने क्यूँ हैं आर्द्र नयन, ना जाने क्यों भर आया मन ?
मैं आज न जाने क्यों उन्मन ?
मैंने कितना चाहा था मैं गत जीवन पर पर्दा डालूँ
सन्तोष करूँ इस जीवन पर निज को इस साँचे में ढालूँ
पर गत जीवन के अन्धकार में दामिनि-सी क्यों चमक-चमक
है झाँक-झाँक जाती तेरी स्मृति खोल हृदय का वातायन
पल में चू पड़ते आर्द्र नयन औ' उमड़-उमड़ आता है मन !
मैं आज न जाने क्यों उन्मन ?
उषा की पहली किरणें अब स्वर्णिम हास लुटाती हैं
और उनींदी कलियाँ हँसती-हँसती-सी खिल जाती हैं
पर अरे हँसाने वाला मेरा दूर कहीं पर दूर बसा
इससे हँसने की कोशिश में मैं बरसा देता आँसू कन
पल में चू पड़ते आर्द्र नयन औ' उमड़-उमड़ आता है मन !
मैं आज न जाने क्यों उन्मन ?
जब सन्ध्या आ मूठी भर-भर नभ में छितराती है मोती
तब मेरी नीलम की प्याली भी ढुलका देती दो मोती
पर सन्ध्या के मोती तो बनते जग की आँखों के तारे
पर मेरे मोती का अस्तित्व मिटा देती निष्ठुर रजकन !
देख अनादर यह अपना रे उमड़-उमड़ आता है मन !
और मैं हो जाता हूँ उन्मन ! !

15

तब याद तेरी आ जाती है !
दूर क्षितिज पर दिखलाई पड़ती जब रवि की पहली कोर
और शराबी लाली जब छा जाती है पूरब की ओर
उषा परी जब किरन तूलि से रँग देती है शुभ्र गगन
तब याद मुझे आ जाता है जीवन अंचल का धूमिल छोर
जब युग-युग फूलों का मन मतवाली बुलबुल गाती है
तब याद तेरी आ जाती है !
जब दुपहरिया को प्रबल प्रभंजन ताप भरा करता सन सन
बैठ किसी तरुवर की छाया में शीतल होता तन मन
जब हरे पात की कोरों को चमका देती है किरन प्रखर
पत्तों-पत्तों से जब है उजली धूप चली आती छन छन
छिन-छिन हृदय पटल पर तस्वीर तेरी बनती-मिट जाती है
तब याद तेरी आ जाती है !
जब सन्ध्या को तूफान शान्त हो जाता है सारे दिन का
और साँझ को चाँद उदय होता ले प्यार गगन मन का
तब मैं एकाकी मन में बैठा-बैठा यह सोचा करता
चाँद अभी तक उदय न हो पाया है मेरे जीवन का
तब तिमिरित मन में तेरी स्मृति चन्द्रकिरण सी छाती है
औ' याद तेरी आ जाती है ! !

16

भूखी लाशें

इन लाशों को जल जाने दो
मदद करो मत
इनको अपनी किस्मत पर यों ही रहने दो
अपनी-अपनी चिता सजा कर
ये सब खुद जल मर जाएँगी
इन पर हमदर्दी न दिखाओ !
इनकी जर्जर सड़ी-गली मुर्दार मुट्ठियों में
सोने की मोहरें भरी हुई हैं लेकिन,
इन्हें न छूना
कभी न छूना !
इनके कुत्सित सड़े-गले मुर्दा दिमाग में
बड़े-बड़े शब्दों के झूठे आडम्बर हैं
बड़ा-बड़ा दर्शन विज्ञान छाँटते हैं ये
बड़ी गूढ़ ऊँची संस्कृति की बातें करते
उस संस्कृति की जिससे अब बदबू आती है
ये दर्शन विज्ञान संस्कृति बेमानी हैं।

गो यह सच है
ये लाशें लाखों लाखों हैं

ऐसा लगता है जैसे ताकतवर भी हैं
इनके एक इशारे पर ट्रेनें चलती हैं
मोटर कारें सड़कों पर सर्राटे भरतीं
और जहाज़ समुन्दर के सीने पर चलते
इनके एक इशारे पर ये
मिल के बड़े-बड़े चक्के घहराने लगते
और, हमारी और तुम्हारी जैसी
अनगिन भेड़ बकरियाँ
इन चक्कों में पिसती रहतीं
तिस पर बड़े सौम्य निश्छल, निष्काम भाव से
कहते हैं ये,
"मिल फैक्टरियाँ तो सब ईश्वर की माया हैं !"

यह इन मुर्दों का सबसे बेशर्म झूठ है,
ईश्वर की माया !
हाँ ईश्वर की भी...
जिसमें ऐसे लाखों मुर्दे पिस जाते हैं
और पिसेंगे कल
यह भी तय है !
उस चक्की में हो थोड़ी देर भले
अन्धेरे नहीं है।
उस ईश्वर की चक्की पर विश्वास न खोना !

यद्यपि ये तुमको जहाज़ औ' इंजन देंगे
देंगे ग्रामोफ़ोन रेडियो
और विमानों पर बिठला कर
तुम्हें गगन के पार उड़ा कर ले जाएँगे
और कहेंगे—
लो अब तुम हो इस विराट जीवन के स्वामी
सुनो रेडियो, पिक्चर देखो, कार चलाओ
और सुबह उठ कर अखबारों में यह देखो

नये-नये बम और जहाज़ निकलते आते।
यह विराट जीवन है
इसके स्वामी हो तुम !

मगर समझ लो,
खूब समझ लो
यह बिलकुल सफेद झूठ है
इस असत्य को सुनते-सुनते
तुम भी मुर्दों से सफेद होते जाते हो
इसे थूक दो
इस असत्य में बड़ा ज़हर है !
इन ज़हरीली बातों पर तुम ध्यान न देना
ये लाशें तो तुम्हें निगलने को भूखी हैं
ये सोने के दाँतों वाली भूखी लाशें
चाहे जितना हँस कर बोलें
इन पर हर्गिज रहम न करना
तुमको बार-बार मैं बतलाता हूँ
ये भूखी हैं।
जब कोई भी मर जाए
तब उसके प्रति
सबसे बड़ा रहम बस यह है
उसको जल्दी से जल्दी
दफ़ना दो
अथवा दाह करा दो
लेकिन हमदर्दी न दिखाओ
चाहे जितने बैंकों में उसका हिसाब हो
चाहे जितने बीमे करवाये हों
लेकिन इन पर
कुछ भी हमदर्दी करने के ये माने हैं
तुम विश्वासघात करते हो,

उन अनजाने बच्चों के प्रति
जो कल अपनी
इस धरती पर
कदम धरेंगे
तुम उन बच्चों को इन भूखी लाशों
के सिपुर्द करते हो !

17

बर्फ़

माओ-त्से-तुंग की एक कविता का अनुवाद

उत्तर की पर्वत मालाएँ
स्वच्छ बर्फ़ के नये दुपट्टों में लिपटी हैं
यह लम्बी दीवार चीन की
जिसके दोनों ओर
बर्फ़ के लाखों झंझावात
खेलते आँख मिचौनी
ऊपर नीचे दायें बायें
श्वेत बर्फ़ की झिलमिल चादर
चकाचौंध करती आँखों को
दीख नहीं पड़ती जलधारा
मैदानों पर लघु पहाड़ियाँ
ऐरावत हाथी-सी लगतीं !
पर्वतमालाएँ लगतीं
ज्यों श्वेत पुष्प के मोटे अजगर

मैं बादल की पर्तों से भी ऊँचे उड़कर
दिन प्रतिदिन ऊँचे ही ऊँचे उठता जाता !

18

यह वंशी कौन बजाता !
चाँदनी रात में वंशी स्वर
कुछ हिलता-डुलता सिहर-सिहर
प्रतिश्वास श्वास के कम्पन पर संसार नया-सा रच जाता !
वंशी का यह दर्दीला स्वर
मेरी निद्रालस पलकों पर
कुछ पीड़ामय स्वप्नों का मृदु नव वितान-सा तन जाता !
कुछ गत स्मृतियों का मधुर भार
कुछ टीस और कसकन उभार
यह बार-बार कुछ टीस भरे घावों को छू-छू जाता !
यह वंशी कौन बजाता ?

19

प्रिय तुमने शायद बिसराया !
तुम बोले थे मैं आऊँगा, फूलों के कोमल पथ पर
मैंने पथ पर पलक बिछाये, फूलों से भी कोमल तर
पर इनको करने कृतार्थ वह तेरा पावन चरण न आया !

तुम बोले थे मैं खिंच आऊँगा तेरी करुण पुकारों से
कितने करुण मलार बजाये मैंने इन टूटे तारों से
पर अब तक इस शून्य हृदय में तेरा कृपा जलद न छाया !

मैं सारा दर्द उँड़ेलूँगा, अपनी इन करुण पुकारों में
तुम बँध कर खिंच आओगे ही प्रेम के उलझे तारों में
इसीलिए तो तिमिरित मन में, आशा दीप जलाया !
प्रिय तुमने शायद बिसराया ! !

20

तारों भरी रात—नीलम की रात
थपकियाँ दे-दे कर बह रही है मधुर वात—तारों भरी रात !
दूर कहीं दूर प्रिय के देश से आकर
सुमनों के सीने से सपने चुराकर
कानों में झुक कर कह रही है पवन कोई बात—तारों भरी रात !
तम में जगमग जगमग जुगनुओं का हास
भर कर हृदय में शर्वरी का उल्लास
नाच उठा है लो तरु-तरु का पात-पात—तारों भरी रात !
मानो किसी नीलगिरि के उच्च्व शिखर से
फूट पड़े निर्झर : त्यों नभ के उर से
फूट पड़ा तारों का उज्ज्वल प्रपात—तारों भरी रात !
नीलम-सी रात—तारों भरी रात ! !

21

लो आज हृदय के आँगन में तेरी स्मृति ने ली अँगड़ाई !
ये शुष्क मरु कणों को सिंचित करते पावस के घन आये
हृदय ताप को शीतल करते वर्षा के रस कन आये
हरित दलों के अन्तराल से केकी कूक उठी देखो
दर्द भरे मन में भी कोई कसकन हूक उठी देखो
कुछ याद पूर्व बातों की ले फिर बहती है पुरवाई !
बिजली के फूलों के संग-संग नम सुन्दरि क्रीड़ा करती
बिखरे जल के मोती बटोर धरती अपना अंचल भरती
घन वर्षा की समता करतीं आँखें भी निशदिन झरतीं
मैं भी आँसू मोती बटोर अपना सूना आँचल भरती
इस क्षणभंगुर बुद-बुद में देखी निज जीवन की परछाईं !
भरे बादलों की गोदी से मेरे स्वप्न उतर आते
मन के टूटे प्याले में कितना जीवन रस भर जाते–
रिमझिम करतीं पावस परियाँ छम-छम नृत्य दिखाती हैं
औ' मेरे प्यासे से मन को दूना प्यासा कर जाती हैं
मेरे मन की सूखी चोटें लो पावस में फिर हरियाईं !

22

सो जा ! सो जा ! मेरे प्यार ! !
मीठी मीठी ! धीरे धीरे !
बंसी बाजे जमुना तीरे !
देखो कहीं जाग न जाये मेरे मन का सोया भार ! !
सुला चुका हूँ एक-एक कर
इच्छाएँ मन की शय्या पर
धीरे-धीरे टूट रहा है मेरे उर का भग्न मज़ार ! !
जो अपने थे हुए पराये
किसको मन की बात सुना दो
मन के सारे बन्धन टूटे, अब एकाकी निपट अपार ! !
लो सारी आशाएँ सोयीं
उज्ज्वल अभिलाषाएँ सोयीं
सुप्त पड़ा उर का स्पन्दन, तू भी सो जा पागल प्यार ! !

23

कैसी प्रीत ? कैसा प्यार ?
एक ने प्यासे नयन से आह ! मधु की याचना की
एक ने रसमय हृदय से आह ! मदिरा ढाल ही दी
और ले देकर बढ़े आगे यही व्यापार–
नश्वर प्रीत ! नश्वर प्यार !
शलभ ने दीपक शिखा को दिया मन का प्यार
दीप ने हँस कर कहा लो जलन का उपहार
जिन्दगी भर जल मरा पर जीत थी या हार–
भीषण प्रीत ! भीषण प्यार !
एक क्षण को मिल गये दो, कुसुम के सम खिल गये दो
एक हो बैठा विमुख, अरमान रज में मिल गये लो
एक बाकी बढ़ा आगे, ले निराशाभार–
झूठी प्रीत ! झूठा प्यार ! ! !

24

मैंने प्यार किया गलती की !
जीवन को ठुकरा कर मृत्यु से अभिसार किया—गलती की !
समझा पुष्पों से कोमलतर
निकला प्रस्तर से भी दुस्तर
समझ प्रसाद प्रेम का पीड़ा को स्वीकार किया—गलती की !
एक ओर था दर्द भरा मन
एक ओर था सूखा जीवन
आह एक ही बाज़ी में तन मन धन हार दिया—गलती की !
पलकों में तब स्मृति पा ली
मन में थोड़ी आग जला ली
नयनों में लहराई जमुना, तन को क्षार किया—गलती की !
मैंने प्यार किया—गलती की !

25

प्रीति कर पछता रहा हूँ
जो विषैले बीज बोये—फल उन्हीं का पा रहा हूँ !
हद शलभ को क्या कहूँ जो प्रेम दीपक पर मचलता
भाग्य को भी क्या कहूँ अरमान मेरे हर कुचलता
नाज़ से पाला हृदय अब नाज़ सहता जा रहा हूँ ! !
तुम हृदय में मग्न हो तुम तुष्ट हो सन्तुष्ट रानी !
भुला बैठी हो हृदय से प्रणय की बीती कहानी !
बधाई, तुम भूल बैठीं जो भुलाना पा रहा हूँ ! !
मृदु पलक के स्वरों में जो भयानक प्रीति पा ली
हिम सदृश मृत हृदय में जो विरह की ज्वाला जला ली
नयन के नव निर्झरों से वही वह्नि बुझा रहा हूँ ! !
प्रीति कर पछता रहा हूँ।

26

प्रीति का इतिहास—रानी !
मेटने को प्यास युग की थी मिली दो बूँद हाला,
किन्तु आकर अधर तक ही हाथ काँपा गिरा प्याला,
एक तीव्र अतृप्ति, टूटी आस, अविकल प्यास रानी !

एक क्षण आनन्द चंचल—दूसरे क्षण शोक विह्वल
एक पल को ज्योति उज्ज्वल—दूसरे पल तिमिर श्यामल
एक स्वर्णिम मिलन क्षण—फिर चिर विरह का वास रानी !

एक आकर्षण, खिंचावट, मोह मद उन्माद
विरह, तड़पन, टीस, पीड़ा, एक तीव्र विषाद
जलन, कसकन, दर्द, आँसू, और शीत उसाँस रानी !

प्रीति का इतिहास—रानी !

27

तुम पर सजनि अधिकार ही क्या ?
उर्मियों के थपेड़ों से फूल बहते मिल गये दो
पगडण्डियाँ दो मिल गयीं, मुड़ गयीं उल्टी दिशा में लो !
सामने है चिर विरह, फिर एक क्षण का प्यार ही क्या ?
भेद जग का तिमिर, फैली चाँदनी का हास हो तुम—
शाश्वत संसार की गति की अटूटी आस हो तुम—
समा पाओ हृदय में, इस हृदय का विस्तार ही क्या ?
टूट कर आ गयी जग में, तुम गगन की एक तारा
किन्तु मैं बस क्षुद्र मानव, नियति से सौ बार हारा
स्वर्ग औ' संसार का सजनी भला व्यवहार ही क्या ?
तुम पर सजनि अधिकार ही क्या ?

28

जिस दिन से तुमसे प्यार हुआ
नयनों में छाये आँसू कन
भर गया दर्द से कोमल मन
रोम-रोम में छायी सिहरन
पीड़ा से हुआ प्रथम परिचय, कसकन से नव व्यवहार हुआ!
नीलम की प्याली में हाला
भर तेरे चरणों पर डाला
पर तूने उसको ठुकराया
यह एक बार ही नहीं, अरे नित प्रतिदिन बारम्बार हुआ !
आखिर इतनी निठुरता क्यों ?
ओ ! जीवन मयि, यह जड़ता क्यों ?
क्या तुम न पसीजोगी अब भी
जब मेरे पीत कपोलों पर आँसू का हार सिंगार हुआ !
जिस दिन से तुमसे प्यार हुआ ! !

29

रानी मुझको भूल न जाना
कुछ बन्धन में फँस हम दोनों एक नहीं हो पाये
एक दूसरे में अपना अस्तित्व नहीं खो पाये—
फिर भी इस दो पल के बन्धन को मत ठुकराना ! !
कभी न कुछ दे पाया, अब पल बीते पछताता हूँ
अस्तु, विदाचिह्न में अपनी याद दिये जाता हूँ
बेकस का स्मृतिचिह्न समझ कर उसको मत ठुकराना !
कभी-कभी जब मेरे मन में सघन निराशा छाये—
आशा का दिनकर उलझन की बदली में छिप जाये,
तब मानस के तम में सुधि की रजत किरन बन छाना ! !
रानी मुझको भूल न जाना !

30

जग के बन्धन शायद हमको एक न होने देंगे ! !

आज विदा की वेला रानी
आँसू आज नयन तक रक्खो !
आज बिछुड़ने को मिलते हैं
भरी व्यथा को मन तक रक्खो !

जग के सम्मुख तो आँसू कन
मन ही मन पीना होगा—
अब वे सूने से पल आते
जो जी भर रोने देंगे—

जग के बन्धन शायद हमको एक न होने देंगे ! !

सच तो है मैं तुमको अपना न
सकूँगा इस जीवन में
आशा व्यर्थ न बाँध सकूँगा
मैं तुमको इस बन्धन में

फिर भी तुम ही मेरे मन पर
छाप लगा ये जातीं जो—
दिल के दाग़ अमिट ये
तेरी याद न खोने देंगे ?

जग के बन्धन शायद हमको एक न होने देंगे ! !

तुमको भूल रहा पर मन में
भूले दिन फिर-फिर आते
मेरे तन्द्रिल नयनों में
व्याकुल सपने घिर-घिर आते

जर्जर मन की चिर निद्रा में
सोने की है तैयारी
पर ये चंचल सपने शायद
आज न सोने देंगे !

जग के बन्धन शायद हमको एक न होने देंगे ! !

31

कैसा प्रेम कहाँ के नाते
पथ में पन्थी आते जाते
अकस्मात् ही हैं मिल जाते
क्षण भर को कर लेते विनिमय
लेते, देते, खोते पाते
ले कर दे कर आगे बढ़ते
हैं जग के तम में मिल जाते
नश्वर प्रेम नहीं कुछ, केवल उस छलिया की चाल
इसी प्रीत पर भूल रही हूँ निकलेगी मृगजाल !
कल ही वर्षा ऋतु आएगी
घन बादलिया घिर आएगी
तन मन में पुलकन छाएगी
सिहर-सिहर कर नवलय लतिका
तरुवर से लपट-लपट जाएगी
उसी समय तुम बोल उठोगे
अब प्रस्थान समय आया !
मैं पछताऊँगी क्यों प्रीत क्षणिक परदेशी की ली पाल
इसी प्रीत पर भूल रही हूँ निकलेगी मृगजाल ! !

32

धधक उठा है मेरे मन में सोया भीषण बड़वानल
बढ़ती ही जाती हैं निःश्वासों की झंझाएँ प्रतिपल—
उमड़ा आता है नयनों के वारिधि में अविकल पानी
पत्ते से दिल को सबने मिल आज मिटाने की ठानी ! !

33

भावों को तुम क्या समझोगी ओ ! पत्थर की रानी !
तुम क्या माप सकोगी इन नयनों का बहता पानी ! !
तुम क्या गिन पाओगी मेरे उर के स्पन्दन को ?
तुम क्या सुन पाओगी मेरे घुटते से क्रन्दन को ?
तुम पत्थर की हो पत्थर की दुनिया तुमको प्यारी
मेरे मृदु स्वप्नों से तेरी निर्ममता कब हारी—
तुमने सीखा है चरणों से पूजा को ठुकराना—
मैंने सीखा इस निष्ठुरता पर हँस-हँस कर मर जाना !
प्यार तुम्हारे लिये खेल है आँसू केवल पानी
भावों को तुम क्या समझोगी ओ ! पत्थर की रानी ! !

34

इसी को कहती हो तुम प्यार !
घने बादलों में दामिनि-सी छवि दिखला कर
मेरे मन के शून्य निलय में अपनी याद बसा कर
चली गयी हो देकर मुझको कसकन का उपहार
और कहती हो यह है प्यार !
क्या भूलीं वह घड़ी कि जब दृग हुए हमारे चार
जीवन का वह स्वर्णिम क्षण जब तन मन बैठा वार
होते ही दृग ओट अरे तुम बैठीं मुझे बिसार
क्या इसी को कहते हैं प्यार !
अगर जानता पहले ही तुम क्षितिज देश की रानी
कभी न करता तुम्हें पकड़ने की असफल नादानी
इस क्षणिक प्रेम से तो था चिर एकाकी जीवन स्वीकार
अगर यही था तुम्हारा प्यार ! !

35

अगर प्यार करके तुमको आखिर ठुकराना था
तब क्या मेरे ही जीवन को दुर्वह भार बनाना था
यदि तुम पहले से बतला देतीं तुम इतनी निष्ठुर !
तब क्यों ये निष्फल प्रयत्न करता ओ निष्ठुर पत्थर !
तेरे दुर्लभ चरणों पर रे कितनी भेंट चढ़ाई—
मैंने रो-रो कर पूजा की, तूने हँस-हँस ठुकराई—
तड़प रही हैं व्याकुल उर में सौ अभिलाषाएँ
अन्तिम घड़ियाँ आज गिन रहीं मेरी सब आशाएँ
एक बार बस सुधा भरे दृग इधर घुमाओ रानी !
मरण प्राय प्राणों में संजीवन भर जाओ रानी ! !

36

मैंने बिखरा दी हैं पथ पर
अपनी सब साधें सुन्दर
साधें जो युग-युग से दब कर
आज बन चुकी हैं पत्थर

भूल चुके हो मुझे, किन्तु
यदि फिर इस पथ पर आना
मेरी इन बिखरी साधों को
तुम ठुकराते जाना !—

ज्यों जीवित हो उठी अहल्या
राम पद परस पाकर
शायद साधें भी जी जाएँ
तुमसे ठुकराई जाकर ! !

37

कौन नश्वर प्रीत पाले ?
विरह के सैकत तटों पर अश्रुओं की धार ढाले ?
कण्टकों से आह विनिमय
कौन पीड़ा का करे क्रय !
कौन निश्चिन्तित हृदय में दर्द का दीपक जलाये ?
कल एक शहनाई बजा ली
आज मधुशाला सजा ली
कौन जाने धूल में मिल जायँ कल ये सभी प्याले !
प्रेम सपने खो चुका हूँ
हृदय पर अंकित कहानी आँसुओं से धो चुका हूँ
फिर न छुओ आह दिल के चिर प्रपीड़ित सुप्त छाले

38

वर्षा ऋतु की यह प्रथम साँझ मैंने बाला था सान्ध्य दीप
लो जाने कब के प्यासे पतंग घिर आये दीपक के समीप
कुछ आसपास दीवालों पर रेंगने लगे प्रेमाकुल से
कुछ बड़े साहसी आगे बढ़, कर रहे शिखा को थे चुम्बन
मैं विस्मय हत था देख रहा परवानों का यह पागलपन
मैं सोच रहा था, इनके छोटे उर में क्यों इतनी ममता
दीपक की सुन्दरता में क्या सचमुच कोई मोहक क्षमता
आखिर इस छोटी-सी लौ में क्या सचमुच कोई आकर्षण
परवाने के उर की ज्वाला की क्या यह कर सकती समता
यह तो है बस उस महाज्वाल की केवल छोटी-सी छाया
फिर भी परवाने पागल हो गिरते उस पर कैसी माया ! !

खण्ड दो

रचनाकाल 1957–58

गड़ने दो
यदि फाँसें गड़ी हैं उंगलियों में :
मुरली बनाने का यह है अनिवार्य क्रम !

1

पिया के हज़ार नाम हैं
रोम रोम रचे नाम
अंग अंग आँके हैं
कंगना में गूँथे हैं
बेनी में टाँके हैं
मेरे अभिसार भरे हर क्षण के
अलग-अलग
पिया के हज़ार नाम हैं !
एक नाम रक्खा मैंने
चन्दन फूलों पर
एक लिखा बालू में
सागर के कूलों पर
एक नाम मलय के
झकोरों पर तैराया
एक लाज के मारे
होठ पर नहीं आया
मेरे मनुहार भरे हर क्षण के
अलग-अलग
पिया के हज़ार नाम हैं !

हिम की उजराई में
हंसों की पाँखों में
बेले के फूलों में
हिरनी की आँखों में
एक पिया मेरे, उनके
सौ सौ नाम रूप
माथे के सूरज वे
मैं उनकी तरल धूप
अधबाँधे प्यार भरे हरक्षण के
अलग-अलग
पिया के हज़ार नाम हैं !

2

आज रात जाग-जाग ओ जी साँवरे पिया
सिर्फ तुम्हें याद नहीं, मैंने महसूस किया !

इन गोरे कन्धों पर
इन रूखी अलकों पर
इन पतले होठों पर
इन प्यासी पलकों पर
कौन था जिसे मैंने बेले की सेज बिछा
अँधियारे में कन-कन
घूँट-घूँट कर पिया

चन्दन का अंगराग—
अंग-अंग डँसता रहा
बेले का गजरा यह
भुज भर कसता रहा
तुमने क्या दूर कहीं मेरे गोरे तन को
पोर-पोर नीले कमलों
से सिंगार दिया !

तुम क्या जानो कैसे तुमको साँवरे पिया—
रात-रात जाग-जाग अंग-अंग महसूस किया !

3

मोतियन माँग सजाये
कुंकुम सूरज माथ रचाये
चन्दन अपने अंग लगाये
राधा झूम के !

उसको क्या परवाह
कि उसकी कोई भी हो राह
पन्थ हैं सभी पिया के–
पहुँचा देंगे दसों दिशाएँ घूम के !

मोतियन माँग सजाये
कुंकुम सूरज माथ रचाये
चन्दन अपने अंग लगाये
राधा झूम के !

राधन को विश्वास
कि उसका सारा जीवन रास
कहीं भी जाय
कहीं भरमाय
पिया की लम्बी चन्दन बाँह
खींच कर ले आएगी पास

लौटेगी फिर-फिर बावरिया किसी क्षितिज को चूम के !

मोतियन माँग सजाये
कुंकुम सूरज माथ रचाये
चन्दन अपने अंग लगाये
राधा झूम के !

4

मैं तो कनु आज रात साजूँगी मुरलिया !

तुम क्या जानो यह कब से मुझको प्यारी थी;
हरे नरम बाँसों की लचकदार टहनी-सी
यह वन में रहती थी, भोरी थी, क्वाँरी थी

तब से यह मेरी है, बैरिन है, प्यारी है
मैं इससे हारी हूँ, यह मुझसे हारी है

राधन जब व्याकुल हो नदी तीर जाती है
दूर कहीं इसकी हर पोर पिरा जाती है

पोर-पोर गूँथूँगी बेले की माला से—
इसे ढँक गुलाबों से आज रात जाग-जाग
आँचूँगी मन्द-मन्द चन्दन की ज्वाला से,

तुम क्या जानो कनु जब-जब तुमने हेरा है
इसे—बहुत डूब-डूब, अधरों से चूम-चूम;
उस क्षण में भी इसने मुझको ही टेरा है

वैसे तो जनम-जनम चाहे जिसकी भी हूँ
लेकिन कनु आज रात मैं केवल इसकी हूँ

तुमने इसको अपनी साँसों से चर्चित कर
जितने भी छन्द रचे, उन सबको अरचित कर

अब अपनी मनमानी बाजूँगी मुरलिया !
मैं तो कनु आज रात साजूँगी मुरलिया !

5

मुरली-निर्माण

गड़ने दो
यदि फाँसें गड़ी हैं उँगलियों में :
मुरली बनाने का यह है अनिवार्य क्रम !

फिर इन्हीं उँगलियों के मादक स्पर्शों से
बाजेगी मुरली फिर अपने अनियारे स्वर
नहीं, नहीं, वृथा नहीं गया
यह सारा श्रम !

6

सूर्या

क्या यह अँधेरा ही एक मात्र सत्य है ?
प्रश्न यह मैंने बार-बार दोहराया है !

उत्तर में कोई कुछ नहीं बोला !

उत्तर में, ओ सूर्या !
तुमको हर बार मैंने अपने
कुछ और निकट, और निकट पाया है !

खण्ड तीन

रचनाकाल 1993–97

यह यात्रा जनम जनम के पार चलेगी

जन्मदिन-उपहार

गले के पास आकर रुक गयी
कानों के पीछे से फिसलती एक बूँद
किधर झुके, कहाँ जाय
कन्धे से गिर कर
सोन चम्पई बाँह पर फिसलती हुई
आँचल पर गिरे, या किसी उभार पर ठहर जाय
या झटका खाते गीले बालों के साथ छहर जाय;

तरल, प्यासा, अनिश्चय ग्रस्त यह दिन
तुम्हारे लिये अतृप्त लालसा से भरा
भटकता हुआ उसी बूँद की तरह
खोज रहा है एक ठहराव
तुम्हीं से भटक कर, तुम्हीं में खोजता एक आधार
यह जन्मदिन—स्नान के बाद अधगीले बदन-सा पवित्र
सौंपता हूँ तुम्हें उसी एक बूँद में झलकते इस एक दिन का यह चित्र !

25 दिसम्बर '93

वापस वसन्त

न हो चन्दन गन्ध से लदी दखिन बयार
न हो नदी के पार कोई पीली सरसों का विस्तार
बस मुझे कुल इतना मिल जाय
धसकती रेत में बित्ता भर पाँव टिकाने की ठाँव
और सिर पर सिर्फ एक पत्ता छाँव
तो मैं खुद अपने लिये एक वसन्त बुन लूँगा

रसमसाई फूल डालियों के बुलावे
अब अगर तुम तक नहीं पहुँचते
और मुझ तक नहीं पहुँचती तुम्हारी गदराई देह की ऊष्मा
छटपटाता हूँ मैं, और शायद अपने को बहकाती भुलाती हो तुम
लेकिन अगर हम अपने मुकाम से खिसक गये हैं
तो इसके मतलब यह तो नहीं
कि शब्दों से खिसक गये हैं अर्थ
घूमता नहीं ऋतुओं का चक्र
या रस नाम की चीज हो गयी है व्यर्थ
या अब आता नहीं वसन्त
या सुबह के ठिठुरते कोहरे में उड़ती नहीं हरे सुग्गों की कतार
या नहीं होता ढलती शाम की धूप में
एक नयी नवेली बदली का सिन्दूरी सिंगार
हम न हों वहाँ, पर ये सब जहाँ के तहाँ हैं
....

बीतते वसन्त में अगर बदा ही है मुझे निर्वासन
तो कोई बात नहीं—अब निर्वासन का तौर तरीका बदल गया है
अब कोई महल अटारी सेज सज्जा छोड़ कर
वल्कल धारण कर निर्वासन में बनवास नहीं जाता
वह वहीं रहता है,
सिर्फ महलों में बन्द करवा दी जाती है शहनाई
खामोश उदास आँगन में उतरती नहीं धूप
अटारी से छीन लिया जाता है उजाला
सेज से निचोड़ दिया जाता है रस
फूलों से छिन जाती है महक
पीपल की नयी कोंपल से ताम्बई लहक
छीन ली जाती है अन्तरंगता, उमंग, चुहल, चहक
रहो आराम से इस पथरीले महल में
जहाँ कंगूरे हैं, नक्काशी है, खजाना है, यादें हैं
और कुछ नहीं है

....

और अगर न रहूँ यहाँ
घर से प्रताड़ित निर्दोष जिद्दी बच्चे की तरह भाग निकलूँ
देखूँ कि वसन्त में सिर्फ पीली सरसों ही नहीं
बबूल भी खिलाता है पीले, रोएँदार, मुलायम गोल फूल
जिनके पीछे छिपे होते हैं लम्बे नुकीले ज़हरीले काँटे
और यही वसन्ती बबूल का बियाबान मुझे बुलाए
और मैं काँटों में लहूलुहान बढ़ता जाऊँ
खोजते हुए अपना वह गाँव, जहाँ मैं एक दिन अनायास
कोकाबेली की तलैया के पास
छोड़ आया था अपना बचपन
बचपन के वसन्त को वापस बुलाने के लिये
लगाऊँगा गुहार
बार-बार बार-बार
कि शायद गुहार सुनकर लौटे रूखे बालों को छेड़ती बिखराती वसन्ती बयार

कि शायद गुहार सुनकर लौटें
अधकुतरे अमरूदों पर फुदकते तोतों की कतार
या उमंग, या नशा, या मदहोशी, या प्यार

कुछ नहीं लौटता
लौटती है सिर्फ बियाबानों से टकरा कर
अपनी ही गुहार
आखिरकार वही अकेलापन शाम ढले
समझा-बुझा कर लौटा ले जाता है वापस वहीं
जहाँ महल है, अटारी है, कंगूरे हैं, नक्काशी है
खजाने हैं, सन्नाटा है, यादें हैं
और
कुछ नहीं है !

15 फरवरी '94

बहुत छोटी-छोटी छह कविताएँ

एक

छुवन—एक नाजुक कचनार कली की
लो, मन में जमुना लेने लगी हिलोरें
साँस साँस बन गयी टेर मुरली की—

दो

माई री माई !
धूप यह वसन्त की खुले आम
ओस में नहा आयी
मैंने तो देखा—पर रोका नहीं, रोका नहीं,
पर फिर जब उन्होंने मुझे घाट पर देखा
तो यही धूप उनकी आँखों में से
मुझ पर क्यों शरारत से मुस्कायी ?

तीन

होठ उनके, होठों पर
बस क्षण भर को ठहरे
पर फिर क्यों
सदा के लिये
मन में वह उतर गये
गहरे, इतने इतने गहरे—

चार

नीम तले वैसे ही जमघट
कच्ची वही गली होगी,
सखियों सखियों में शायद
मेरी बात चली होगी–

पाँच

झरते हरसिंगार की
महक ये रसी-बसी
सुबह यह क्वार की
सुनो मन ! बिना बात
जाग-जाग रात-रात
करते हो याद क्यों
उस पहले-पहले प्यार की ?

छह

दीवाली–
पूजा की थाली
डलिया प्रसाद वाली
सिरी गनेस को प्रनाम
लछमी मैया का नाम
सब कुछ बिसर गया
रूप ठगोरी में मन ऐसा बहक गया–
क्योंकि पल्ले की ओट में
पहला दिया लाते हुए
उसकी नथुनी का एक हीरा लहक गया !

29 अगस्त '95

सफ़रनामा

मैंने घर छोड़ा, ओढ़ा देश निकाला
जाने किसकी तलाश में अलख जगाया
वीराने छाने जंगल-जंगल भटका
पागलपन मुझ पर बीहड़ राहों का था
इस पागलपन के जाने क्या थे माने

सब समझे मैं हूँ नये गगन का पाखी
सब समझे मैं कुछ नया ढूँढ़ कर लाया
सच तो यह है मैं आज बता दूँ सबको
मैं पंख पसार उड़ा जितनी दूरी तक
वह सारा क्षितिज तुम्हारी बाँहों का था
इन होठों से जितना जो कुछ रस पाया
उसको ही अपना गीत बना कर गाया

अब शाम उतर आयी है पथ धुँधलाया
धीरे-धीरे उदास अँधियारा छाया
राहें पगडण्डी सब होती जातीं गुम
अब मेरे और क़रीब और क़रीब चलो तुम
जिस मन की मधुराई, तन की उजराई
मुझको सम्हाल कर इस मुकाम तक लाई
वह कदम-कदम करती उजियार चलेगी
यह यात्रा जनम-जनम के पार चलेगी–
11 जून '97

□□